KB111386

기자의 글쓰기

| 일러두기 |

이 책은 《기자의 글쓰기》(북라이프, 2016)의 개정판 도서입니다.

기자의 글쓰기

모든 장르에 통하는 강력한 글쓰기 전략

박종인 지음

팩트는 신성하다

\- 박종인

| 개정판에 부치는 건방진 서문 |

2016년 냈던 《기자의 글쓰기》를 다시 낸다. 7년 세월 사이에 변화가 있었다. 나는 쉰 살이 넘어버렸다. 내가 다니는 신문에 연재 중인 '땅의 역사'는 더 역사적이 됐고 더 사실에 집착한 글로 변했다.

감성적인 인터뷰 '김지수의 인터스텔라'로 명성이 높은 후배 김지수는 "감성적인 글이 좋았는데, 요새 글은 싫다"라고 대놓고 말했다. 뭐 어쩌겠는가. 선조와 인조와 영·정조와 고종에 대해 감성적인 문체로 '에이 나쁜 놈' 하고 잽을 날려봐야 씨알도 먹히지 않는데. 그렇게 문체가 변했다. 아니, 글 쓰는 소재와 주제가 바뀌면서 글을 담는 그릇인 문체도 따라서 변했다.

우리는 저마다 문체를 가지고 있다. 문체는 변한다. 그리고 변하는 문체는 글 쓰는 소재와 글 쓸 때 마음에 따라서 얼마든지 달라진다. 이 책은 문체를 가르치거나 알리려는 책이 아니다. 문체는 가르쳐준다고 배울 수 없다. 배우거나 베껴서 똑같이 써본들 뒷날 후회한다. 기껏 썼더니 필자 본인이 아니라 유명한 남이 쓴 글 같다고들 한다면 이 무슨 창피인가.

글 기술을 익히면 자기 문체는 나온다. 나오게 돼 있다. 글 기술을 몰라서 못 만든다. 기술을 익힐 생각을 하지 않고 무작정 글을 쓰겠다고 덤비니까 문체도 없고 글도 없다. 요체는 글 기술이다. 고상한 글쓰기 교본을 내놓으면서 기술을 얘기한다? 천박하지 않은가. 글은 고상한 존재인데? 그 옛날 조선 선비들이 고담준론을 논하고 천하 비경을 묘사하면서 글을 썼는데 하찮은 '기술' 따위를 얘기해? 그렇게 느낀다면 그게 글을 못 쓰는 이유다.

글은 만 가지 콘텐츠를 생산하는 근원이다. 거기에 고상함과 저급함 혹은 진실됨과 사악함 같은 기준은 있을 수 없다. '자기가 의도한 주제와 소재를' '고급 글 기술로' '구성해 놓으면' 독자들이 그 글을 읽는다. 그리고 감동한다. 그러면 땀 흘려 진행한 글짓기 작업이 보상받았다는 뜻이다.

1450년대 구텐베르크가 활판인쇄술을 내놨을 때 유럽 교회에서는 면죄부를 대량으로 찍어서 팔았고 마르틴 루터는 이에 저항하는 95개조 반박문을 활판으로 찍어서 유포했다. 코페르니쿠스가 내놓은 지동설도 이 인쇄술로 유럽 전역에 전파됐다. 마녀사냥법을 적은 책 또한 구텐베르크 활판인쇄술을 통해 유럽을 휩쓸었다. 유럽 근대를 가져다준 긍정, 부정적인 모든 콘텐츠들이 콘텐츠를 담는 '기술'을 통해 전파됐다. 그 기술에 올라타지 않은 콘텐츠들은 다 망했다.

이 책은 '착한 글 악한 글 구분법'이 아니라 '글'에 관한 책이다. 착한 글 쓰는 방법이 아니라 글 쓰는 방법, 글 기술에 관한 책이다. 7년 전 초판을 냈을 때 필자가 사용했던 개념이 '글 생산'이었다. 글을 제조업 상품과 동일한 상품으로 규정하고, 글이라는 상품을 제작하는 과정이 글짓기라고 못박았다. 지금 우리들이 쓰려는 글이 일기인가? 남 보여주려고 쓰는 글들이 아닌가. 물건으로 따지면 소비자에게 팔기 위해 만든 상품 아닌가. 작심하고 상품을 만드는데 불량품이면 팔 방법이 없다. 무조건 잘 만들어야 한다. 글도 똑같다.

잘 만들기 위해서는 제조 기술이 좋아야 한다. 좋은 글을 쓰려면 글 기술이 좋아야 한다. 기초 기술이 좋아야 한다. 문체는 다음 얘기다. 자기가 원하는 주제를 적절한 소재를 통해 효율적으로 글로 전달하는 기본 기술이 있어야 좋은 글을 쓸 수 있다. 기술이 체화되면 문체는 얼마든지 자기가 고를 수 있다.

32년 신문사 밥을 먹다 보니 32년어치 글 기술을 알게 됐다. 경찰과 검찰 출입하던 20대 사회부 기사부터 오래도록 맡았던 여행기사, 유다른 사람들 만나 인터뷰하면서 쓴 인물 평론 그리고 지난 6년 동안 팔자에 없이 공부하며 써오고 있는 역사 평론까지 참 많은 장르를 거쳐왔다. 그게 30년 넘게 쌓이니까 이런 책이 나왔다.

초판에는 없고 이번 개정판에 강조되거나 추가된 부분이 몇 가지 있다.

첫째, 각종 평론에 필요한 '팩트 기반 글쓰기'를 더 강조했다. '땅의 역사'를 연재하면서 더욱 깊이 깨닫게 된 '사실(Fact)'을 개정판 곳곳에서 강조했다.

둘째, 이 책에서 제시한 글쓰기 원칙에 더 맞도록 초판 글들을 수정했다. 원칙을 제시해 놓고 이를 어긴 문장이 드문드문 보였다. 이를 바로잡았다.

셋째, '글보따리'라고 부르는 메모와 아카이빙에 대해 한 챕터를 신설했다.

넷째, 에세이와 평론으로 크게 분류한 장르별 예문을 추가했다.

초판 서문 마지막 문장은 이랬다. "읽고, 체화하고, 팽개쳐라." 책이 나온 지 7년이 됐으니 초판 독자들께서는 이미 그 책을 버렸을 터이다. 그러니 혹시 원칙을 잊어먹었거나 복습하고 싶은 독자들은 이 개정판을 만화책 읽듯 훑어보시기 바란다.

글을 쓰려는 미래 저자들은 꼭 이 책을 읽기를 권한다. 시중에 글쓰기에 관한 책이 산더미처럼 쌓여 있다. 저마다 자기 책이 최고라고 주장한다. 나 또한 내 책을 권하니 우습지만 기왕 좋은 글 쓰기로 작심했다면 한번 밑줄 치면서 읽어봐도 낭비는 아니라고 자평한다. 이제 글을 공부해 보자. 공부할 주제는 팩트와 리듬이다.

2023년 8월 박종인

| 서문 |

악마도 감동하는 글쓰기

이 책은 진실한 글에 대한 책도 아니고 도덕적인 글에 대한 책도 아니다. 그렇다고 부도덕한 글은 절대 아니다. 글을 잘 쓰는 방법에 관한 책이다. 진실한 글도 잘 쓰자는 말이고 도덕적인 글도 기왕이면 재미있게 잘 쓰자는 이야기다. 악마를 소환하는 글도 악마를 감동시킬 만큼 재미가 있어야 악마를 부를 수 있다. 악마도 맛있게 읽고 천사도 맛있게 먹을 수 있는 글에 관한 요리책이다.

1995년 봄날이었다. 내가 신문기자가 된 지 3년 되던 해였다. 그때 나는 조선일보 스포츠레저부에서 어린 여행 담당 기자로 일하고 있었다. 팀장은 오태진이었다. 오태진은 지금 TV조선 보도본부 보도고문이다.

200자 원고지로 다섯 장이 채 되지 않는 기사로 기억한다. 그 기사를 후딱 넘기고 동료들과 점심식사를 할 참이었다. 오전 열한 시 이십 분쯤 됐다. 기사를 쓰고, 기사 전송시스템에 기사를 올린 뒤 오 선배한테 넙죽 인사를 했다. "오 선배, 점심 먹고 오겠습니다."

맛있게 먹고 오라는 대답 대신에 오 선배가 나를 잠깐 대기시켰다. 3분쯤 대기했나? 오 선배가 자리에서 일어나면서 말했다. "어이, 박종인 씨, 당신 글에서 '의' 자와 '것' 자를 좀 빼보지?"

이해는 되지 않았지만, 우리는 하라면 하는 족속이다. 나는 친구들에게 먼저 식당에 가 있으라고 손짓을 하고 자리에 앉았다. '1,000자도 되지 않는 글이다, 글자 두 개 빼는 데 5분이면 된다.'

그리고 나는 여섯 시간 이십 분 뒤인 그날 오후 다섯 시 사십 분에 점심을 먹었다.

오 선배가 요구한 그 두 글자를 삭제하려면 문장 구조는 물론 글 전체를 뒤집어야 했다. 단순하게 글자만 빼버리면 문장이 성립하지 않았다. 그러니 문장 속에 있는 단어 앞뒤를 바꿔야 했다. 겨우 문장을 맞춰놨더니 이번에는 글이 뒤죽박죽이 됐다. 결국 나는 분통을 터뜨리며 오줌도 누지 못하고 여섯 시간 동안 글을 고쳤다. 그 날짜와 그 기사를 기억해 뒀어야 했다. 역사적인 날이었다. 글쓰기라는 작업이 얼마나 어렵고 또 재미있는 일인지 알게 된 날이었다.

나는 2023년 현재 32년 차 기자가 되었다. 글쓰기로 밥 벌어 먹고사는 사람이 되었다. 어느 틈에 글에 관한 한 나 나름대로 정립

한 이론도 생기게 되었다. 그걸 독자들과 나누려고 한다.

글은 만 가지 콘텐츠가 자라나는 근원이다. 글이 영화가 되고 드라마가 되고 시가 되고 사진이 된다. 모든 콘텐츠는 글에 뿌리를 둔다. 그래서 누구나 글이 중요하다고 이야기한다. 그런데 제도권 교육 어디에서도 글 쓰는 방법을 가르쳐주지 않는다. 이 글을 읽고 있는 당신, 초등학교 때 백일장은 나가봤을 당신, 국어시간에 진지하게 작문법을 배운 기억이 있는가. 나는 없다. 학교에서는 글로 상장을 주는 대회만 열었지 수업시간에는 배운 적이 없다.

그러다 보니 지금 시중에는 글쓰기 교실이 흘러넘친다. 작문법에 관한 책도 흘러넘친다. 글쓰기 교실은 늘 만원이고, 수강생들은 진지하다. 저마다 다른 목적과 수준을 가진 사람들이 글을 배운다. 어릴 때 배우지 못한 글을 다 커서 배운다. 수필은 이렇게 쓰고, 소설은 이렇게 쓰고, 기행문은 이렇게 쓰고, 보고서는 이렇게 쓴다고 배운다. 저마다 장르가 다르면 쓰는 방법도 다르다고 배운다. 과연 그런가. 32년 동안 글을 쓴 경험에 따르면, 글에 관한 원칙은 장르와 상관없이 똑같다.

복잡한 원칙은 원칙이 아니다. 원칙은 간단해야 한다. 몇 가지 원칙만 익히면 훌륭한 글을 쓸 수 있다. 사람들이 글쓰기 자체를 두려워하기에 원칙을 적용하지 못할 뿐이다.

이 책은 바로 그 원칙을 깨닫게 해주는 목적으로 썼다. 글쓰기는 어렵지 않다. 몰라서 못 쓰지, 원칙을 알면 누구나 좋은 글을 쓸 수 있다.

2014년부터 네 차례에 걸쳐서 조선일보 저널리즘 아카데미에서 글쓰기 강의를 했다. 강의 제목은 '고품격 글쓰기와 사진 찍기'였다. 평균 서른 명 정도였던 수강생들은 20대부터 70대까지 연령대도 다양했고 직업도 학생부터 재벌그룹 CEO까지 다양했다.

이들을 통해 글에 대한 대한민국 사람들 열정을 확인할 수 있었다. 여행기를 쓰고, 자서전을 쓰고, 좋은 연설문을 쓰고자 하는 욕구가 이 사회에 뜨겁다는 사실을 확인할 수 있었다. 이분들과 대화를 나누며 다시금 정리한 글쓰기 원칙들이 이 책에 담겨 있다. 이 책은 그 강의를 토대로 했다.

지난 세월 동안 취재를 하면서 많은 사람들을 만났다. 나는 진지하게 살아온 그들 삶을 불과 몇 시간 인터뷰로 훔쳐내는 행복한 도둑놈이었다. 선인들이 남긴 기록들을 뒤져 진실을 알아내고 밝히고 거짓을 깨뜨리는 행복과 사명감도 느껴보았다. 이제 내 경험과 글에 관한 알량한 지식을 행복하게 도둑맞을 시간이 왔다.

이 책은 글에 대한 요리책이다. 거창한 이론 혹은 '바람직한' 글쓰기를 논하는 비평서가 아니다. 재미있는 글을 쓸 수 있는 방법을 알려주는 책이다. 앞서 말했듯, 악마를 소환하는 글도 악마를 감동시킬 만큼 재미가 있어야 악마를 부를 수 있다.

기자질하는 동안 얻은 글쓰기 원칙이 여기 다 있다. 장담컨대, 이 책을 순서대로 꼼꼼하게 한 번만 읽으면 글에 대한 두려움을 없앨 수 있다. 원칙만 알면, 그 두렵던 글이 만만하게 보인다. 그래서 두 번째 읽으면 글을 쓰게 된다. 글이 이렇게 쉬웠어? 하고 고개를 갸웃갸웃하면서 스르륵 컴퓨터를 켜고 원고지를 꺼내게 된다.

세 번은 필요 없다. 두 번째 독서에서 쳐놓은 밑줄만 다시 보면 된다. 그때부터 이 책은 참고서가 아니라 요리책이다. 내가 말하지 않았는가, 복잡한 원칙은 원칙이 될 수 없다고. 원칙은 간단하다. 많지가 않다. 밑줄 친 문장이든, 아니면 꼼꼼하게 만든 목차든, 간략하게 정리된 그 원칙들만 원고지나 모니터 옆에 두고 수시로 읽어보라. 독서를 잘 한 사람이라면 네 번씩이나 이 책을 읽을 필요가 없다. 글은 쉽고, 원칙도 다 아는데 다시 이 책을 읽을 이유가 뭐란 말인가. 맹수에 쫓기던 사람이 강가에서 보트를 발견했다. 무엇을 하겠는가. 보트를 잡아타고 건너편으로 전속력으로 달려가야 한다. 그다음에는 무엇을 해야 하는가. 목숨을 살려준 보트가 고맙다고 머리에 이고 가나? 정답은 '보트를 팽개치고 열심히 달린다'다. 안 그러면 강 건넌 맹수한테 잡아먹히니까. 이 책을 읽는 방법도 명확하다. 읽고, 체화하고, 팽개쳐라.

차례

개정판에 부치는 건방진 서문 7

서문_악마도 감동하는 글쓰기 11

1장.
글에 관한 세 가지 이야기 19

쉬움 21 | 짧음 29 | 팩트 35

2장.
준비: 글보따리 챙기기 43

메모와 아카이빙 도구들 45

3장.
글쓰기 기본 원칙 49

글은 상품이다 52 | 글을 쓸 때 지켜야 할 원칙들 53 | 좋은 글이 가지는 일곱 가지 특징 59

4장.
글 디자인에서 생산까지 69

글 제조 과정 72 | 장르별 특성과 차이점 74 | 두괄식과 미괄식 그리고 제목 75 | 장르별 예문1_여행 에세이 78 | 장르별 예문2_역사 평론 90 | 장르별 예문3_인물 에세이 100

5장.
리듬 있는 문장과 구성 109

리듬 있는 문장 쓰기 112 | 한국말의 특성: 외형률과 리듬 114 | 구성도 리듬 있게 128 | 또 '팩트' 이야기: 주장이 아니라 팩트를 쓴다 129 | 글을 쓰기 위한 읽기-낭독 133

리듬감과 팩트를 보충한 글들의 전과 후 136 | 예시문 1 137 | 예시문 2 145

6장.
재미있는 글 쓰기1: 리듬 155

고수는 흉내 내지 않는다: 삐딱한 관점 158 | 고수는 장비를 탓하지 않는다: 쉬운 글 161 | 글의 구성요소-내용과 형식 162 | 글은 이야기다 168
리듬감과 팩트를 보충한 글들의 전과 후 184 | 예시문 3 185 | 예시문 4 192 | 예시문 5 201

7장.
재미있는 글 쓰기2: 기승전결 213

왜 '서론-본론-결론'이 아닌가 216 | 기승전결이란? 219 | 기승전결 구성에서 유의할 세 가지 225

8장.
재미있는 글 쓰기3: 원숭이 똥구멍에서 백두산까지 237

팩트를 스토리로 둔갑시키는 방법 240
리듬감과 팩트를 보충한 글들의 전과 후 245 | 예시문 6 246 | 예시문 7 255

9장.
관문: 마지막 문장 269

여운은 문을 닫아버려야 나온다 272 | 식스센스의 반전 274 | 글 문을 제대로 닫는 방법: 마지막 문장 다스리기 275
리듬감과 팩트를 보충한 글들의 전과 후 279 | 예시문 8 280 | 예시문 9 290 | 예시문 10 303 | 예시문 11 312 | 분석과 총평이 필요 없는 다섯 편의 글들 320

10장.
너라면 읽겠냐?: 퇴고 333

글을 고치는 다섯 가지 기준 335
품격 있는 글 340

1장

글에 관한
세 가지 이야기

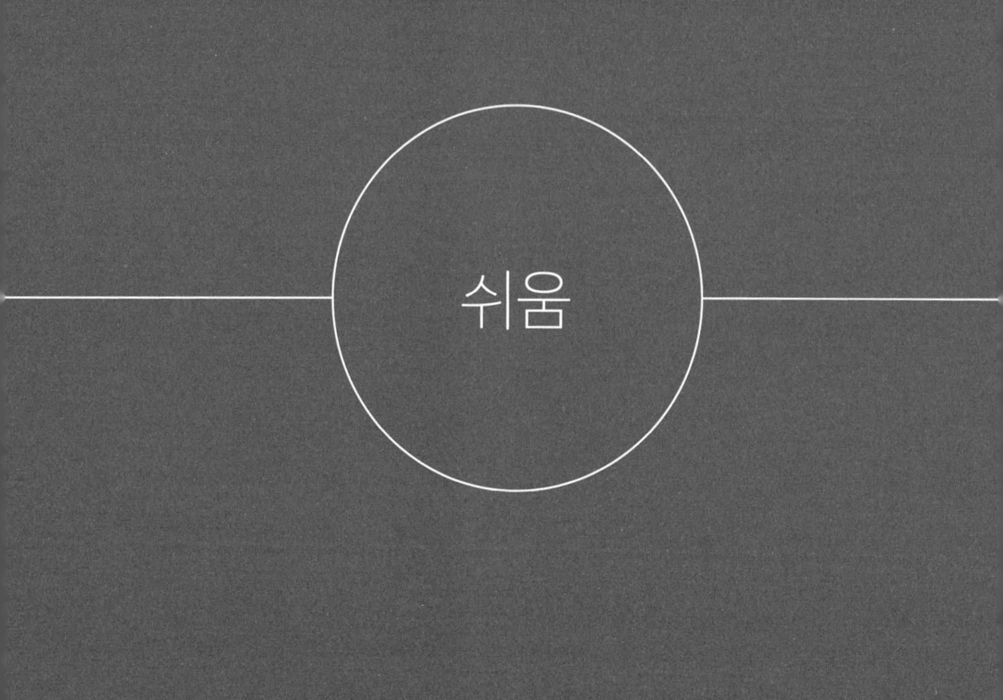
쉬움

현실 세계를 사는 사람들을 대중이라고 한다. 글을 쓰는 사람들을 언중이라고 한다. 말씀 언(言)에 무리 중(衆)이다. 글을 써야 언중이 된다. 이 네 문장을 읽은 당신은 글쓰기에 관심이 있는 사람, 언중이다.

언중은 글을 쓰고 싶다. 잘 쓰고 싶다. 잘 써서 인스타그램도 하고 책도 쓰고 싶다. 유튜브 대본도 만들어서 스타도 되고 싶다. 아니, 취직해서 돈을 벌고 싶은데 그깟 자기소개서가 뭐라고 학원까지 다니면서 작문법을 배워야 하나. 글쓰기가 쉽지 않다. 어떤 사람은 글쓰기에 자부심과 자신감을 가지고 있다는데, 난 정말 글쓰기가 뭔지 모르겠다. 이럴 줄도 모르고 왜 초등학교 국어시간에 열심히 공부하지 않았나, 후회도 해본다.

○○○

여기까지 읽었다면 당신은 적극적인 언중이 될 자격이 있는 독자다. 남이 쓴 글을 읽고 감동하는 피지배자가 아니라 당당하게 언어세계에서 권리를 행사하려는 지배 언중이다. 그런데 글은 어렵다.

말을 할 때 사람들은 거리낌이 없지만 글을 쓰려고 책상머리에 앉으면 겁을 먹는다. 이런 생각을 한다.

'글쓰기는 말하기와 무관한 특별한 작업이다. 작문에는 고난도 기술이 필요하고 말과 달리 고매한 단어를 골라 사용해야 한다. 그러니 겁이 난다. 어려운 단어를 알지 못하는데 글을 써야 하다니, 이 얼마나 어려운 작업인가.'

또 이런 생각도 한다.

'한 번에 처음부터 끝까지 쉽게 읽을 수 있는 글은 훌륭한 글이 아니다. 몇 번을 정독해야 뜻이 통해서, 내가 가지고 있는 지식과 지혜가 얼마나 깊고 넓은지 독자가 깨닫게 되는 글이 훌륭한 글이다. 그런 글을 쓸 수가 없으니 괴롭고 답답하다. 자고로 명문과 미문이라면 공자 왈과 맹자 왈이 세 번은 나와야 한다. 머릿속에 고매한 표현이 없으니 인터넷을 뒤져서 남들이 인용한 수천 년 전 성현들 말씀을 재인용하면서 스스로를 고매하게 만들어야 한다.'

모두 틀린 생각이다. 글을 다시 생각하자.

글은 글자로 옮긴 말이다.

다시 말해서, 말을 기록하면 글이 된다. 기록된 말이 바로 글이다. 더도 덜도 아니다.

어렵게 말하는 사람, 매력 없다. 두서없이 말하는 사람, 듣기 싫다.

어려운 글, 지루하다. 두서없는 글, 재미없다.

이제 글에 대한 생각을 완전히 바꾼다.

말은 쉬워야 한다. 어려운 말은 씨알도 먹히지 않는다.

글은 말이다.

글도 쉬워야 한다. 어려운 글은 씨알도 안 먹힌다.

믿기 힘든 사람도 있겠지만, 글은 쉬워야 한다. 무조건 받아들이도록 한다. 아니면 일단은 그냥 외운다.

철칙 1

글은 쉬워야 한다

무조건 쉬워야 한다

하나 더.

여백을 제외하고 앞 페이지
'1장'이라는 글자부터
'아니면 일단은 그냥 외운다'까지
나온 914개 글자 가운데

‘의’와 **‘것’**은

한 번도 없었다.

못 믿겠다고?

그렇다면 이건 어떤가.

7페이지 '개정판에 부치는 건방진 서문'부터
23페이지 '아니면 일단은 그냥 외운다'까지
목차 빼고 5,050글자 가운데에도
'의'와 **'것'**은 한 번도 없었다.

거짓말이라고?
찬찬히 다시 읽어보라.

짧음

다음 글을 작은 소리로 읽어보자. 반드시 소리를 내서 읽어보자.

사군자(四君子)

사군자를 사랑하는 사람들이 잘 하지 않는 이야기다. 아니면 잘 모르거나.

매화와 벚꽃은 사촌이다. 속씨식물문 쌍떡잎식물강 장미목 장미과 벚나무속이다. 종만 다르다. 매화보다 벚나무가 큰집이다. 말하기 좋은 사람들은 벚꽃을 벚꽃이라 부르지 않는다. 사쿠라라 부른다. 경멸한다는 뜻이다. 매화를 향하는 표정에는 흠모심이 가득하다.

1963년 4월 중국과 일본 난초 애호가들이 일본에서 만났다. 이들은 온대성 심비디움, 덴드로비움, 네오피네티아, 에리데스 등 4개 속 일부만을 동양란이라 부르자고 결의했다. 그게 한중일 문인화에 등장하는 난초, 동양란이다. 450속 15,000종이 넘는 난초 가운데 군자(君子)로 선정된 난초는 100종이 되지 않는다는 말이다.

국화는 가을꽃이다. 가을꽃 가운데 진드기가 제일 많이 꼬인다. 열심히 담배 썬 물 바르고 진드기를 안 잡으면 죽는다. 국화를 군자로 만든 사람은 도잠이다. 도연명이라고도 한다. 도연명은 동진시대 벼슬아치였다. 서기 405년 마흔한 살에 한 지방자치단체 장이 되었다. 윗사람에게 굽신대기 싫었다. 석 달 만에 때려치웠다. 집에 왔더니 골목에 예전에 봤던 국화꽃이 피어 있었다. 도연명은 〈귀거래사〉라는 시를 썼다. 국화를 지조 있는 꽃이라고 읊었다. 골목에 있어줬다는 이유 하나였다. 이후 국화는 군자 꽃이 되었다.

역사적으로 제일 먼저 군자가 된 식물은 대나무다. 국화보다 천 년 전이다. 공자가 정리한 《시경》(詩經)에서다. 높은 덕과 학문과 인품을 상징하는 식물로 출연했다. 꺾이지 않고 늘 푸르고 늘 꼿꼿하다. 그런 대나무가 《시경》을 쓴 저자 눈에는 군자로 보였다. 맞다. 강직하기 짝이 없어 보인다. 그런데 대나무는 세로로 가하는 힘에는 약하다. 마디 위로 쐐기 한 방 박아보라. 식칼도 좋다. 어이없이 쪼개져 버린다. 가로로만 군자다.

매화 사촌인 벚꽃은 경멸당한다. 난초는 100종만 군자다. 나머지는 잡초다. 국화는 나약하거나 지저분하다. 사람 손이 필요하다. 아니면 진드기로 범벅이 된다. 대나무는 가로로만 강직하다.

아래위로 몇 번 쥐어박으면 끝이다. 이들이 사군자라니. 군자는 대로행(大路行)이라더니, 8차선 아스팔트 위를 걷다가 군자들이 다 횡사라도 했다는 말인가.

교훈을 주기 위해 사람들은 비유를 한다. 어리석다. 식물국회는 식물에 대한 모독이다. 막장 드라마는 막장에 대한 모독이다. 멍청한 자를 새대가리라 칭하면 새들이 웃는다. 그런 비유는 무책임하고 편협하다. 사군자는 맞지 않는 계절에 꽃을 피우거나 푸르거나 향기를 퍼뜨리는 비정상적인 식물들이다. 이들을 인간에 비유하는 짓은 거꾸로 인간에 대한 모독이다. 인간에 대한 충고와 비판은 인간이 가진 독법과 어법으로 해야 한다. 그래야 뜻이 명확하고 완전하다.

○○○

당신이 읽은 '사군자'라는 글에는 문장이 61개 있다. 가장 긴 문장은 '이들은 온대성 심비디움, 덴드로비움, 네오피네티아, 에리데스 등 4개 속 일부만을 동양란이라 부르자고 결의했다.'로 쉼표와 마침표 합해서 50글자다. 제일 짧은 문장은 '맞다'로 두 글자다.

짤막짤막한 단문(短文)으로 문장을 쓰면 좋은 일이 두 가지 생긴다. 첫째, 문장이 복잡하지 않아서 문법적으로 틀릴 일이 별로 없다.

두 번째, 독자가 읽을 때 속도감이 생긴다. 리드미컬한 독서가 가능하다는 말이다. 여기에서 글쓰기에 대한 두 번째 철칙이 나온다.

철칙 2

문장은 짧아야 한다

이유를 모르겠다면
다시 한 번 작은 소리로 읽어보라.
리듬을 느껴보라.

팩트

연금술사 들뢰르, 혀와 팔꿈치

절대왕정 극한기였던 프랑스 루이 16세 시절, 저명한 연금술사 장 피에르 들뢰르(Jean Pierre d'Loer, 1745~1790)는 왕명을 받들어 6개월 동안 '인체 구조의 근육과 인대 그리고 성욕 간의 상관성에 대한 생리-천체물리학적인 고찰'이라는 연구를 수행했다. 들뢰르는 이 연구를 위해 다섯 달 동안 열두 살 어린 아내를 버려두고 프로방스와 페이 바스크(Pay Basque) 지역을 돌아다니며 정부(情婦) 21명과 동침해 이런저런 수단으로 그녀들 혀 근육과 팔 힘줄 유연성을 조사했다. 짬짬이 수려한 비아리츠 해안선과 너른 프로방스 들녘을 즐기는 일도 빼먹지 않았다. 반년간 열정적인 현장 연구와 이론 조사 끝에 그가 제출한 보고서 결론은 이러했다. "여자는 자기 팔꿈치를 혀로 핥을 수 없다."

남자도 자기 팔꿈치를 핥지 못하니 그 결론은 편협했다. 또 한 번만이라도 들뢰르 스스로 자기 팔꿈치를 핥아보려 했다면 반쪽짜리 결론은 내리지 않았을 터이니 그는 진정한 실증주의자는 아니었다. 그는 왕실에서 받은 금화로 더 많은 정부들과 함께 아프리카 북부 옛 카르타고 지역까지 여행을 즐기며 살다가 프랑스 혁명 이듬해 당통 로베스피에르 정권이 기요틴으로 목을 잘라줬다.

오스트리아의 사학자 지그프리트 벨히만(Siegfried Belhimann, 1800~1877)이 쓴 프랑스 시민혁명에 대한 불후의 저작 《부르주아들의 파티, 프랑스혁명》(1987년 초록은동색 출판사 번역 출간)에도 들뢰르 이야기가 나온다.

"아내 마리 앙투아네트의 과도한 성적 욕구를 수용하지 못한 루이 16세는 봉건 절대 권력의 유지를 위해 귀족 세력과의 비정상적인 사교활동에 탐닉했다. 아마도 절대 권력과 귀족 세력은 어느 날 생리학과 천체물리학에 대해 열정적인 논쟁을 벌인 것으로 추정된다. 다시 말해, 연금술사에 불과했던 들뢰르가 팔꿈치와 혀를 둘러싼 논쟁에 개입한 것은 자물쇠 만들기가 취미였던 루이와 그 추종 세력의 철저한 희생양이었다."

들뢰르가 단두대에 오르기 전 보름 동안 그를 취조했던 전설 속 여전사 미셸린느(별명은 '여자 도살꾼(Michelline the Butcheress)'이다. 그녀는 바스티유 감옥 함락 당시 감옥에 있던 파렴치범 8

명 가운데 하나였다)는 이렇게 들뢰르를 비난했다. "들뢰르보다 우리를 분노하게 만든 자들은 그의 정부 21명이었다. 모두 금화에 눈이 멀어 귀족에게 들러붙은 평민들이요, 하나같이 얼토당토않은 실험에 기꺼이 응한 생쥐 같은 여자들"이라고.

그녀는 공포정치 후반 피비린내 나는 시민혁명에 환멸을 느끼고 신생국 미국으로 이민 가 마차 사업으로 돈을 벌었다. 남이 대필했음이 분명한 그녀의 회고록《나는 이렇게 두 대륙 혁명을 살았네》(Surviving Two Revolutions on Two Continents)에는 그녀가 들뢰르 혀를 인두로 지져 사흘 만에 팔꿈치를 핥게 만들었다고 적혀 있다. 훗날 그녀 후손들은 포드가(家)가 자동차를 대량 생산하자 업종을 바꿨다. 그 회사 이름은 알 만한 사람은 다 아니 따로 언급하지 않겠다.

앞글은

몽땅 거짓말이다.

만에 하나 구글이나 네이버를 뒤지며 Jean Pierre d'Loer라는 연금술사를 검색하려 들지는 마시기 바란다. 그는 필자 상상 속에 탄생해 5분 정도 정열적으로 살다가 조금 아까 영원히 사라졌다. 만일 뒤지다가 진짜 들뢰르라는 동명이인을 찾아냈다면 연락 주시기 바란다. 지그프리트 벨히만 박사나, 하도 횡설수설해 무슨 말을 하는지 이해 불가능한 저서《부르주아들의 파티, 프랑스혁명》을 찾을 생각도 하지 마시라. 엉터리 번역이 돋보이는 초록은동색 출판사도 유령출판사다. 벨히만 박사도 내 머릿속에 딱 5분 살았고 여자 도살꾼 미셸린느도 그만큼밖에 살지 못했다. 만일 그녀 이름과 유사한 어떤 타이어 업체를 떠올렸다면 서둘러 기억에서 삭제해 주시기 바란다. 아, 이 글을 읽으며 자기 팔꿈치에 혀끝을 붙여보려고 실험했을 21세기 실증주의자들에게도 경의를 표한다.

거짓말임을 눈치채지 못하고 독자들이 이 글을 끝까지 재미있게 읽은 이유는 이 글이 가지는 구체성에 있다. 구체적인 팩트가 독자로 하여금 글에 몰입하게 만든 것이다. 여기에서 글쓰기에 관한 세 번째 철칙이 나온다.

철칙 3

글은 팩트(Fact)다.

주장은 팩트, 사실로 포장해야 한다.

2장

준비:
글보따리 챙기기

○○○

메모와 아카이빙 도구들

글을 쓰려면 재료가 필요하다. 재료는 상상에서 나오지 않는다. 일상생활 경험과 남이 던진 이야기, 읽은 책, 검색한 자료에서 나온다. 그렇게 얻은 재료를 물 흘리듯 보내버리면 글을 쓸 재간이 없다. 반드시 기록해 둔다. 그게 글보따리다.

hwp(한글)

이 글을 쓰고 있는 필자 이야기 하나. 나는 대학교 때부터 지금까지 기록하고 있는 공책이 있다. 워드프로세서 프로그램이 나오기 전까지는 공책이었고, 지금은 hwp 파일이다. 워드 프로그램을 쓰면서 대학 시절 공책에 써놓은 글들을 파일로 옮겼다. 파일 이름은 '각종 메모 모음'이다. 신문기사, 인터넷 검색에서 얻은 짧은 글, 나 스스로 감탄해 마지않는 독특한 표현과 문장, 그날의 생각 따위를 닥치는 대로 적었다. 30년이 넘은 지금, 그 파일이 A3 용지로 4,000장이 넘는다.

글 소재가 떨어지거나 글에서 표현이 안 되면 나는 그 파일을 열어서 무작위로 페이지를 열어본다. 뒤지면 반드시 뭔가가 나온다. 번듯하게 좋은 학교 나와서 글로 먹고산 지 32년 된 50대 남자가 반평생을 기록했으니, 그 메모에 뭔들 없겠는가. 내 인생이 다 있다. 하드디스크에 백업된, 나의 뇌(腦)다.

그리고 이 파일이 내 글보따리다. 너무도 소중한 보따리인지라 두 개 세 개씩 복사해서 하드디스크와 클라우드에 연동시켜 놓았다.

모바일 메모

출퇴근할 때, 심심할 때, 술 먹을 때 뭔가 기발한 아이디어가 떠오르거나 재미난 이야기를 들었거나 어떤 일에 대해 궁금증이 생기면 이를 반드시 휴대전화 메모장에 기록해 놓는다. 필자는 보통 이를 카카오톡 내 계정에 그때그때 보내놓고 나중에 정리한다. 이 또한 앞에 있는 hwp 파일 속으로 들어간다. 남녀노소를 불문하고 머리에 떠오르는 발상을 제대로 기억하는 사람은 없다.

그리고 엑셀

축적해 놓은 글 재료들을 되도록 엑셀 파일로 정리해 둔다. 방대한 재료들이 분류와 검색이 가능한 '데이터베이스'로 진화한다. 키워드를 만들어서 한 칼럼은 그 키워드를, 자료는 파일 이름과 컴퓨터 폴더명, 인터넷 URL을 분류해서 엑셀에 정리해 놓으면 기가 막힌 글보따리가 된다. 글을 쓰기로 작심했다면 꼭 이를 실천해 보시라. 한 번 쓰고 글짓기 그칠 사람은 이럴 필요 없다.

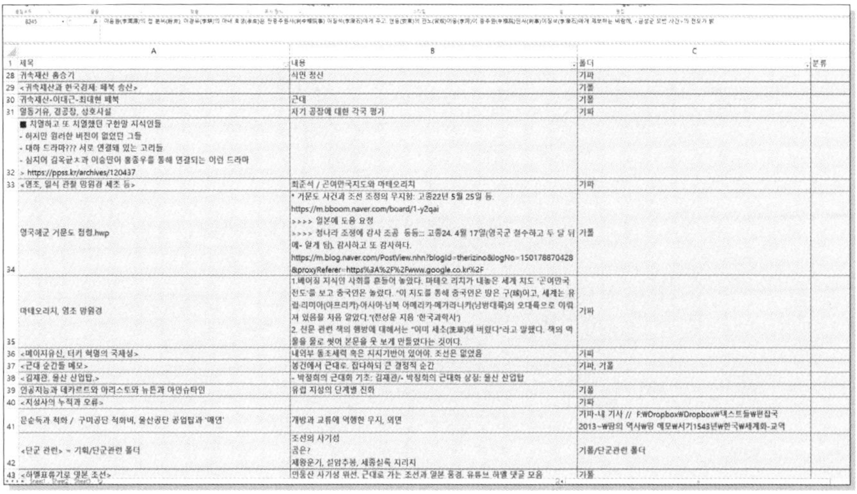

	A	B	C	
1	제목	내용	폴더	분류
28	귀속재산 흥승기	식민 청산	기파	
29	<귀속재산과 한국경제: 패북 송산>		기폴	
30	귀속재산-이대근-최대현 패북	근대	기폴	
31	열동거유, 경공장, 상호사설	자기 공장에 대한 각국 평가	기파	
32	■ 치열하고 또 치열했던 구한말 지식인들 - 하지만 원려한 비전이 없었던 그들 - 대하 드라마??? 서로 연결돼 있는 고리들 - 심지어 김옥균大과 이승만이 홍종우를 통해 연결되는 이런 드라마 > https://ppss.kr/archives/120437			
33	<영조, 일식 관찰 망원경 세조 등>	최준석 / 곤여만국지도와 마테오리치	기파	
34	영국해군 거문도 점령.hwp	* 거문도 사건과 조선 조정의 무지함: 고종22년 5월 25일 등. https://m.bboom.naver.com/board/1-y2qai >>>> 일본에 도움 요청 >>>> 청나라 조정에 감사 조공 등등:: 고종24. 4월 17일(영국군 철수하고 두 달 뒤에- 알게 됨). 감사하고 또 감사하다. https://m.blog.naver.com/PostView.nhn?blogId=therizino&logNo=150178870428&proxyReferer=https%3A%2F%2Fwww.google.co.kr%2F	기폴	
35	마테오리치, 영조 망원경	1.베이징 지식인 사회를 흔들어 놓았다. 마테오 리치가 내놓은 세계 지도 '곤여만국전도'를 보고 중국인은 놀랐다. "이 지도를 통해 중국인은 땅은 구(球)이고, 세계는 유럽-리미아(아프리카)-아시아-남북 아메리카-메가라니카(남방대륙)의 오대륙으로 이뤄져 있음을 처음 알았다."(전상운 지음 '한국과학사') 2. 천문 관련 책의 행방에 대해서는 "이미 세초(洗草)해 버렸다"라고 말했다. 책의 먹물을 물로 씻어 본문을 못 보게 만들었다는 것이다.	기파	
36	<메이지유신, 터키 혁명의 국제성>	내외부 동조세력 혹은 지지기반이 있어야. 조선은 없었음	기파	
37	<근대 순간들 메모>	봉건에서 근대로. 잡다하되 큰 결정적 순간	기파, 기폴	
38	<김재관, 울산 산업탑.>	- 박정희의 근대화 기초: 김재관/- 박정희의 근대화 상징: 울산 산업탑		
39	인공지능과 데카르트와 아리스토와 뉴튼과 아인슈타인	유럽 지성의 단계별 진화	기폴	
40	<지성사의 누적과 오류>		기파	
41	문순득과 척화 / 구미공단 척화비, 울산공단 공업탑과 '매연'	개방과 교류에 역행한 무지, 외면	기파-내 기사 // F:₩Dropbox₩Dropbox₩텍스트들₩편집국 2013~₩땅의 역사₩땅 메모₩서기1543년₩한국₩세계화-교역	
42	<단군 관련> = 기획/단군관련 폴더	조선의 사기성 곰은? 제왕운기, 설암추봉, 세종실록 지리지	기폴/단군관련 폴더	
43	<하멜표류기로 엿본 조선>	만동산 사기성 위선, 근대로 가는 조선과 일본 풍경, 유튜브 하멜 댓글 모음	기폴	

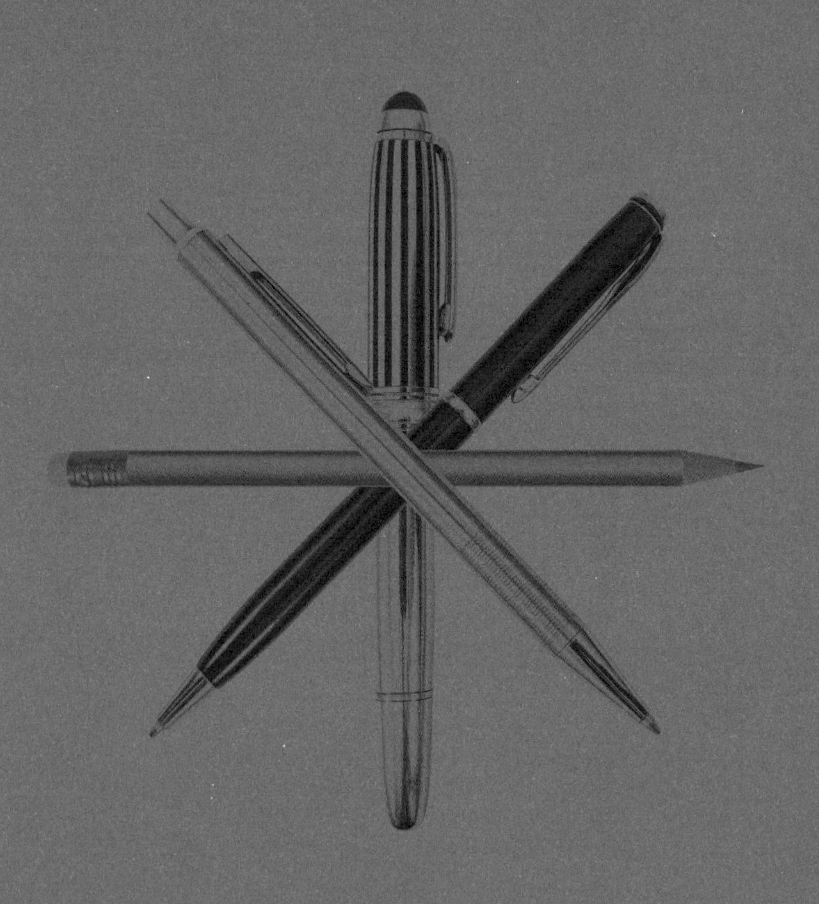

3장

글쓰기 기본 원칙

○○○

1장에서 쉽고 구체적이고 짧은 글이 좋은 글이라고 했다. 좋은 글이 가져야 할 세 가지 성격이 바로 '쉽고' '구체적이고' '짧아야' 한다는 말이다. 당장 반발이 튀어나온다. 내가 알고 있는 글은, 내가 쓰고 싶은 글은 내용은 심오해야 하고 문장 하나하나는 명문이어야 하고 표현은 참신해야 한다. 그런데 그런 심오, 명문, 참신 따위 단어들을 다 없애라고?

그래야 한다. 이번 장에서는 글에 대해 언중 대부분이 가지고 있는 오만과 편견을 없애도록 하겠다. 글은 무조건 쉬워야 한다. 글은 필자가 주인이 아니다. 글은 독자가 주인이다. 독자는 쉬운 글을 원한다.

글은 상품이다

글에 대한 생각을 바꾸지 않으면 좋은 글을 쓸 수 없다. 글은 독자를 위한 상품이다. 봉제공장에서는 인형을 생산한다. 가전공장에서는 핸드폰을 만든다. 필자는 글을 생산한다. 글은 상품이다. 상품은 판매를 위한 물건이다. 독자라는 소비자가 선택하지 않으면 글은 팔리지 않는다. 팔리지 않는 글은 상품이 아니다. 상품이 아닌 글은 글이 아니다.

글은 필자가 아니라 독자가 주인이다.

글은 생산자인 필자가 아니라 소비자인 독자를 만족시켜야 한다. 자기 글을 두고두고 읽으면서 왜 이렇게 나는 글을 잘 쓸까 하고 나르시시즘에 빠져봐야 소용없다. 문제는 소비자다. 독자가 읽고 만족하지 않으면 그 글은 잘못된 글이다. '만족'은 읽고 기분이 좋다는 말이 아니라 '반응'이 있다는 말이다. 좋은 글을 읽으면 독자는 분노하기도 하고 쾌감을 느끼기도 하고 슬픔을 느끼기도 하고, 지적 호기심을 충족했다는 즐거움을 느끼기도 한다. 이러저러한 감흥을 주지 않는 글은 상품성이 없는 글이다.

소비자를 만족시키는 상품은 공통점이 있다.

- (사용하기) 쉽다 : 설명서를 굳이 읽지 않아도 사용할 수 있다.
- (디자인이) 단순하다 : 복잡하지 않다.

- (디자인이) 참신하다 : 기존 제품을 흉내 내지 않은 독창적인 디자인.
- (용도가) 범용이 아니라 구체적이다.

좋은 글에는 아래와 같은 특징이 있다.

- (읽기) 쉽다 : 단어도, 말하려는 논지도 이해하기 쉽다.
- 짧다 : 필요한 말만 적혀 있다. 문장은 수식어가 없는 단문이고 불필요한 문장도 없다.
- (다른 글과 관점/표현이) 다르다 : 독자가 생각지 않은 독특한 관점이 있다.
- 팩트가 적혀 있다 : 보편타당한 주장, 즉 ~해야 한다/~할 것이다 따위 주장이 아니라 구체적인 사실들이 적혀 있다.

고품질 상품과 고품질 글은 이렇게 놀랍도록 유사하다.

글을 쓸 때 지켜야 할 원칙들

많은 사람들이 '글이란 무엇인가' 혹은 '좋은 글은 무엇인가'라는 의문을 품는다. 글쓰기가 직업인 사람들은 더 그렇다. 글에 대한 고민 없이 글을 어떻게 잘 쓸 수 있겠는가. 유사 이래 글을 직업으로 삼은 사람들은 늘 글에 대해 고민해 왔다. 이기적으로는 남보다 글을 잘 쓰기 위한 방법을 연구했고, 크게는 독자를 감동시킬 수 있는 작문법에 대해 고민했다.

남에게 보여주지 않고 자기만 꼭꼭 숨겨놓고 보다가 죽을 때 불태워 버리겠다고 일기장을 쓰는 사람에게는 이 책은 큰 의미가 없다. 하지만 일반 대중을 상대로 글을 쓰려는 사람이라면 좋은 글쓰기에 대해 고민해야 한다.

고민하는 목적은 독자를 감동시키기 위함이고 고민하는 대상은 좋은 글을 구성하는 원칙이다.

아무리 의미가 있고 깊이가 있는 글을 써도 재미가 없으면 사람들이 읽지 않는다. 글을 쓰는 궁극적인 목적은 재미다. 재미가 없다면 초등학생이 칸트 철학책을 읽는 꼴이 된다. 우리는 이마누엘 칸트라는 사람이 해박한 지식과 깊은 철학을 갖고 있다는 사실은 잘 안다. 하지만 나를 포함해 이 글을 읽는 사람들 가운데 칸트가 쓴 책들을 다 읽은 사람은 별로 없다. 왜? 재미가 없으니까. 글은 무조건 재미가 있어야 한다. 칸트식 글쓰기는 일반 대중을 위한 글쓰기는 아니다.

자기가 몸담은 조직 직원들에게 가르침을 주거나 연설문을 작성할 때도 재미가 있어야 앞에 있는 사람이 졸지 않고 다 듣고, 책장을 덮지 않고 다 읽는다.

글이 재미있어야 하는 이유는 명확하다. 감동을 줘야 한다. 감동은 울림이다. 재미가 있어도 내용이 제대로 되어 있지 않으면 깔깔 웃으며 끝까지 읽었어도 뭘 읽었는지 모른다. 사람들에게 감동을 주는 글은 마지막 문장까지 읽은 독자를 멍하게 만드는 글이다. 그럴 수 있는 글은 무엇일까.

영국 사람 조지 오웰은 소설가다. 《1984》, 《동물농장》 같은 소설을 썼다. 1946년 오웰이 《정치와 영어》(Politics and the English Language)라는 수필에서 내놓은 글쓰기 원칙은 다음과 같다.

1. 인쇄물에서 흔히 본 직유, 은유는 '절대' 쓰지 않는다.
2. 짧은 단어를 쓸 수 있을 때는 '절대' 긴 단어를 쓰지 않는다.
3. 빼도 상관없는 단어는 '반드시' 뺀다.
4. 능동태를 쓸 수 있다면 '절대' 수동태를 쓰지 않는다. 예컨대 '그 남자가 개한테 물렸다'라고 쓰기보다는 '개가 그 남자를 물었다'라고 쓴다. 훨씬 설득력이 강하다.
5. 일상생활 용어로 대체할 수 있다면 외래어나 과학 용어, 전문 용어는 '절대' 쓰지 않는다.
6. 대놓고 상스러운 표현(anything outright barbarous)을 쓸 수밖에 없다면 위 다섯 원칙을 깨버린다.

인쇄물에서 흔히 본 직유, 은유, 비유는 절대 쓰지 마라. '흔히 본'이라는 표현이 중요하다. 예를 들어서 '불 보듯 뻔하다'라는 말이 있다. 이 '불 보듯 뻔하다'라는 말을 어떤 사람이 처음 사용했을 때는 참신했음이 틀림없다. 진짜 불 보듯 뻔한 만큼 뻔한 게 없으니까. 하지만 그 참신한 표현이 이제는 죽어버렸다. 아무나 다 쓰는 표현이 돼버렸다.

누구나 다 쓰는 말들이고 내가 쓴다고 한들 무슨 말을 할지 불 보듯 뻔하다면 그 글은 '불 보듯' 세 글자를 손해 보는 비효율적인 글쓰기가 된다.

짧은 단어를 쓸 수 있을 때는 '절대' 긴 단어를 쓰지 않는다. 이 또한 결국 효율적인 글쓰기 얘기다. '말을 주절주절한다'는 말이 있다. 한마디로 하면 될 말을 왜 저렇게 길게 얘기하나, 라는 뜻이다. 바로 이거다. 한 방에 훅, 권투로 치면 잽을 계속 날리지 말고 어퍼컷 한 방에 사람을 쓰러뜨리면 되는 거지 어퍼컷을 날릴 수가 있는데 요기조기 톡톡 건드리기만 하면 사람 성질만 건드리지 쓰러뜨릴 수가 없다.

그다음 다섯 번째 원칙에 유의하자. 일상생활 용어로 대체할 수 있다면 외래어나 과학 용어, 전문 용어는 '절대' 쓰지 않는다. 간단하게 말하면 어려운 글을 쓰지 마라, 쉽게 쓰라는 말이고 돌려 말하면 잘난 척하지 말라는 얘기다. 기사, 소설과 수필 기타 등등 여러 가지 장르와 형식은 다르지만, 이 모든 글에 일관되는 원칙 하나가 '쉬운 글을 쓰라'다.

처음 신문사에 입사했을 때 선배들한테 지겹도록 들은 말이 있다.

'신문 독자는 중학교 1학년이다.'

중학교 1학년이 읽어서 이해가 안 되면 글이 아니다. 처음에 이

해를 못했다. 나는 번듯하게 4년제 대학을 나왔고 어려운 단어도 많이 알고 신문 독자층에는 소위 먹물도 많을 텐데 왜 쉽게 풀어써야 하는가 생각도 많이 했다. 세월이 지나 보니 쉽게 풀어 쓴 글이 사람들한테 호소력이 있음은 분명하다.

많은 사람들이 의문을 가진다. 왜 글이 쉬워야 하는가. 나는 현학적이고 싶고 전문적이고 싶은데. 아인슈타인 논문 독자는 일반 대중이 아니고 그 사람의 전문 지식을 이해할 수 있는 과학자들이었다. 그래서 아인슈타인은 자기네들이 다 이해하고 있는, 자기네들한테는 쉬운 그런 단어를 쓸 수 있었다.

그 '자기네들의 쉬운 단어'들을 우리들은 이해하지 못한다. 아인슈타인식으로 글을 쓰면 재미도 없고 독자들한테 이해도 안 되고 아무것도 할 수 없는 그런 글이 되어버린다. 중요한 원칙이다.

그다음, 대놓고 상스러운 표현(anything outright barbarous)을 쓸 수밖에 없다면 위 다섯 원칙을 깨버린다.

글에 품격이 있으려면 저질이어서는 안 된다. 글은 문자로 기록된 말이라는 사실을 명심하자. 욕투성이 말을 듣고 싶은 사람이 어디 있는가. 글도 마찬가지다. 하지만 조지 오웰은 '대놓고 상스러운' 이라고 했다.

상스러운 표현을 쓰지 않고 전달이 안 된다면 상스러운 표현을 써도 좋다. 욕을 하기 위한 욕, 사람을 불쾌하게 만드는 단어로 점철된 글은 써서는 안 된다. 필자는 그 글을 쓰면서 쾌감을 느낄지 모르겠지만 독자는 불쾌하다. 모든 기준은 상식이다. 상식선에서 용인할 수 있는 수준의 욕설은 눈감아 줄 수 있다. 하지만 상식을 넘어서면 안 된다.

이들 몇 가지 원칙을 하나로 정리하면 '글은 쉬워야 한다'다. 쓰기 쉬운 게 아니라 읽기에 쉬워야 한다. 쉬워야 독자가 찾아서 읽는다. 많은 사람들은 글이란 어려워야 한다고 생각한다. 그래야 권위가 생긴다고 생각한다. 정작 글로 밥 벌어 먹고사는 사람들 생각은 다르다.

> 명확하게 쓰면 독자가 모인다. 모호하게 쓰면 비평가들이 달라붙는다(Ceux qui écrivent obscurément ont bien de la chance : ils auront des commentateurs. Les autres n'auront que des lecteurs).

프랑스 소설가 알베르 카뮈가 한 말이다. 카뮈는 20세기 사람이다. 독자는 쉬운 글을 좋아한다는 말이다. 그런데 쉬운 글 쓰기는 쉬운 일이 아니다.

18세기 영국 시인 알렉산더 포프는 이렇게 말했다.

> 글쓰기에 있어 진정한 쉬움은 우연이 아니라 기술에서 비롯한다. 춤을 배운 이들이 가장 쉽게 움직이듯이(True ease in writing comes from art, not chance. As those move easiest who have learned to dance).

《큰바위 얼굴》을 쓴 너새니얼 호손은 대놓고 "쉽게 읽히는 책은 몹시 쓰기 어렵다"고 자백한다. 상업적으로 글쓰기를 해온 이들 작가들은 '쉬운 글'을 쓰는 데 집착했다. 이유는 명확하다. 그래야 독자들이 읽으니까.

글은 상품이다. 팔리는 상품은 사용법이 쉬워야 한다. 쉬운 글은 글이 가져야 할 기본 가운데 기본이다. 그렇다면 글 상품이 가지는 다른 요소는 무엇이 있을까.

좋은 글이 가지는 일곱 가지 특징

① 좋은 글은 팩트다

'팩트는 신성하다'는 말이 있다. 기자 세계에서 통하는 격언이다. 글은 팩트를 담아야 한다. 주장이 아니라 팩트다. 앞으로 이 책 마지막 페이지까지 팩트라는 단어는 수백 번 등장한다. 모든 글은 팩트에 기반을 두어야 한다. 수필을 쓸 때든 연설을 할 때든 논문을 쓸 때든 자기 일기를 쓸 때든 모든 글은 팩트를 써야 한다. 자기가 생각하거나 느낀 감정 혹은 상상만으로 쓴 글은 힘이 없다. '굉장히 아름답다'라고 쓰지 말고 굉장히 아름다운 이유를 써야 한다. '난리 났다!'라고 호들갑을 떨지 말고 무슨 난리가 났는지 구체적으로 써야 한다.

'사실(Fact)'은 '진실(Truth)'과 다른 말이다. 글은 거짓이 없어야 한다는 말과 다르다. 거짓말을 써도 글은 글이며 때로는 훌륭한 글이다. 가장 그럴듯한 거짓말이 바로 소설 아닌가.

예를 들어서 오늘 무슨 일이 있었다, 라는 구체적인 사실 없이 앞으로 세상은 참 희망적이다, 라고만 끝내버리면 왜 희망적인지 뭔지 아무도 모르게 된다. 설득력이 없다. 이러이러해서 희망적이다, 라고 이러이러하다는 팩트가 반드시 뒷받침해 줘야 그 글이 호소력이 있고 자기도 만족하고 독자들도 설득할 수 있다.

② 좋은 글은 구성이 있다

기승전결이 있어야 한다. 글에 파도처럼 굴곡이 있어야 한다는 얘기다. 일직선도 아니고 내리 떨어지지도 않고 점점 가속도를 주면서, 오케스트라와 심포니가 맨 마지막에 끝날 때도 쾅쾅쾅쾅 하다가 팡 하고 끝나는 것처럼 글도 리듬을 타고 흘러가다가 쾅 하고 끝나야 한다.

③ 글의 힘은 첫 문장과 끝 문장에서 나온다

첫 번째 문장만 잘 나오면 그다음 내용들은 저절로 풀린다. 어떤 사람은 첫 번째 문장 하나를 쓰기 위해서 이틀을 고민하고서 30분 만에 한 50문장을 완성하고 또 이틀이 걸려서 마지막 문장을 끝낸다. 첫 문장과 끝 문장은 그렇게 중요하다. 사람으로 치면 첫인상이고 뒷모습이다.

어떻게 사람들을 낚시질할까, 떡밥을 어떻게 던져서 물고기를 모으고 그다음에 마지막에 어떤 미끼를 던져서 어떤 손을 낚아채야지 물고기를 잡을 수 있을까. 이 마지막 미끼와 처음에 던지는 떡밥을 어떻게 할 것인가.

글의 시작이 독자로 하여금 그 글을 계속 읽게 만드느냐 여부를 결정한다. 마지막 문장을 읽고서 독자는 그때까지 자기가 들인 시간과 읽는 수고를 생각한다. 읽은 보람 혹은 읽는 데 시간을 투자한 가치를 저울질한다. 마지막 문장은 글을 총 정리하는 중요한 문장이며 글이 가지고 있는 울림과 감동의 규모를 결정하는 문장이다.

④ 좋은 글은 리듬이 있다

문법에 어긋난 문장을 비문(非文)이라고 한다. 비문이 없고 유려하며 품격 있는 글은 조금 훈련하면 다 쓸 수 있다. 하지만 그런 글들 중에도 읽히지 않는 글이 있다. 쉽게 읽히지 않고 읽으면서 계속 막히는 글이 있다. 리듬이 없기 때문이다.

생각해 보자. 판소리 하나를 완창하는 데 일곱 시간 여덟 시간이 걸린다. 그런데 지루하지가 않다. 판소리 자체 그 문장 자체에 리듬이 있기 때문이다. 어릴 적 배운 시조에는 리듬이 있다. 3434 3434 3543 이렇게. 그게 한국어가 가지고 있는 대표적인 리듬이다. 또 잘 생각해 보면 한국어 단어들은 대개 세 글자 아니면 네 글자다. 다섯 글자 넘어가는 단어는 별로 없다. 이걸 어떻게 조합을 할 것인가. 한 단어를 앞에 놓고 뒤에 놓고에 따라서 리듬도 달라지고 읽는 맛도 달라진다. 보통 우리는 이 리듬에 대해 큰 고민을 하지 않고 닥치는 대로 쓴다.

모차르트 같은 천재가 아닌 이상 우리는 글을 다듬고 다듬고 또 다듬어야 한다. 그러기 위해서는 한국말이 가진 특성, 3434라는 외형률, 리듬을 어떻게 활용할 것인가 고민할 필요가 있다. 고민은 조금만 하면 된다. 계속 쓰다 보면 저절로 리듬이 갖춰지게 된다.

글을 자기가 들을 정도로 소리 내서 읽어보면 리듬이 뭔지를 알게 된다. 소리 내다가 읽기가 거북해지고 막히는 대목이 나온다. 그러면 자기도 모르게 앞부터 다시 읽게 된다. 그 문장이 틀린 문장이라는 뜻이다. 품격이 없는 문장이라는 뜻이다. 보고서가 됐든 연설문이 됐든 수필이 됐든 모든 장르를 망라해서 통하는 원칙이다. 리듬이 없으면 그 글이 뭐가 됐든 간에 읽히지 않게 된다. 글을 쓰기 위해 필자가 퍼부은 노력과 읽기 위해 독자가 투자한 노력은 헛수고가 된다. 좋은 글은 작은 소리로 읽었을 때 막힘없이 물 흐르듯 읽히는 글이다.

⑤ 좋은 글은 입말로 쓴다

앞으로 팩트라는 단어만큼 많이 등장할 단어가 '입말'이다. 글은 친구한테 재미난 얘기를 해주듯이 써야 한다. 제일 좋은 글은 술자리 혹은 차를 마시며 친구들과 쑥덕대는 바로 그 형식 그대로 쓴 글이다.

여러 사람이 모인 자리에서 우리는 주목받기 위해 얼마나 많이 노력하는가. 머릿속에서는 뭐부터 얘기하면 더 재미있게 말을 할 수 있을까, 별의별 궁리를 하면서 말을 하게 된다. 그런 과정을 거쳐 나온 말을 그대로 글자로 기록하면 글이 된다.

보통 사람들이 글을 쓸 때 말과 글은 다르다고 생각하는 경우가 많다. 말은 그냥 하면 되고 글은 품격이 있어야 하고 무게가 있어야 한다고 생각한다. 그러니 단어도 딱딱해야 한다. 그렇게 생각하는 사람들이 대부분이다. 술자리 쑥덕공론을 그런 글로 옮기니 재미가 없을 수밖에 없다. 단어도 고상하게 바뀌고 이야기 순서도 바꾼 이도 저도 아닌 무감동 무반응 조합으로 끝나버린다.

그런 대표적인 글이 CEO 연설문이다. 밑에 비서들이 대신 써준다고 하더라도 권위와 사회적 위치를 감안해 저절로 딱딱하고 힘이 잔뜩 들어간 글을 써주게 돼 있다. 덕분에 연설을 통해 전달하려는 메시지는 전혀 전달이 되지 않는다. 오바마나 클린턴이나 부시나 미국 대통령들 연설을 보면 제스처부터 문장까지 대화체로 구성돼 있다. 대화체로 이뤄진 연설 자체가 연설문 원고에 적혀 있다. 여기서 1초 쉬고 1초 쉬었다가 뜸 들이고 하늘 한 번 보고 읽는다, 이런 식으로. 그걸 몇 번씩 연습을 하면서 읽는다. 그 기준이 입말이다. 옛날에 있잖아 이런 일이 있었는데, 어제 넷플릭스 봤냐…. 그 대화를 글자로 옮기면 글이 된다.

글과 말을 다르다고 생각하지 말자. 글은 문자로 옮긴 말이다. 사라져 버리는 말이 아까워서 문자로 옮기니 글이 된다. 재미있게 들은 말은 재미있게 쓰고 슬프게 들은 이야기는 슬프게 옮겨 적는다. 그 뉘앙스와 그 분위기까지 다 옮기는 게 좋은 글이다. '팩트'와 '입말' 두 단어는 두고두고 기억을 하자.

⑥ 좋은 글은 단순하다

좋은 글은 수식이 없다. '굉장히 좋다' '너무너무 기분 나빴다' '너무너무 기분 좋았다'라고 쓰지 않는다. '너무'나 '굉장히'나 '매우'나 이런 말들이 문장에 들어가게 되면 읽을 때 거추장스럽다. 또 독자들은 이 사람이 뭔가 자신이 없기 때문에 '나한테 굉장히 아름다우니까 너도 이렇게 생각 좀 해'라고 강요한다고 생각하게 된다.

⑦ 좋은 글은 궁금함이 없다

많은 사람들은 여운이 남는 글을 좋아한다. 그래서 책을 덮고 먼 산을 보며 이제 막 읽은 글을 되짚어 보고 싶어 한다. 의욕 넘치는 독자라면 그렇게 여운이 남는 글을 한 번쯤 써보고 싶다. 그래서 쓴다. 의욕적으로 쓴 글은 항상 '말줄임표'로 끝나 있다. 틀린 글이다.

글은 궁금함이 없어야 한다. 철칙이다. 여운을 남기고 싶다고 해서 말줄임표로 끝내버리면 안 된다. 독자들은 결말이 궁금하다. 그런데 글이 끝나버려 물어볼 방법이 없다.

여운이 남을지 말지 여부는 독자가 결론을 안 다음에 판단할 문제다. 범인을 밝히지 않고 끝나는 탐정소설을 상상해 보라. 얼마나 짜증나는 글인가. 여운이 남는 글은 오히려 명확하다. 그래서 여운이 남고 감동이 남는다.

여기까지 좋은 글이 가져야 할 덕목들을 알아보았다. 하지만 내가 쓰고 있는 글이 이 같은 덕목을 갖췄는지 쉽게 알 수는 없다. 그래서 글은 쓴 다음이 중요하다. 오류는 초고를 완성한 후에 바로잡는다. 바로잡는 단계에서 가장 중요한 일이 바로 낭독이다.

소리 내서 읽는다.

목소리 모델 한 사람을 가지면 어떨까. 연인도 좋고 가족도 좋고 친구도 좋다. 자기 글을 읽어줬으면 하는 그 사람 목소리를 상상해 본다.

글을 쓰고 나서 머릿속으로 그 목소리를 상상하면서 그 목소리로 읽어본다. 그 사람의 목소리를 상상하면서 읽었을 때 뭐가 걸린다든지 뭔가 목소리가 어울리지 않는다면 그 글에는 어딘가에 문제가 있다는 뜻이다.

자기가 읽히고 싶은 사람, 아니면 구체적인 사람이 아니라면 자기가 상정하는 어떤 그 사람 목소리를 생각하면서 한 번 다시 읽어 보라.

그러기 위해서는 반드시 '소리 내서' 읽어야 한다. 낭독이다. 낭독을 하면 두 가지 효과가 생긴다. 첫째, 리듬을 알게 된다. 내 글이 리듬을 타고 있는지 아닌지 알게 된다. 둘째, 보이지 않던 실수가 보인다. 내 목구멍에서 나오는 목소리일지라도 내 귀로 듣게 되는 목소리는 객관화된 목소리다. 즉 내 목소리가 제3자 역할을 하게 된다.

첫 번째 독자가 있다면 더 바람직하다. 자기 눈에 있는 들보는 보이지 않는다고 했다. 자기 글이 좋은지 나쁜지 자기는 판단하지 못

한다. 못 썼다고 자학하고 있던 글을 남은 굉장히 좋게 생각하거나 나는 정말 자신 있어, 하고 던진 글이 악평으로 도배돼 돌아오는 경우가 있다.

글을 세상에 내놓기 전에, 신뢰할 수 있는 첫 번째 독자에게 먼저 보여주도록 한다. 그 사람한테 읽혀서 평가를 받도록 한다. 그 사람이 직설적으로 독설을 하든 경탄을 하든 그 사람의 의견을 따르고 취해서 또 고치고 고쳐서 글을 완성한다. 여기까지가 글쓰기 과정이다. 다시 말해서, 첫 번째 독자가 읽어주는 작업까지가 글쓰기다.

1. 좋은 글은 쉽다.
2. 쉬운 글은 전문 용어나 현학적인 단어가 아니라 평상시 우리가 쓰는 입말을 사용해 짧은 문장으로 리듬감 있게 쓴 글이다.
3. 독자는 글을 읽으면서 감동받기를 원한다.
4. 감동은 첫 문장과 마지막 문장에서 나온다.
5. '매우' '아주' '너무' 같은 수식어는 그 감동을 떨어뜨린다.
6. 독자들은 '너무 예쁘다'가 아니라 구체적으로 예쁜 이유, 즉 구체적인 팩트를 원한다.
7. 불명확한 글, 결론이 없는 글은 독자를 짜증나게 만든다. 명확한 팩트로 구성된 명쾌한 글은 독자에게 여운을 준다.

4장

글 디자인에서 생산까지

○○○

이제부터 발상을 전환한다. 글은 글이 아니라 '상품'이다. 독자에게 팔아먹기 위해 필자가 만드는 상품이다.

제조업이 됐든 금융업이 됐든 한 업종 한 업체가 상품을 만들기 위해서 거쳐야 할 단계가 있다. 첫 번째가 생산 계획이다. 어떤 상품을 어떤 재료로 어떤 방식으로 만들까를 먼저 정해야 생산에 돌입할 수 있다. 글도 마찬가지다. 무(無)에서 글이 나올 수 없다.

왜 글쓰기가 아니고 글 생산이어야 할까. 일기장을 쓴다면 얘기가 달라지지만, 글은 대개 남에게 읽히기 위해 쓴다. 우리는 내 의견, 내가 알고 있는 참신한 사실을 독자에게 전달하기 위해 글을 쓴다. 글은 독자가 읽어줄 때 글이 된다. 심지어 일기장도 독자가 있다. 일기를 쓰는 자기 자신이 독자다. 먼 훗날 어른이 되었을 때 20

년 전 대학 시절 일기장을 들춰보는 사람이 분명히 있다. 이 미래의 독자를 무의식적으로 생각하면서 현재의 필자는 일기를 쓴다.

팔리지 않는 상품은 무가치하다. 읽히지 않는 글은 무의미하다. 그래서 업체들은 저마다 계획을 세우고 상품을 만든다. 글에서는 이 계획을 '디자인'이라고 부른다. 글을 독자들이 읽을 수 있도록 디자인해야 한다.

이번 장에서는 필자가 쓴 글 세 가지를 예로 들어 글 '제작' 과정을 알아보겠다. 각각 장르는 여행 에세이, 역사 평론, 인물 에세이다.

글 제조 과정

개략적인 글 제조 과정은 아래와 같다. 다시 한번 명심하자.

1. 글은 상품이다.
2. 설계도 없는 상품은 없다.
3. 우리는 '설계도에 따라' 글을 '만든다'.

1. 생산 방향 결정
- 글의 주제와 소재 정하기

2. 재료 수집
- 주제와 소재에 맞는 글 재료 수집하기
- 기억, 경험, 책, 신문, 인터뷰, 검색자료 등 주제에 필요한 자료 망라

3. 상품 설계
- 수집한 글 재료를 주제에 맞게 배치. 글을 구성하는 단계
- 기승전결 / 서론-본론-결론 등 저마다 논리에 맞게 글 구성
- 소제목, 단락을 구분해 메모하며 수집한 글 재료 분류

4. 재료 조립
- 실제로 글 쓰기
- 설계 과정에서 만든 메모에 근거해 그 순서대로 글 쓰기

5. 검수
- 초고를 완성하고 다시 읽어보기
- 독자들에게 흥미를 줄 수 있는지 독자 입장에서 읽어보기
- 문장 하나하나의 '리듬'과 '길이'를 감안해 읽어보기
- 문법적인 오류 여부 검토

6. 설계 수정 및 재조립
- 다시 읽어보는 과정에서 드러난 문제 수정

7. 소비자 재검수
- 수정된 글 다시 읽기
- 글을 생산한 필자가 아니라 글을 읽을 독자가 담당

8. 완성

장르별 특성과 차이점

이 책에서 중점을 둔 장르는 에세이다. 자기 생각과 경험을 형식에 구애받지 않고 적어 내려가는 글이다. 여행을 소재로 하면 여행 에세이 혹은 기행문이다. 일상 경험을 소재로 하면 수필이다. 인물을 소재로 하면 인물 에세이가 된다. 우리가 신문에서 흔히 보는 여행 기사, 인물 소개 기사는 이 에세이에 포함되는 하부 장르다. 그리고 평론이 있다. 평론은 소재에 대한 판단을 적은 글이다. 소재는 다양하다. 이 글을 쓰는 시점에 필자가 주목하는 역사가 될 수도 있다. 시사적인 뉴스를 소재로 하면 정치 평론, 사회 평론이 된다.

에세이와 평론은 '사실'에 대한 근거 제시 정도에서 차이가 난다. 에세이가 상황 묘사와 주관적 느낌에 중점을 둔다면 평론은 사실 자체에 더 비중을 둔다. 따라서 평론적인 글쓰기를 위해서는 글에 등장하는 여러 에피소드가 창작이 아니라 사실임을 입증할 필요가 있다. 이게 학계에서 논문에 첨부하는 각종 인용 출처, 주석이다. 출처가 없는 사실은 독자에게는 사실이 아니라 주장밖에 되지 않는다. '소설'을 쓰겠다면 출처가 굳이 필요 없겠지만 사실을 담은 글, 논픽션을 쓰려면 출처 제시는 필수다.

그렇다고 해서 에세이가 느낌과 묘사만 하면 된다는 뜻은 절대 아니다. 앞에서도 얘기했고, 뒤에서도 계속 얘기하겠지만 느낌과 묘사는 철저하게 팩트에서 시작해야 한다. 아, 참 좋았네, 난리가 났네, 그 사람 참 나쁜 놈. 이런 감상만 이어지면 무엇이 어떻게 좋았고 뭐가 나빠서 그 사람이 악인이 됐는지 독자는 알 수 없다. 그러면? 그 글은 불량품이다. 가장 좋은 에세이는 사실만으로 감동을 주고 충격을 주는 글이다.

두괄식과 미괄식 그리고 제목

글에서 말하려는 이야기를 처음부터 까발리고 시작할까 아니면 철저하게 숨겨놓고 끝에 공개할까.

사건, 사고를 보도하는 신문기사는 철저하게 두괄식이다. '러시아가 우크라이나를 침략했다'라는 문장으로 시작한 뒤 육하원칙에 따라 그 상세한 상황을 끝까지 서술한다. 이유는 명쾌하다. '침략했다'라는 사실이 독자가 읽고 싶고 듣고 싶은 첫 번째 사실이니까. 에세이와 평론은 어떻게 시작해야 할까.

자기 얘기를 일 초라도 빨리 독자에게 전달하고 싶어 하는 사람은 두괄식을 쓴다. 맨 앞 문장에 말하고자 하는 이야기를 다 써버리고 나머지 글을 이어간다. 우리는 대개 그렇다. 그런데 우리가 많이 잊고 있는 요소가 있다. 제목이다. 제목은 엄연히 글을 구성하는 요소다. 그리고 가장 큰 요소다. 필자가 전달하려고 하는 내용은 제목에 다 있다. 그런데 많은 필자들은 제목은 제목이고 글은 글이라고 따로 생각해 버린다. 그러면 독자에게 무슨 일이 벌어지는가. 제목을 읽고 첫 번째 문장에서 그 제목을 또 읽게 된다. 왜 독자로 하여금 이런 시간 낭비를 시키는가.

두괄식은 독자에게 메시지를 확실하게 전달할 수 있다는 장점이 있다. 그런데 두괄식으로 글을 구성하려면 지켜야 할 원칙이 두 가지 있다.

첫째, 첫 문장 혹은 첫 문단은 제목과 달라야 한다.

[2023년 5월 25일 〈조선일보〉 1면]

제목: 월급보다 더 받는 실업급여 OECD "이런 나라는 한국뿐"

첫 문단: 아르바이트생 A씨는 하루 8시간씩 주 5일을 일하고 최저임금인 월급 201만 580원을 받았다. 4대 보험료와 세금을 떼고 받은 실수령액은 179만 9,800원이었다. 그런데 A씨가 일을 그만두고 받은 실업급여는 184만 7,040원으로 월급보다 4만 7,240원이 더 많았다. 일할 때보다 실업급여로 손에 쥔 돈이 더 많은 것이다.

위 신문기사에서 '두괄식' 디자인은 시작이 첫 문단이나 문장이 아니라 제목이다. 이후 기사는 서론-본론-결론 혹은 기승전결이라는 구성을 따라 이 제목과 첫 문단에서 제시된 주제를 상세하게 서술하고 있다. 우리가 말하는 '두괄식'은 이런 구성을 말한다. 흔히 앞 문단에 A부터 Z까지 미주알고주알 다 폭로해 버리는 그런 구성이 아니다.

[필자, '근대 공화국 대한민국' - '한글' 편: 2023년 5월 24일 〈조선일보〉]

제목: 문맹률 90%의 나라에서 문화 강국 대한민국으로

첫 문단: 대한민국이 건국되면서 이 땅에 사는 사람들은 1000년 문맹(文盲)에서 해방됐다. 금속활자와 훈민정음을 만든 나라 백성이 비로소 글을 깨치고 이를 통해 각성(覺醒)을 했다. 미몽과 주술에서 깨어난 것이다. 각성한 대한민국은 이후 문화 강국이 됐다. 한국을 알기 위해 세계인이 한국어와 한글을 공부하는 시대가 왔다. 문화 강국 대한민국 시대다. 그 시대가 오기까지 꼭 기억해야 할 사람들이 있다. 근대 한국인 서재필과 윤치호, 미국인 호머 헐버트 그리고 일본인 이노우에 가쿠고로다.

조선과 대한민국을 대비해 대한민국을 이야기한 윗글도 마찬가지다. 제목을 포함해서 두괄식이다. 첫 문단 이하 나머지 글은 문맹 조선 실태와 근대 대한민국, 여러 인물들이 기여한 활동에 대해 구체적인 팩트를 담고 있다. 두괄식이 가져야 할 두 번째 원칙이 이 글에 있다. 앞에 모든 이야기를 다 쓰면 큰일 난다. 아무도 뒤쪽은 읽지 않는다. 필자가 쓴 위 인용문 다음 문장은 이렇다.

1882년 음력 11월 27일 오후 2시 넉 달 전 일본으로 갔던 수신사 박영효가 제물포로 귀국했다. 동행한 일본인이 일곱 명 있었는데 그 가운데 이노우에 가쿠고로(井上角五郎)라는 사람도 끼어 있었다.(박영효, 《사화기략》, 1882년 11월 27일)

이 이노우에라는 사람이 알고 봤더니 '조선 최초 근대 신문 〈한성순보〉를 만든 인물이고, 나아가서 조선 최초로 국한문혼용체를 도입한 사람'이라는 이야기는 한참 뒤에 나온다. 제목과 첫 문단에서는 '서재필과 윤치호, 미국인 헐버트, 일본인 이노우에 가쿠고로에 대해 얘기한다'라고 미끼를 던졌을 뿐, 이런 이야기는 시치미를 떼며 감춰놓았다. 그래야 독자는 끝까지 읽는다. 결국 두괄식 글도 알고 보면 미괄식이다. 힌트만 미끼만 낚싯바늘만 두괄식일 뿐. 이게 두괄식 디자인 실체다.

장르별 예문1_여행 에세이

필자가 강원도 원주 신림면(神林面)에 대한 기행문을 쓰기 위해 한 '생산과정'은 아래와 같다.

① 생산 방향 결정

- '원주는 옻 산지다. 원주에 있는 젊은 옻칠 장인과 원주를 상징하는 여행지를 묶어서 소개한다.'

② 재료 수집

- 네이버를 통해 지역신문을 검색. 원주를 특징짓는 여행지, 일반인에게 잘 알려지지 않은 여행지를 위주로 검색함.
- 신림(神林)이라는 특이한 이름을 가진 지역을 알게 됨. 대한민

국 지명에 귀신 신자가 들어간 지명이 있던가? 특이하다.

- 신림면 성남리에 천연기념물로 지정된 성황림이 있음을 알게 됨. 이 성황림이 신림이라는 지명의 어원으로 추정된다고 공식 홈페이지에 적혀 있음. 오케이.
- 옛 지역신문에서 '신림면에는 주민 대비 종교시설이 굉장히 많다'는 팩트를 알게 됨. 2005년 기사에서 신림면장은 "아마 지명과 무관하지 않을 것"이라고 추정. 오케이. 신림면사무소에 문의해 2016년 현재 상황에 대해서도 들음.
- 2016년 현재 신림면에 있는 가볼 만한 종교시설로 1)강원도 세 번째 성당인 용소막성당 2)미리내성지 3)명주사 고판화미술관 자료 수집 완료.
- 원주에서 활동하는 옻칠 장인 가운데 신문에 소개할 만한 인물을 찾음. 세계적인 옻칠 장인인 전용복이 원주에서 작업 중. 그에게 전화해 알맞은 인물을 물음. 제자로 5년째 일하고 있는 조선족 젊은 장인이 있다고 함. 오케이. 주제에 맞는 두 가지 재료는 다 챙겼음.
- 신림과 옻칠 장인에 대한 추가 자료 수집. 네이버, 지역신문, 원주 현지 사학자가 출간한 논문을 열람. 성남리 성황당에 대한 자료도 수집 완료.
- 원주 현지에서 글 재료 수집. 옻칠 장인을 인터뷰하고, 성남리로 가서 마을센터에 성황림 촬영 협조를 받아 숲 사진을 찍음. 마을 이장으로부터 숲에 대한 이야기를 들음. 또 노인회관으로

가서 마을 어르신들로부터 숲에서 벌어졌던 옛이야기도 함께 수집함.

- 숲 옆에 있는 찻집 '들꽃 이야기'에서 망외 소득을 건졌음. 19년 전 성남리로 귀농한 50대 부부의 삶을 추가로 취재.

③ 상품 설계

- 옻칠 장인을 소개하고 장인의 삶과 신림이라는 지명을 가진 독특한 땅의 역사를 연계하는 설계에 돌입.
- 수집한 자료를 A3 용지에 짤막한 메모 형식으로 배치함. 소제목으로 단락을 구분하고 이 제목에 어울리는 재료들을 배치함.
- 배치 과정에서 독자들에게 더 재미를 줄 수 있는 순서가 떠오르면 설계도를 수정함.

④ 재료 조립

- 글쓰기 작업에 들어감. 앞선 단계에서 완성해 놓은 설계도를 근거로 글을 채워 넣음.
- 수식어 없는 단문과 운율을 생각하며 문장을 써 내려감.
- 내 옆에 있는 친구에게 내 여행 이야기를 해준다고 생각하며 글을 씀.

⑤ 검수 및 설계 수정

- 30분 동안 커피를 마시며 기분 전환하고 자리로 돌아옴.

- 작은 소리로 내가 쓴 글을 다시 읽어봄.
- 의도했던 것과 달리 글이 재미가 없음. 설명 위주에 길고 장황함.
- 수식어를 없애고 글 길이를 줄임. 소리 내서 읽으며 리듬을 찾아감.
- 문법적으로 틀린 문장도 꼼꼼히 찾아내 수정함.

⑥ 재조립

- 200자 원고지 27장이었던 초고를 20장으로 줄임.
- 재미있지만 주제와 상관없는 부분은 눈물을 머금고 삭제함.

⑦ 소비자 재검수 및 완성

- 최종 수정된 글을 다시 읽음.
- 신문사에 있으므로 이 재검수는 교열부에서 담당했음.
- 교열부에서 오케이가 나고 글이 완성됨.

그리하여 다음과 같은 글이 탄생했다.

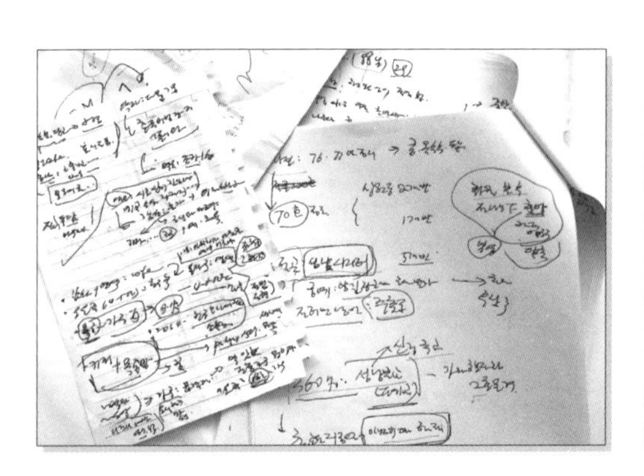

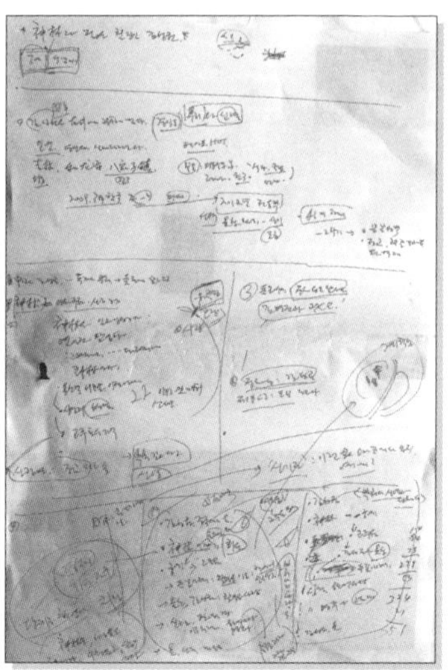

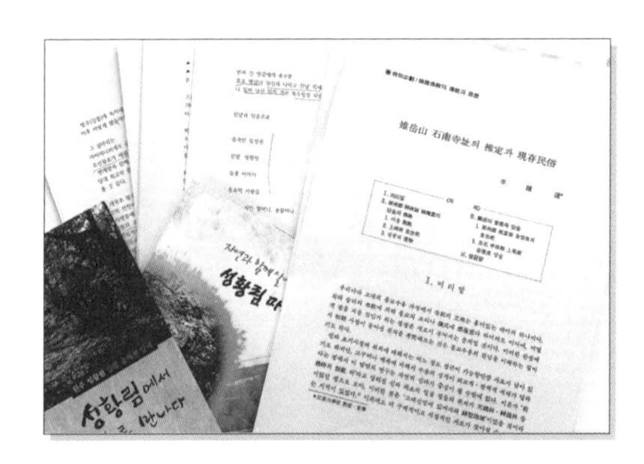
雉岳山 石南寺址의 推定과 現存民俗
I. 머리말
성황림에서 만나다

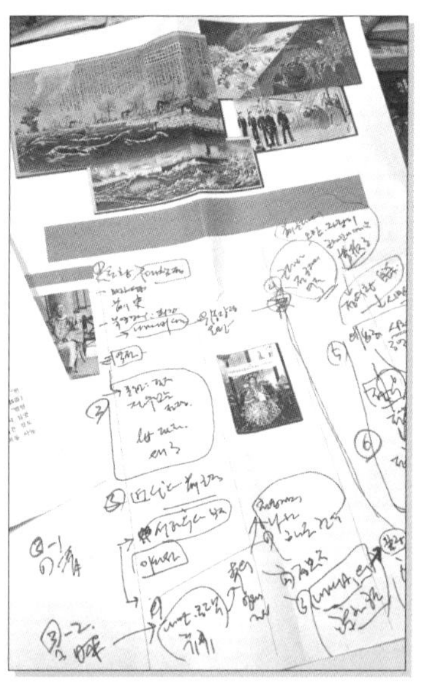

神이 사는 숲에 봄이 움튼다

신이 사는 원주 神林(신림)과 중국에서 온 옻칠장이 김성권

중국에서 온 칠장(漆匠) 김성권

올해 스물여덟 살인 김성권은 옻칠장이다. 칠예(漆藝) 장인이라고도 한다. 중국 길림성 연변조선족자치주 화룡시(和龍市) 팔가자진(八家子鎭)이 고향이다. 전주가 본관에 조상이 경상도에서 왔다는 사실만 알 뿐, 나머지 가족사는 알지 못한다.

아버지 김동철(金東哲 · 54)은 기관사였다. 어머니 김화(金花 · 52)는 공장 근로자였다. 김성권이 초등학교 3학년 때 부모는 아이를 친척에게 맡기고 러시아로 가 돈을 벌었다. 2년 뒤 돌아온 아버지는 한국으로 갔고 또 2년 뒤 어머니도 한국으로 갔다. 하나밖에 없는 자식을 위해 두 사람은 인생을 바쳤다.

용정(龍井)에서 고등학교를 마치고 김성권은 "중국에서 대학 나왔댔자 장래에 뭐 하겠는가"라고 생각했다. 2009년 3월 김성권은 부산 영산대학교 실내환경디자인학과로 유학을 왔다. 2012년 4학년 1학기 옻칠 거장 전용복(全龍福)이 석좌교수로 부임했다. 난생처음 접한 옻에 완전히 빠져버렸다. 졸업식을 앞두고 김성권이 전용복에게 찾아가 단도직입적으로 말했다. "나 제자 시켜주시라." 세월이 4년 흘러 전용복이 말했다. "성권이는 1등이다." 거장(巨匠)이 인정하는 젊은 칠장이가 있는 곳은 대한민국 강원도 원주 상지영서대학교 칠예연구소다.

귀신이 사는 성남리 神林(신림)

원주 남쪽에 신림면(神林面)이 있다. 신령한 숲이라는 뜻이다. 실제로 숲이 있다. 조선 말 김정호가 만든 대동여지도에도 신림이 나와 있고 고려사에도 신림이 나온다. 숲에는 서낭당이 있어서 주민이든 보부상이든 사람들은 절을 하고 지나다녔다. 신림면은 치악산 국립공원 어귀에 있다. 귀신이 사는 숲 공식 명칭은 성남리 성황림이다.

《삼국사기》에 따르면 서기 892년 궁예는 원주 호족 양길에게서 군사 삼백을 얻어 치악산 기슭 석남사(石南寺)를 중심으로 주천, 영월, 울진을 정복했다. 성남리 사람들은 이 석남사가 성남리에 있었다고 믿는다. 석남사가 있던 골짜기 절골에는 기와 파편과 주춧돌이 흩어져 있다. 마을 이름도 '석남'이 무뎌져서 성남리가 되었다고 믿는다.

지금은 대낮으로 바뀌었지만, 마을 사람들은 4월 초파일과 음력 9월 9일 밤 열두 시에 제사를 지냈다. 돌계단 위 당집 오른편 전나무에 제를 올리고 왼편 엄나무에 소원을 적은 종이를 태워 올렸다. 신목(神木)인 전나무와 엄나무는 단군신화에서 환웅이 무리 삼천을 끌고 강림한 태백산 신단수, 원형 신화에서 흔히 발견되는 '우주 나무'와 동일한 나무다.

제사를 마치면 마을에는 잔치가 벌어졌다. 소 한 마리를 동네방네 나눠 먹고 술을 마셨다. 밭 태워 입에 풀칠하던 화전민(火田民)들도 당제 올리는 밤에는 제사에 끼어들어 덕을 나눴다. 성남리 주민들은 "소 대신 돼지를 올린 해에 송아지들이 울타리를 넘다가 죄다 다리가 부러져 제사를 다시 지냈다"고 했다.

들꽃을 닮은 김명진-곽은숙 부부

신성한 성황림 옆 양지바른 산기슭에서 김명진(54)과 곽은숙(45) 부부는 차를 팔고 파전을 팔고 들꽃을 심는다. 사는 집 이름은 '들꽃 이야기'다. "남의 집 놀러와 설거지를 하니 여자가 돼 보여서", "무한 긍정과 무한 지식에 홀려서" 서로에게 빠진 애니메이션 제작자와 국어교사는 1998년 4월 24일 서울에서 성남리로 내려왔다. 낡은 막국수집 사서 청주공항 건설 때 철거된 집들 목재를 날라다 황토집을 지었다. "자연 속에서 아이들 키우고 싶어서"라고 했다.

정민이와 정현이 두 딸 먹여 살리느라 찻집을 열었다. 하루 매상은 많아야 2만 원이라 아예 가게 문 열어두고 산과 들 다니며 들꽃을 모아 뜰에 심었다. 2005년 마을 사람들은 젊은 김명진을 이장으로 뽑았다.

"글 몰라서 전화도 못 한다"는 마을 할머니들에게 한글도 가르치고, "평생 못 가봤다"는 극장도 모셔갔다. 음악회도 열었다. 한글을 배운 송수분 할머니는 "글 배워 여한 없다"며 웃으며 한글학교 졸업하고 석 달 뒤 하늘로 갔다. 여든여섯 살이었다. 그때 할머니들이 쓴 글을 읽으면 지금도 부부는 가슴이 먹먹하다.

김명진이 말했다. "우리 어머니가 늘 말했다. 남 인심 얻으려면 내 인심 먼저 쓰라고. 사람들이 아끼고 배려하니 당숲도 저리 아름다운 게 아닌가. 무연고지에 새로 뿌리 내린 것, 후회하지 않는다."
사는 모습이 워낙 예쁜지라 들꽃 이야기는 원주는 물론 전국 명소가 되었다. 그 사이 두 딸은 학원 한 번 안 가고도 영어면 영어, 역사면 역사, 체육이면 체육에 그림이면 그림에 큰 눈을 뜬 대학생과 고교생으로 자랐다.

1000년 세월 견뎌낸 원시림

영화 〈신기전〉(神機箭) 첫 장면을 이 숲에서 찍은 스태프들은 "비무장지대에서나 볼 수 있는 원시림"이라며 놀라워했다. 2012년 조사에서 숲에는 보호식물이 나무와 풀 합쳐서 201종류가 발견됐다. 주민들은 "숲에 들어가면 발밑을 조심하라"고 꼭 말한다. 1933년 총독부는 이 숲을 조선보물고적명승 93호로 지정했다. 1962년 대한민국은 그 번호 그대로 천연기념물로 지정했다. 이름은 '윗성남당숲'에서 '성남리 성황림'으로 변경됐는데, 주민이자 사학자 고주환에 따르면 "그 누구도 들어보지 못한 이름"이었다.

해마다 실개울에 물소리가 들리고 나무에 새싹이 움틀 무렵이면 땅에는 샛노란 복수초가 '나 밟지 말아요' 하고 방긋방긋 속삭인다. 주민들이 가진 신심(信心) 덕분에 숲은 생태학적으로도 귀한 존재로 살아남았다. 신심이 영원을 만든 것이다.

용소막성당과 명주사

세상만사가 땅 이름 따라가라는 법은 없지만, 신림에 사는 형국은 묘하게 이름과 닮았다. 면사무소에 따르면 인구 3,863명인 이 작은 면에 종교시설이 서른세 군데다. 성당이 하나, 교회가 열네 곳, 절이 열여덟 곳이나 있다. 그 많은 종교시설 가운데 용소막성당과 태고종 명주사는 꼭 가봐야 한다.

용소막성당은 용암2리에 있다. 1866년 병인박해를 피해 숨어든 천주교도 공동체가 이곳에 있었다. 성당 앞 마을 이름은 종림마을이다. 종림에는 또 다른 신림인 시무숲이 있었다. 성남리 사학자 고주환이 말했다. "시무숲은 신림 전체를 지키는 당숲으로 보인다. 내 고향 성남리 당숲보다 더 오래되었다." 시무숲은 들판으로 변했고, 용소막성당이 그 신성한 역할을 대신한다. 일제강점기에도 용소막 마을은 외국인 신부들이 총독부로부터 안전하게 지켜줬다.

명주사는 어떤가. 군승(軍僧)을 지낸 한선학 스님이 세운 태고종 사찰이다. 절집마다 기와 대신 머리에 인 너와가 독특하다. 동시에 동서양 고판화 수천 점을 소장한 고판화박물관이다. 문화재로 지정된 목판들이 숱하다. 판화라는 장르가 '싸구려'가 아님을 확신한 스님의 신념이 만든 결과다.

후회하지 않는 칠장이 김성권

신성한 숲 옆 부부의 찻집에서 김성권이 말했다. "옻을 접한 순간 느낌이 왔다. '이건 내 운명'이라고." 옻은 안료를 섞으면 무지개색을 낼 수 있는 총천연색 도료요, 1000년을 간다는 견고한 도료다. 자개에 금속, 흙까지 웬만한 재료는 섞어서 쓸 수 있는 열린 도료다. 무덤에서 나온 800년 전 옻칠 관 속 연꽃 씨가 싹을 틔우는 기적의 방부제다. 그가 말했다. "세상은 옻을 경쟁력 없는 분야라 하지만 틀린 생각이다. 첨단 도료와 미학적 재료로 틀림없이 각광 받으리라 확신한다."

옻을 배운 지 5년이 됐지만 한 점도 자기 작품을 만들지 않았다. 배울 뿐이다. "스승 이름 더럽히기 두렵고, 아직 수준이 안돼서"라고 했다. 스승 전용복이 말했다. "인내심 없이는 옻 작업이 불가능한데, 성권이는 유전자에 옻칠이 돼 있는 거 같다." 제자 김성권이 말했다. "기쁘게 택한 내 운명이다. 후회하지 않는다."

신성한 숲으로 사람들이 찾아와 신념과 믿음을 의탁한다. 젊은 칠장이도 후회가 없다고 했고 들꽃 심는 부부 또한 후회 없다고 했다. 지구상 65억 인구는 모두가 신성하다. 하지만 그 신성한 영혼에 후회 한 번 어찌 없으랴. 그렇거들랑 당장 신림으로 가보라. 혹시 아는가, 우리가 모르는 신이 나타나 자기만 알고 있는 세상 이치를 깨우쳐 줄지.

원주 신림면 성남리에 있는 당숲 성황림에 봄이 내려왔다. 하늘로 통하는 신목(神木) 전나무가 푸르게 빛나고 당집은 신의 강림을 기다린다. 박종인 기자

神이 사는 숲에 봄이 움튼다

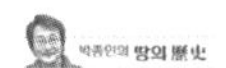

원주 神林과 중국에서 온 옻칠장이 김성권

젊은 옻칠 장인 김성권.

중국에서 온 칠장(漆匠) 김성권

올해 스물여덟 살인 김성권은 옻칠장이다. 칠예(漆藝) 장인이라고도 한다. 중국 길림성 연변조선족자치주 화룡시(和龍市) 팔가자진(八家子鎭)이 고향이다. 전주가 본관에 조상이 경상도에서 왔다는 사실만 알 뿐, 나머지 가족사는 알지 못한다.

아버지 김동철(金東哲·54)은 기관사였다. 어머니 김화(金花·52)는 공장 근로자였다. 김성권이 초등학교 3학년 때 부모는 아이를 친척에게 맡기고 러시아로 가는 길을 밟았다. 2년 뒤 돌아온 아버지는 한국으로 갔고 또 2년 뒤 어머니도 한국으로 갔다. 하나밖에 없는 자식을 위해 두 사람은 인생을 바쳤다.

용정(龍井)에서 고등학교를 마치고 김성권은 "중국에서 대학 나온댔자 장래에 뭐 하겠는가"라고 생각했다. 2009년 3월 김성권은 부산 영산대학교 실내환경디자인학과로 유학을 왔다. 2012년 4학년 1학기 옻칠 거장 전용복(全龍福)이 석좌교수로 부임했다. 난생처음 접한 옻에 완전히 빠져버렸다. 졸업식을 앞두고 김성권이 전용복에게 찾아가 단도직입으로 말했다. "나 제자 시켜 주시라." 세월이 4년 흘러 전용복이 말했다. "성권이는 1등이다." 거장(巨匠)이 인정하는 젊은 칠장이가 있는 곳은 대한민국 강원도 원주 상지영서대학교 칠예연구소다.

귀신이 사는 성남리 神林

원주 남쪽에 신림면(神林面)이 있다. 신령한 숲이라는 뜻이다. 실제로 숲이 있다. 조선 말 김정호가 만든 대동여지도에도 신림이 나와 있고 고려사에도 신림이 나온다. 숲에는 서낭당이 있어서 주민이든 보부상이든 사람들은 절을 하고 지나다녔다. 신림면은 치악산 국립공원 어귀에 있다. 귀신이 사는 숲 공식 명칭은 성남리 성황림이다.

지금은 대낮으로 바뀌었지만, 마을 사람들은 4월 초파일과 음력 9월 9일 밤 열두 시에 제사를 지냈다. 들개난 뒤 당집 오른편 전나무에 제를 올리고 왼편 엄나무에 소원을 적은 종이를 태워 올렸다. 신목(神木)인 전나무와 엄나무는 단군신화에서 환웅이 무리 삼천을 끌고 강림한 태백산 신단수, 북유럽 신화에서 흔히 발견되는 '우주 나무'와 같은 나무다.

제사를 마치면 마을에서는 잔치가 벌어졌다. 소 한 마리를 통째로 나눠 먹고 술을 마셨다. 발 위쪽 입에 풀칠하던 화전민(火田民)들도 당제 올리는 밤에는 제사에 끼어들어 떡을 나눴다. 성남리 주민들은 "소 대신 돼지를 올린 해에 송아지들이 울타리를 넘다가 죄다 다리가 부러져 제사를 다시 지냈다"고 했다.

들꽃을 닮은 김명진·곽은숙 부부

신성한 성황림 옆 양지바른 산기슭에서 김명진(54)과 곽은숙(45) 부부는 차를 팔고 음식을 팔고 들꽃을 심는다. 사는 집 이름은 '들꽃이야기'다. "남의 집 놀러 와 설거지를 하니 여자가 돼 보여서" "무한 경쟁과 무한 지식에 휩쓸려서" 서로에게 빠진 애니메이션 제작자와 국어 교사는 1998년 4월 24일 서울에서 성남리로 내려왔다. 낡은 막국수 집 사서 충주공항 건설 때 철거된 집들 목재를 날라다 황토집을 지었다. "자연 속에서 아이들 키우고 싶어서"라고 했다.

젠민이와 청현이 두 딸 먹여 살리느라 찻집을 열었다. 하루 매상은 많아야 2만원이라 아예 가게 문 열어두고 산과 들 다니며 들꽃을 모아 뜰에 심었다. 2005년 마을 사람들은 젊은 김명진을 이장으로 뽑았다.

"글 몰라서 편지도 못 한다"는 마을 할머니들에게 한글도 가르치고, "평생 못 가봤다"는 극장도 모셔 갔다. 음악회도 열었다. 한글을 배운 송수분 할머니는 "날 써먹어란 없다"고 웃으며 한글학교 졸업하고 석 달 뒤 하늘로 갔다. 여든여섯 살이었다. 그때 할머니들이 쓴 글을 읽으면 지금도 부부는 가슴이 먹먹하다.

김명진이 말했다. "우리 어머니가 늘 말했다. 남 인심 얻으려면 내 인심 먼저 쓰라고. 사람들이 아끼고 배려하니 당숲도 저리 아름다운 게 아닌가. 무연고지에 새로 뿌리 내린 것, 후회하지 않는다." 사는 모습이 막내 애젠지와 들꽃이야기는 원주는 물론 전국 명소가 되었다. 그 사이 두 딸은 학원 한 번 안 가고도 영어면 영어, 역사면 역사, 체육이면 체육에 그림이면 그림에 긴 눈을 뜬 대학생과 고교생으로 자랐다.

> '옻칠' 찾아 중국에서 젊은 장인 정착한 원주 땅
> 신림면에서는 예로부터 신성시한 당숲이 봄을 맞아
> 골짜기마다 신념과 믿음 지키며 사는 사람들
> 자연이 좋아 귀농한 부부의 소박한 삶도

병인박해를 피해 숨어든 천주교도들이 만든 용소막성당.

1000년 세월 견뎌낸 원시림

영화 '신기전(神機箭)' 첫 장면을 이 숲에서 찍은 스태프들은 "비무장지대에서나 볼 수 있는 원시림"이라며 놀라워했다. 2012년 조사 때 숲에서는 보호 식물이 나무와 풀 합쳐서 301종류가 발견됐다. 주민들은 "숲에 들어가면 발밑을 조심하라"고 말한다. 1933년 총독부는 이 숲을 조선보물 고적명승 93호로 지정했다. 1962년 대한민국은 그 번호 그대로 천연기념물로 지정했다. 이름은 '윗성남 당숲'에서 '성남리 성황림'으로 바뀌었는데, 송수분 할머니의 며느리인 향토사학자 고주환에 따르면 "그 누구도 들어보지 못한 이름"이었다.

해마다 삼개울에서 물소리가 들리고 나무에 새싹이 움틀 무렵이면 동네에서는 또 한 번 축수한다. '나 밟지 말아요' 하고 땅 속 생명이 속삭인다. 주민들이 가진 신심(信心) 덕분에 숲은 생태학적으로도 귀한 존재로 살아남았다. 신심이 영험을 만든 것이다.

용소막성당과 명주사

신림에 사는 모습은 묘하게 어울려 닮았다. 면사무소에 따르면 인구 3863명인 이 작은 면에 종교 시설이 서른세 군데다. 성당이 하나, 교회가 열네 곳, 절이 열여덟 곳이나 있다. 그 많은 종교 시설 가운데 용소막성당과 태고종 명주사는 꼭 가봐야 한다.

용소막성당은 용암리에 있다. 1866년 병인박해를 피해 숨어든 천주교도 공동체가 이곳에 있었다. 성당 입구의 이름은 총림마을이다. 풍수에는 또 다른 신앙인 시무숲이 있었다. 성남리 사학자 고주환이 말했다. "시무숲은 신림 전체를 지키는 당숲으로 본다. 내 고향 성남리 당숲보다 더 오래됐다."

들꽃 부부 김명진·곽은숙.

시무숲은 폐허로 변했고, 용소막 성당이 그 신성한 역할을 대신한다. 일제강점기에도 용소막 마을은 외국인 신부들이 총독부로부터 안전하게 지켜줬다.

명주사는 어떤가. 군승(軍僧)을 지낸 한산 스님이 세운 태고종 사찰이다. 절집마다 기도 대신 비과에 인 나라가 독특하다. 동시에 불사와 고판화 수천 점을 소장한 고판화 박물관이다. 문화재로 지정된 목판이 숨 쉰다. 천화라는 공간 '박국판'가 아닌을 확신한 스님의 신념이 만든 결과다.

후회하지 않는 칠장이 김성권

신성한 숲 옆 부부의 찻집에서 김성권이 말했다. "옻을 접한 순간 느낌이 왔다. '이건 내 운명'이라고." 옻은 안료를 섞으면 무지개색을 낼 수 있는 천연 도료요, 1000년을 견디는 견고한 도료다. 자개에 금속, 흙까지 웬만한 재료는 섞어서 쓸 수 있는 만능 도료다. 무덤에서 나온 500년 전 옻칠 그릇 속 연꽃 씨가 싹을 피우는 기적의 방부제다. 그가 말했다. "세상은 옻을 쓸모 없는 옛것이라 생각한다. 첨단 도료와 미래의 재료로 틀림없이 각광받으리라 확신한다."

옻을 배운 지 8년이 넘지만 한 번도 자기 작품을 만들지 않았다. 배울 뿐이다. "스승 이름 더럽힐까 두렵고, 아직 수준이 안 돼서"라고 했다. 스승 전용복이 말했다. "인내심 없이는 옻 작업이 불가능한데, 성권이는 무엇보다 인내심이 돼 있는 거 같다." 제자 김성권이 말했다. "기본기 한 다음 오면이다. 후회하지 않는다."

신성한 숲으로 사람들이 찾아와 신념과 믿음을 의탁한다. 젊은 칠장이도 후회가 없다고 했고 들꽃 심는 부부 또한 후회 없다고 했다. 지구상 65억 인구는 모두가 신성하다. 하지만 그 신성한 영혼에게 후회 한 번 없을 리 없으니, 그렇거든 당장 신림으로 가보라. 혹시 아는가, 우리가 모르는 신이 나타나 지켜본 알고 있는 지혜를 깨우쳐줄지.

여행문화 전문기자

원주 여행수첩

〈볼거리〉

1. 성남리 당숲: 개인적인 출입은 금지. 성황림마을 체험관에 물으면 숲 생태 체험을 할 수 있다. 홈페이지는 성황림.kr (033)763-7657. 성남리 고주환 선생에게 이메일로 연락하면 전문적 숲 해설을 받을 수 있다. 식물을 통해서 본 세상 이야기 '나무가 청춘이다' '나무가 민중이다'의 저자다. 이메일은 kbkk8926@naver.com

2. 용소막성당: 강원도에서 세 번째로 세운 천주교 교회. 당시 중국 기술자가 기둥 높이를 잘못 계산해 지붕 경사가 급하고 형태가 건물 규모에 비해 높다. 주차장에서 올려다보는 석양 무렵 실루엣이 근사하다. 용암리 719-2.

3. 명주사 고판화 박물관: 태고종 사찰. 아시아 각국 고판화와 판각 목판을 감상할 수 있다. 5월 15일까지 '붉은 열정 손오공 특별전'. 박물관 입장료 성인 5000원. 템플스테이도 한다. www.gopanhwa.com 신림면 황둔2리. (033)761-7885.

당숲에 피어난 복수초

〈맛집〉 카페 들꽃이야기: 18년 전 성남리로 들어온 김명진·곽은숙 부부네 음식점. 들꽃 500여 종이 있는 정원. 충주비행장 건설 때 철거된 옛집을 기둥 가져와 만든 집과 지금도 쓰고 있는 뜰판이 있다. 남편 김명진씨가 서울에서 목공 수업을 듣는 월·화 휴무. 신림면 성남2리 633. (033)762-2623

〈칠예연구소〉 원주 상지영서대학교 전통산업진흥센터 안에 있다. 칠예 장인 전용복 선생 작업실 겸 사무실, 1층 전시장에 전용복 선생 작품을 전시 중이다. 미리 연락하면 전시관을 관람할 수 있다. 문의 산학협력단 (033)734-5705.

장르별 예문2_역사 평론

앞에 언급했듯, 평론 장르에는 더 엄격한 팩트 체크와 확인이 필요하다. 이를 극대화하면 논문이 되고 이를 소홀히 하면 주장만 난무하는 대자보가 돼 버린다. 독서 흐름을 방해하지 않고 독자로 하여금 자발적으로 신뢰할 수 있도록 사실 확인이 중요하다.

글에 제시된 역사적 사실이 필자 주장이 아니라 실제로 있었던 팩트임을 증명하기 위해 괄호 속에 그 출처가 제시돼 있다. 분명히 이 괄호들은 독서 흐름을 방해한다. 하지만 괄호가 있음으로써 글에 대한 신뢰도와 글이 독자에게 주는 설득력은 몇 배로 커진다. 결과적으로 필자나 독자나 이득. 역설적이지만, 역사라는 지루한 소재에 독자 관심을 끌기 위해 '재미'라는 요소도 더 중요하다. 당연히 쉬워야 하고.

경기도 남양주 수석동에는 세종 때 문신 조말생 묘가 있다. 원래는 남양주 금곡리에 있었는데 1900년 고종이 3년 전 왕비 민씨를 묻은 청량리 홍릉을 금곡리로 천장하면서 수석동으로 강제 이장당했다. 금곡리에는 조말생 문중 묘 110여 기는 물론 전주 이씨 왕족 묘도 허다했다. 세종 막내아들 영응대군 부부 묘 또한 그때 경기도 시흥으로 이장됐다. '매천야록'에 따르면 홍릉 이장으로 금곡리에 있던 무덤 2만여 기가 이장했다. 금곡리로 천장지가 결정되는 과정도 복잡했고, 결정 후 실제 천장에는 19년이 더 걸렸다. 사진은 조말생 묘에서 바라본 장원동과 한강 풍경이다.

고종, 왕비릉 이장을 위해 조말생 묘를 강제로 옮기다

(세종 때 문신)

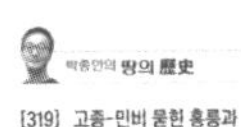

박종인의 땅의 歷史

[319] 고종-민비 묻힌 홍릉과 남양주 조말생 묘의 비밀

1897년 10월 대한제국 선포
11월 왕비 민씨 국장

1900년 2월 "왕비릉 이장" 소문
6월 고종, "명당 아니다"
민비 홍릉 이장 공식 결정
8월 경기도 양주 금곡
새 왕릉으로 결정

1900년 9월 금곡에 있던
세종 막내 영응대군 묘
세종 때 문신 조말생 묘 등
2만여 무덤 강제 이장

1900년 9월 "금곡도 명당 아니니
새로운 명당 찾으라" 어명
금곡리 인근 군장리로 변경
고종, "건원릉보다 높던가?"
"길지를 얻었으니 기쁘고 행복"

1901년 4월 군장리 묘터에서
바윗덩어리 발견
고종, "관련자 처벌하라"
금곡리로 이장지 재변경

1919년 고종 사망 후에야
금곡리로 이장한 홍릉에 합장

조말생 묘 이장한
수석동 골짜기 이괄 문중 묘는
주민들이 부수고
비석은 다리 아래 묻어버려

1897년 10월 13일 대한제국을 선포한 광무제 고종은 일주일 뒤 경사를 맞았다. 10월 20일 궁인 엄씨가 러시아공사관에서 잉태했던 아들이 태어난 것이다. 이 아들이 영왕 이은이다. 고종은 이틀 뒤 엄씨를 귀인(貴人)으로 봉작했다. 또 나흘이 지난 10월 26일 사간원 정언을 지낸 현동건이 '오늘날 급선무는 인재 등용과 군사 양성과 학문 진흥'이라고 상소했다. 고종은 "잘 알았다"고 비답을 내렸다.(1897년 10월 26일 '고종실록') 한 달이 갓 지난 11월 21일, 고종은 2년 전 일본인들에게 살해된 왕비 민씨 장례식을 치렀다. 황궁인 경운궁을 떠난 상여는 어날 청량리 홍릉으로 가서 의식이 치러졌다.

그러나 왕비 민씨는 편히 쉬지 못했다. 3년 뒤 남편 고종이 청량리 장지가 명당이 아니라며 이장을 결정한 것이다. 그런데 이장할 장소가 수시로 바뀌는가 하면 이장할 날짜도 계속 연기되더니 결국 1919년 고종이 죽고 나서야 왕비릉은 경기도 남양주 금곡리로 천장되고 남편 고종도 합장됐다. 그사이에 금곡리에 있던 무덤 2만여 기는 강제로 전국으로 이장돼 버렸고, 나라는 사라져 버렸다. 이 [illegible] 이야기다.

엄혹했던, 그리고 어이없던 세월

1894년 청일전쟁에서 참패한 청나라는 급속도로 몰락하고 있었다. 대한제국은 청나라를 침몰시킨 일본에 무방비로 노출돼 있었다. '수신제가치국평천하'로 통치했던 세상은 바야흐로 정글로 변하고 있었다. 힘센 놈은 스스로를 정의라고 불렀고, 약한 자들은 이를 갈며 고개를 숙이는 그런 세상. 그러했다.

그런데 대한제국을 선포한 1897년부터 을사조약이 체결된 1905년까지 대한제국 정부가 각종 국장(國葬)에 사용한 국가 예산이 213만6000원이었다.(이윤상, '1894~1910년 재정 제도와 운영의 변화', 서울대학교 국사학과 박사 논문, 1996, p141) 참고로 1900년도 대한제국 세출예산은 616만2796원이었다.(김대준, '고종시대의 국가재정 연구', 태학사, 2004, p129)

왕비 민씨 국장, 헌종 왕비 국장, 황태자비 국장이 약 8년 사이에 치러졌다. 한 해 예산의 3분의 1을 각종 장례식에 사용했으니, 제국 선포 직후 현동건이 제시한 세 가지 급선무와는 많이 동떨어진 세금 운용 방식이다. 여기에는 1902년 청량리에 묻혔던 왕비 민씨를 이장하기 위해 사용된 45만원이 포함돼 있었다.

금곡리에 있는 홍릉. 1919년 고종이 죽은 뒤 청량리에 있던 왕비 민씨 능을 옮겨 와 금곡리에 합장했다. 조선식 정자각(丁字閣) 대신 중국 황제릉 형식의 일자(一字) 각이 세워져 있다.

조말생 후손들은 1900년 당시 금곡리에서 전국으로 뿔뿔이 이장됐던 문중 묘들을 하나둘씩 수석동으로 옮겨 왔다.

"왕비릉 풍수가 나빠 나라가 이 꼴"

민비가 청량리에 묻히고 2년이 못 돼 왕비릉을 옮긴다는 소문이 돌았다. 1899년 봄에는 홍릉을 경기도 광주로 옮긴다는 풍문이 돌았다.(1899년 3월 17일 '제국신문') 그런데 제국 정부는 홍릉 석물을 5만원을 들여 보수하고 동대문에서 홍릉까지 도로를 넓히고 개천도 준설해 청량리 홍릉까지 황제가 왕래하는 데 만전을 기했다.(1899년 4월 12일 '제국신문') 소문은 소문으로 그치는 듯했지만, 제국신문 보도 다음 날 궁내 소식에 정통한 '황성신문'은 '천릉 후보지는 수원 용주사와 양주 차유고개[車踰峴·차유현]와 광주산성 가운데 용주사가 내정됐다'고 보도했다.(1899년 4월 13일 '황성신문')

그러고 해를 넘긴 1900년 2월 27일 '황성신문'은 '민영준씨가 능지(陵地)를 보러 갔는데, 양주 금곡으로 결정될 듯'이라고 특종을 터뜨렸다. 훗날 민영휘로 개명한 민영준은 당시 궁중 의례를 담당하는 장례원경이었다. 마침내 6월 21일 궁내부 특진관인 종친 이재순이 공식적으로 왕비릉 이장 문제를 꺼냈다. "모두가 홍릉이 완전무결한 길지가 아니라고 하니, 억만년토록 국가의 기반이 매우 공고해지도록 홍릉을 옮기소서." 고종은 이리 답했다. "오래전부터 논의가 있었지만 처리하지 못했다. 효성 깊은 동궁이 밤낮으로 애를 태우니, 신중히 결정하리라." (1900년 음5월 25일(양 6월 21일) '승정원일기') 사흘 뒤 청량리 홍릉을 점검한 관리들이 '과연 홍릉은 명당이 못 된다'고 보고했다. 고종은 "시간이 없어서 임시로 쓴 묏자리"라며 "풍수가와 조정 논의가 동일하니, 홍릉을 이장한다"고 선언했다.(1900년 6월 24일 '고종실록') 비극적으로 죽은 왕비 능이 국가 운명을 저해하고 있다고 결론 내린 것이다.

금곡리에서 군장리로 바뀐 길지

7월 11일 전국 주요 길지 27군데를 답사한 관리들이 고종에게 후보지 네 군데를 보고했다. 양주에 있는 금곡리와 군장리, 차유고개와 화접동이 그 후보지였다. 8월 24일 이 가운데 금곡리가 최종 천장지로 확정됐다.

1900년 홍릉 천장이 결정되면서 인조 때 역적 이괄 문중 묘가 날벼락을 맞았다. 조말생 묘가 수석동으로 이장되면서 수석동 주민들은 수석동 골짜기에 있던 이괄 문중 묘들을 파묘하고 석물을 골짜기에 버리고 콘크리트 다리 밑에 묻어버렸다.

9월 1일 홍릉 천장 날짜가 확정됐다. '음력 8월 17일 천장을 개시, 윤8월 9일 봉분을 헐고 8월 22일 관 자리 위에 움막 설치, 9월 19일 7척 깊이로 땅을 파냄, 10월 12일 새벽 방향부터 관을 하나 15일 발인 등등'. 옛 왕릉과 새 왕릉에 상여 등 능을 방위까지 모두 정해놓았다.(1900년 9월 1일 '고종실록')

그런데 열하루 뒤 금곡리 묘터가 길지가 아니라는 보고가 올라왔다. 왕릉으로 꺼리어 하는 두 가지 지형지물이 있다는 것이다. 고종은 "새 묏자리를 고르라"고 명했다.(1900년 9월 12일 '고종실록')

10월 15일 새 묏자리를 고르고 온 관리들이 군장리와 장안리와 용곡산에 갔다고 보고했다. 사흘 뒤 관리들은 금곡리 옆 군장리가 상길지라고 보고했다. 10월 29일 군장리에 왕릉 예정지임을 알리는 봉표가 세워졌다. 10월 30일 작업을 마친 관리들에게 고종이 물었다. "(태조 이성계 능인) 건원릉보다 높던가?" 관리들이 답했다. "높지는 않으나 손색은 거의 없습니다." 고종이 이렇게 말했다. "이제 길지를 얻었으니 매우 매우 기쁘고 행복하구나(今得吉地 甚爲幸矣)!"(홍릉천봉산주감의궤)

횡액을 만난 무덤 2만기

그런데 고종은 원래 예정했던 금곡리도 놓으려 하지 않았다. 새 묏자리 선정 작업이 한창인 9월 21일 고종이 조령을 내렸다. 내용은 이러했다. '금곡리 새 능의 경계에 있는 무덤들을 모두 옮겨라.' (1900년 9월 21일 '고종실록')

금곡리 예정지에 있는 무덤은 모두 2만기가 넘었다.(황현, '국역 매천야록' 3권 1900년 3, 금곡 신릉 황도 개설과 신서선 묘의 발굴, 국사편찬위) 왕릉 이장으로 옛 무덤들이 횡액(橫厄)을 만난 것이다. 무덤 주인들 가운데에는 세종 막내아들 영응대군 부부를 비롯한 왕실 종친들이 셀 수 없었고 세종 때 문신인 조말생과 양주 조씨 문중 묘 110기가 포함돼 있었다. 고종은 이들 후손에게 대지(代地)를 내주고 이장 비용과 제사 비용을 대주라고 명했다.

영응대군 부부 묘는 경기도 현 시흥 땅으로 이장됐다. 양주 조씨 조말생 문중은 현 남양주 수석동에 땅을 하사받고 조말생 묘를 옮겼다. 다른 조씨 문중 묘들은 전국으로 흩어져 이장됐다.

수석동 조말생 새 묏자리에는 석실서원이 있었다. 병자호란 때 척화를 주장했던 김상헌 문중의 석실서원. 흥선대원군에 의해 헐어진 서원이다. 그러니까 아버지 대원군이 바꿔놓은 땅을 아들 고종이 조말생 묏자리로 내준 것이다.

그 과정에서 횡액을 만난 문중이 하나 더 있었다. 바로 수석동 골짜기에 있던 이괄 문중 묘들이다. 1624년 인조 때 난을 일으켜 처형된 이괄 문중 무덤이 이곳에 있었다. 세간의 주목을 끌까 쉬쉬하고 있던 주민들은 이 묘들을 파묘하고 석물들을 골짜기 아래로 던져버렸다. 큰 비석은 마을 앞에 콘크리트 다리를 만들 때 교각 아래 파묻고 시멘트를 발라버렸다.(남양주문화원, '석실서원 자료 및 문헌조사', 1998, pp63, 94) 골짜기에는 석물들이 자빠져 있지만 비석 위에 만든 다리 자리에는 큰 교회가 들어서 찾을 길이 없다.

결말 9년 뒤에야 이장된 홍릉

금곡리 무덤들을 다 철거하고, 군장리로 장지를 확정한 뒤로 변고가 벌어졌다. 1901년 4월 10일 무덤 공사를 벌이던 군장리 묘터가 온통 바위투성이라는 사실이 밝혀졌다. 노발대발한 고종은 "묏자리 정한 지관을 엄벌 처벌하라"고 명했다.(1901년 4월 12, 13일 '고종실록') 그달 21일 고종은 양주 각지를 살피고 온 관료들 의견을 따라 원래 예정지였던 금곡리를 최종 천장지로 '영원히' 확정했다.

이후 수시로 청량리 홍릉 이장 날짜가 정해지고 천장 작업이 개시됐다. 하지만 '날짜가 맞지 않고' '나라가 사라지고'(1905년) '고종이 강제 퇴위되는'(1907년) 등 사건이 발생하면서 실행은 되지 않았다. 그러다 1919년 고종이 죽고 나서야 금곡리로 청량리 홍릉 천장이 실행에 옮겨졌다. 그래서 고종은 왕비 민씨와 금곡 홍릉에 잠들어 있다.

3년이 지난 1922년 12월 홍릉 능참봉을 자처했던 고영근이 고종 묘호가 새겨지지 않은 채 누워 있던 비석에 '高宗太皇帝(고종태황제)'를 새겨 넣고 비석을 바로 세웠다.(1922년 12월 13일 '조선일보') 고영근은 민비를 살해한 우범선을 일본에서 암살한 인물이다. 해방 2년 전인 1943년 6월 30일 일본에 있던 영친왕이 금곡 홍릉을 참배했다. 신분은 순종을 이은 조선 이왕(李王)이었다. 나라는 사라졌는데, 전주 이씨 황실은 꺼지지 않은 것이다.(1943년 7월 1일 '매일신보')

선임기자

고종, 왕비릉 이장을 위해 조말생 묘를 강제로 옮기다

고종·민비 묻힌 홍릉과 남양주 조말생 묘의 비밀

1897년 10월 13일 대한제국을 선포한 광무제 고종은 일주일 뒤 경사를 맞았다. 10월 20일 궁인 엄씨가 러시아공사관에서 잉태했던 아들이 태어난 것이다. 이 아들이 영왕 이은이다. 고종은 이틀 뒤 엄씨를 귀인(貴人)으로 봉작했다. 또 나흘이 지난 10월 26일 사간원 정언을 지낸 현동건이 '오늘날 급선무는 인재 등용과 군사 양성과 학문 진흥'이라고 상소했다. 고종은 "잘 알았다"고 비답을 내렸다.(1897년 10월 26일 《고종실록》) 한 달이 갓 지난 11월 21일, 고종은 2년 전 일본인들에 의해 살해된 왕비 민씨 장례식을 치렀다. 황궁인 경운궁을 떠난 상여는 이날 청량리 홍릉으로 가서 의식이 치러졌다.

그러나 왕비 민씨는 편히 쉬지 못했다. 3년 뒤 남편 고종이 청량리 장지가 명당이 아니라며 이장을 결정한 것이다. 그런데 이장할 장소가 수시로 바뀌는가 하면 이장할 날짜도 계속 연기되더니 결국 1919년 고종이 죽고 나서야 왕비릉은 경기도 남양주 금곡리로 천장되고 남편 고종도 합장됐다. 그 사이에 금곡리에 있던 무덤 2만여 기는 강제로 전국으로 이장돼 버렸고, 나라는 사라져 버렸다. 이 블랙코미디 이야기다.

엄혹했던, 그리고 어이없던 세월

1894년 청일전쟁에서 참패한 청나라는 급속도로 몰락하고 있었다. 대한제국은 청나라를 침몰시킨 일본에 무방비로 노출돼 있었다. '수신제가치국평천하'로 통치됐던 세상은 바야흐로 정글로 변하고 있었다. 힘센 놈은 스스로를 정의라고 불렀고, 약한 자들은 이를 갈며 고개를 숙이는 그런 세상. 그러했다.

그런데 대한제국을 선포한 1897년부터 을사조약이 체결된 1905년까지 대한제국 정부가 각종 국장(國葬)에 사용한 국가 예산이 213만 6,000원이었다. (이윤상, '1894~1910년 재정 제도와 운영의 변화', 서울대학교 국사학과 박사논문, 1996, p141) 참고로 1900년도 대한제국 세출예산은 616만 2,796원이었다.(김대준, 《고종시대의 국가재정 연구》, 태학사, 2004, p129)

왕비 민씨 국장, 헌종 왕비 국장, 황태자비 국장이 이 8년 사이에 치러졌다. 한 해 예산의 3분의 1을 각종 장례식에 사용했으니, 제국 선포 직후 현동건이 제시한 세 가지 급선무와는 많이 동떨어진 세금 운용 방식이다. 여기에는 1902년 청량리에 묻혔던 왕비 민씨를 이장하기 위해 사용된 45만 원이 포함돼 있었다.

"왕비릉 풍수가 나빠 나라가 이 꼴"

민비가 청량리에 묻히고 2년이 못 돼 왕비릉을 옮긴다는 소문이 돌았다. 1899년 봄에는 홍릉을 경기도 광주로 옮긴다는 풍문이 돌았다.(1899년 3월 17일 〈제국신문〉) 그런데 제국 정부는 홍릉 석물을

5만 원을 들여 보수하고 동대문에서 홍릉까지 도로를 넓히고 개천도 준설해 청량리 홍릉까지 황제가 왕래하는 데 만전을 기했다.(1899년 4월 12일 〈제국신문〉) 소문은 소문으로 그치는 듯했지만, 〈제국신문〉 보도 다음 날 궁내 소식에 정통한 〈황성신문〉은 '천릉 후보지는 수원 용주사와 양주 차유고개[車踰峴·차유현]와 광주산성 가운데 용주사가 내정됐다'고 보도했다.(1899년 4월 13일 〈황성신문〉)

그리고 해를 넘긴 1900년 2월 27일 〈황성신문〉은 '민영준 씨가 능지(陵地)를 보러 갔는데, 양주 금곡으로 결정될 듯'이라고 특종을 터뜨렸다. 훗날 민영휘로 개명한 민영준은 당시 궁중 의례를 담당하는 장례원경이었다. 마침내 6월 21일 궁내부 특진관인 종친 이재순이 공식적으로 왕비릉 이장 문제를 꺼냈다. "모두가 홍릉이 완전무결한 길지가 아니라고 하니, 억만년토록 국가의 기반이 매우 공고해지도록 홍릉을 옮기소서." 고종은 이리 답했다. "오래전부터 논의가 있었지만 처리하지 못했다. 효성 깊은 동궁이 밤낮으로 애를 태우니, 신중히 결정하리라."(1900년 음 5월 25일(양 6월 21일) 《승정원일기》) 사흘 뒤 청량리 홍릉을 점검한 관리들이 '과연 홍릉은 명당이 못 된다'고 보고했다. 고종은 "시간이 없어서 임시로 쓴 묏자리"라며 "풍수가와 조정 논의가 동일하니, 홍릉을 이장한다"고 선언했다.(1900년 6월 24일 《고종실록》) 비극적으로 죽은 왕비릉이 국가 운명을 저해하고 있다고 결론 내린 것이다.

금곡리에서 군장리로 바뀐 길지

7월 11일 전국 주요 길지 스물일곱 군데를 답사한 관리들이 고종에게 후보지 네 군데를 보고했다. 양주에 있는 금곡리와 군장리, 차유고개와 화접동이 그 후보지였다. 8월 24일 이 가운데 금곡리가 최종 천장지로 확정됐다.

9월 1일 홍릉 천장 날짜가 확정됐다. '음력 8월 17일 천장을 개시. 윤8월 9일 풀을 베고 흙을 파냄. 8월 22일 관 자리 위에 움막 설치. 9월 19일 7척 깊이로 땅을 파냄. 10월 12일 서쪽 방향부터 관을 꺼내 15일 발인' 등등. 옛 왕릉과 새 왕릉에 상여를 놓을 방위까지 모두 정해놓았다.(1900년 9월 1일 《고종실록》)

그런데 열하루 뒤 금곡리 묘터가 길지가 아니라는 보고가 올라왔다. 왕릉으로 꺼려야 하는 두 가지 지형지물이 있다는 것이다. 고종은 "새 묫자리를 고르라"고 명했다.(1900년 9월 12일 《고종실록》)

10월 15일 새 묫자리를 고르고 온 관리들이 군장리와 장안리와 팔곡산이 길지라고 보고했다. 사흘 뒤 관리들은 금곡리 옆 군장리가 상길지라고 보고했다. 10월 29일 군장리에 왕릉 예정지임을 알리는 봉표가 세워졌다. 10월 30일 작업을 마친 관리들에게 고종이 물었다. "(태조 이성계 능인) 건원릉보다 높던가?" 관리들이 답했다. "높지는 않으나 존엄한 기상이 있습니다." 고종이 이렇게 말했다. "이제 길조를 얻었으니 매우매우 기쁘고 행복하구나(今得吉兆萬萬喜幸矣·금득길조만만희행의)!"('홍릉천봉산릉주감의궤·洪陵遷奉山陵主監儀軌')

횡액을 만난 무덤 2만 기

그런데 고종은 원래 예정했던 금곡리도 놓으려 하지 않았다. 새 묏자리 선정 작업이 한창인 9월 21일 고종이 조령을 내렸다. 내용은 이러했다. '금곡리 새 능의 경계에 있는 무덤들을 모두 옮겨라.'(1900년 9월 21일 《고종실록》)

금곡리 예정지에 있는 무덤은 모두 2만 기가 넘었다.(황현, 국역 《매천야록》 3권 1900년 3.금곡 신릉 철도 개설과 신서선묘의 발굴, 국사편찬위) 확정도 안 된 왕릉 이장으로 옛 무덤들이 횡액(橫厄)을 만난 것이다. 무덤 주인들 가운데에는 세종 막내아들 영응대군 부부를 비롯한 왕실 종친들이 셀 수 없었고 세종 때 문신인 조말생과 양주 조씨 문중 묘 110기가 포함돼 있었다. 고종은 이들 후손에게 대토(代土)를 내주고 이장 비용과 제사 비용을 대주라고 명했다.

영응대군 부부묘는 경기도 현 시흥 땅으로 이장됐다. 양주 조씨 조말생 문중은 현 남양주 수석동에 땅을 하사받고 조말생 묘를 옮겼다. 다른 조씨 문중묘들은 전국으로 흩어져 이장됐다.

수석동 조말생 새 묏자리에는 석실서원이 있었다. 병자호란 때 척화를 주장했던 김상헌 문중의 서원인데, 1868년 흥선대원군 서원철폐령에 의해 철거된 서원이다. 그러니까 아버지 대원군이 비워놓은 땅을 아들 고종이 조말생 묏자리로 내준 것이다. 다음은 실록에 기록된 당시 묘를 이장 당한 왕실 및 공신 명단이다.

정정옹주(貞靜翁主) 부부: 태종 일곱째 딸

숙혜옹주(淑惠翁主) 부부: 태종 아홉째 딸

영응대군(永膺大君) 이염 부부: 세종 막내 적자

의창군(義昌君) 이공: 세종 서출 10남 2녀 중 3왕자

금계정(錦溪正) 이기: 의창군 이공 아들

금성도정(錦城都正) 이위: 의창군 이공 아들

동성군(東城君) 이순: 의창군 이공 아들

사산군(蛇山君) 이호: 의창군 이공 아들

능천군(綾川君) 구수영: 세종 막내 영응대군 이염 사위

호양공(胡襄公) 구치홍: 구수영 아버지

문강공(文剛公): 조말생 세종 때 문신

안양군(安陽君) 이항 부부: 성종 셋째 아들

효순공주(孝順公主) 부부: 중종 딸

신용개(申用漑): 중종 때 문신. 신숙주 아들.

반성부원군(潘城府院君) 박응순 부부: 선조 장인(의인왕후 아버지)

능안부원군(綾安府院君) 구사맹 부부: 인조 아버지 정원군 장인(추존 인헌왕후 아버지)

능성부원군(綾城府院君) 구굉: 인조 외삼촌. 구사맹 아들.

능천부원군(綾川府院君) 구인후: 인조 외사촌 형. 구사맹 손자.

능풍부원군(綾豐府院君) 구인기: 인조 외사촌 동생. 구사맹 손자.

한원부원군(漢原府院君) 조창원 부부: 인조 장인(계비 장렬왕후 아버지)

그러니까 왕비 이장을 위해 개국 때부터 인조 때까지 역대 공주와 왕자, 왕비 아버지와 공신들을 떼로 금곡리에서 몰아냈으니 조선왕조 500년 사상 참으로 유례가 없는 일이었다.

날벼락 맞은 이괄 문중묘

그 과정에서 횡액을 만난 문중이 하나 더 있었다. 바로 수석동 골짜기에 있던 이괄 문중 묘들이다. 1624년 인조 때 난을 일으켜 처형된 이괄 문중 무덤이 이곳에 있었다. 세간의 주목을 끌까 쉬쉬하고 있던 주민들은 이 묘들을 파묘하고 석물들을 골짜기 아래로 던져버렸다. 큰 비석은 80여년 전 마을 앞에 콘크리트 다리를 만들 때 교각 아래 파묻고 시멘트를 발라버렸다.(남양주문화원, '석실서원 지표 및 문헌조사', 1998, pp.93, 94) 골짜기에는 석물들이 자빠져 있지만 비석 위에 만든 다리 자리에는 큰 교회가 들어서 찾을 길이 없다.

멸망 9년 뒤에야 이장된 홍릉

금곡리 무덤들을 다 철거하고, 군장리로 장지를 확정한 뒤 또 변고가 벌어졌다. 1901년 4월 10일 무덤 공사를 벌이던 군장리 묘터가 온통 바위투성이라는 사실이 밝혀졌다. 노발대발한 고종은 "묫자리를 정한 지관들을 몽땅 처벌하라"고 명했다.(1901년 4월 12, 13일 《고종실록》) 그달 21일 고종은 양주 각지를 살피고 온 관료들 의견을 따라 원래 예정지였던 금곡리를 최종 천장지로 '영원히' 확정했다.

이후 수시로 청량리 홍릉 이장 날짜가 정해지고 천장 작업이 개시됐다. 하지만 '날짜가 맞지 않고' '나라가 사라지고'(1905년) '고종이 강제 퇴위되는'(1907년) 등 사건이 발생하면서 실행은 되지 않았다. 그러다 1919년 고종이 죽고 나서야 금곡리로 청량리 홍릉 천장이 실행에 옮겨졌다. 그래서 고종은 왕비 민씨와 금곡 홍릉에 잠들어 있다.

꺼지지 않은 향불

3년이 지난 1922년 12월 홍릉 능참봉을 자처했던 고영근이 고종 묘호가 새겨져 있지 않은 채 누워 있던 비석에 '高宗太皇帝(고종태황제)'를 새겨넣고 비석을 바로 세웠다.(1922년 12월 13일 〈조선일보〉) 고영근은 민비를 살해한 우범선을 일본에서 암살한 인물이다. 해방 2년 전인 1943년 6월 30일 일본에 있던 영친왕이 금곡 홍릉을 참배했다. 신분은 순종을 이은 조선 이왕(李王)이었다. 나라는 사라졌는데, 전주 이씨 향불은 꺼지지 않은 것이다.(1943년 7월 1일 〈매일신보〉)

장르별 예문3_인물 에세이

이번에는 인물을 소재로 한 에세이를 본다. 앞 역사 평론 예문과 달리 이 글은 주인공인 남궁정부라는 인물 인터뷰를 통해 팩트를 수집했다. '사실'이 감동을 준다는 사실을 느껴본다. '감동'을 주는 요소는 감탄사나 부사어가 아니라 '구체적인 사실'이다. 첫 문단에서 앞으로 소개할 남궁정부라는 인물에 대한 개략적 소개가 나와 있다. 그런데 뜯어보면 그 소개는 '제목이 첫 문장으로, 앞 문장이 뒤 문장으로 독자 시선을 낚는 미끼처럼' 조금씩 팩트를 노출하고 있다. 감질나게.

세상에 하나밖에 없는 구두

오른팔 없는 구두장이, 남궁정부

그는 광대무변한 우주 속에 오직 한 켤레밖에 없는 구두를 만든다. 이 쓸쓸한 행성에서 그는 지구보다 더 쓸쓸한 사람들을 위해 가죽을 자르고, 무두질을 하고 석고틀을 뜬다. 다리 없고, 기형적인 발을 가진 신발 주인들이 찾아오면 주름진 얼굴에 미소 하나. 그리고 어엿하게 두 발로 서서 햇살 가득한 문으로 걸어가는 신발에도 웃음이 가득하다. 그러면 남궁정부는 왼손으로 새 신발 주인 손을 잡고 행운을 기원한다. 그는 장애인을 위한 구두를 만든다. 오른손은 없다. 어깨 아래로 펄럭이는 잠바 소매 속에는 텅 빈 공(空). 1995년 어느 날 이후 그는 오른팔이 없다. 아니, "모든 게 다 있고, 없는 것은 오른팔뿐"이라고 그는 말했다.

남궁정부 선생을 만난 곳은 신들의 땅 네팔로 가는 비행기 속에서였다. 2006년 4월 대한민국 수많은 절단 장애인 가운데 7명이 히말라야로 갔다. 서울 이태원에서 전복 요릿집을 하는 요리사 채성태, 그리고 그와 함께 트럭을 개조한 이동식 주방 '사랑의 밥차'를 타고 다니며 무료 급식 봉사를 하는 가수, 모델들과 함께 이 절단 장애인들은 바다 위로 4,700미터 솟아 있는 칸진리라는 산에 오르려고 나선 길이었다. 남궁 선생은 그 7명 가운데 한 사람이었다.

히말라야라고 하면 사람들은 에베레스트를 비롯해 8,000미터가 넘는 고산을 떠올린다. 그래서 4,700미터라고 하면 "고까이꺼" 하며 웃어버리기 십상이다. 하지만 백두산보다 근 2,000미터가 높은 산이다. 함께 간 사람들은 허벅지 아래 두 다리가 없는, 그리고 한쪽 무릎 아래가 없는, 그리고 한쪽 발이 없는, 그런 사람들이었으니, 도대체 실성한 사람이 아니라면 그 높은 산을 오르겠다고 나설 까닭이 없는 것이었다. 오죽 쓸쓸했으면 아무것도 없는 고산(高山)과 동무하겠다고 나섰을까.

대한민국에서 목발 짚고, 온몸 출렁이며 이리 비틀 저리 비틀 걸어 다니는 사람치고 손가락질받지 않은 사람은 없으리라. 멀쩡한 머리와 뜨거운 가슴을 지니고 있음에도 그저 외형이 그러하다는 이유만으로 홀대와 냉대를 받으며 평생을 살아야 하는 사람들이다. 게다가 이러저러한 사건 사고로 뒤늦게 장애자가 된 '절단' 장애인들이라면.

그게 그들이 히말라야로 간 이유였다. 자기도 남만큼 산에 올라 산과 친할 수 있다는 사실을 보여주기 위해 그런 실성한 짓을 감행한 사람들이었다. 4박5일 동안 지켜본 그 산행은 필설로 형언키 어렵다. 사지 멀쩡한 내가 고산증과 찢어질 듯한 피로에 허덕일 때도 내 앞뒤 양옆에서 그들이 두 눈 시퍼렇게 뜨고 걷고 있었기에 그들과 함께 정상에서 함께 펑펑 울 수 있었다. 거기에 남궁정부가 있었다. 한국 나이로 2007년 고희(古稀)를 맞은 노인이 칸진리봉에서 울어버린 것이다.

남궁 선생은 구두장이였다. 수제화가 인기를 끌던 70, 80년대에 웃돈을 받아가며 여기저기 스카우트되던 구두 장인이었다. 세월은 냉정해서, 1990년대 들어 수제화 시대가 가버렸고, 남궁 선생은 생계를 걱정할 정도로 곤궁해졌다. 1995년 11월 그날도 생계를 걱정하며 옛 동료들과 세상을 취중작파하고 지하철을 기다리고 있었다.

가난한 인생들이 지구상에서 가장 많이 몰리는 서울 지하철 신도림역. 플랫폼 가득 들어찬 인파에 밀려 쇠락한 구두장이는 선로로 떨어졌고 그 위로 열차가 덮쳤다. 굉음과 요란한 불빛을 던지며 달려오는 전철을 보며 그는 기절해 버렸다. 깨어나 보니 병원이었다. 요행히 죽지는 않았다고 생각하며 몸을 찬찬히 살피니 오른손이 그대로 있었다고 했다. 조금씩 눈을 올려보는데, 팔이 너덜너덜하게 찢겨서 어깨에 붙어 있더라고 했다. 평생 구두장이로 살았던 사내가 인생을 잃은 것이다.

그리고 입원 사흘째 되던 아침, "살아야겠다"는 말을 머릿속에서 수백 번 외치고서 그는 일어났다. 만류하는 가족들을 뿌리치고 면도기를 사서 왼손으로 수염을 깎았다. 그리고 담배를 뻑뻑 피워대며 병원을 쏘다녔다.

생의 의지, 좌절하지 않는다. "후유증이 있을 수 있으니 다시 수술해서 나머지 팔을 다 잘라내자"는 의사 말에 곧이곧대로 몇 센티미터 남은 팔까지 다 잘라내고 퇴원했다. 열흘 만이었다. 어찌 살까에 대한 계획은 전혀 없었다.

의수를 만들러 간 의료보조기상 사장이 선언했다. "남은 팔이 너무 짧아서, 물건을 잡을 수 있는 기능성 의수는 어렵겠습니다." 기가 막혔다. 수술을 왜 또 했나 했지만, 그다음 말이 그를 사로잡았다. "성한 팔이 있으면 그 팔만 쓰려고 하니까 더 어려워요."

옳거니, 나는 왼팔이 있지 않은가. 오른팔이 없는 게 아니라 오른팔만 없는 거지. 이런저런 얘기를 나누다가 구두장이였다는 말이 나왔고, 보조기상 사장이 툭 던졌다. "장애인 신발 한번 만들어 보지요?" 인생 2장은 그렇게 막이 올랐다. 1장이 끝난 게 55세였고, 2장은 금방 시작됐다. 중간 휴식도 없는 숨 가쁜 무대였다.

마음을 다시 잡고 처음 시작한 일이 젓가락질과 글씨 연습이었다. 밥상은 온통 흘린 반찬과 밥풀로 도배가 됐지만, 구두장이는 왼손 젓가락질을 멈추지 않았다. 쉰여섯 먹은 사내가 밥상을 발로 차며 펑펑 울었다. 멈추지 않았다. 커다랗게 네모 칸이 그려진 글씨 연습장을 사서 기역 니은 디귿을 쓰기 시작했다. 그게 익숙해지면서 가죽 자르기도 다시 시작했다. 처남 집 차고에 세창정형제화연구소라고 간판을 걸어놓고 손님을 기다렸다. 홍보도 없었고, 설사 홍보가 됐더라도 찾아오지 않았을, 손님은 없었다. 하나 있던 직원이 그리도 말렸지만, 날카로운 재단용 칼을 자기 손으로 들겠다고 가죽을 자르다가 허벅지를 쑤셔 가게를 피바다로 만든 적도 있었다. "참을 忍자 세 번을 쓰면 왜 살인도 면할 수 있는지 알았다. 그만큼 그 고통을 참는 게 어려웠다." 이제는 쌈도 싸 먹고, 가죽 재단용 칼도 무소불위로 휘두를 줄 알게 된 외팔이 선생이 웃는다.

단골 가죽상도 팔 없는 구두장이에게 외상은 주지 않았다. 돈이 꾸역꾸역 들어갔다. 아내는 식당 일을 하며 그 돈을 메웠다. 그러다 가게를 연 지 6개월이 지난 1996년 11월. 한쪽 다리가 8센티미터 짧은 40대 손님이 찾아왔다. 뒷굽을 높여준 구두를 신고 간 사내가 다시 찾아왔다. "길이는 좋은데, 발이 자꾸 앞으로 미끄러져요."

팔 없는 장인이 만든 구두를 신어줘서 고맙고, 자꾸 미끄러지는 구두를 신어준 게 또 미안하고 고마웠다. 이후 그 사내 몸에 꼭 맞는 구두를 맞추느라 세월이 갔지만, 남궁 선생은 "남에게 꼭 필요한 사람이 될 수 있다는 걸 알았다"고 한다.

날 때부터 소아마비였던 소녀, 그래서 결혼식 때 꼭 제대로 걸어서 웨딩마치를 하고 싶은 게 소원이었던 여자에게 구두를 맞춰주고, 기형적으로 발이 커서 태어나서 단 한 번도 신발을 신어본 적이 없는 사내에게 신발을 신겨주던, 그래서 그가 구두닦이에게 당당하게 "구두 닦아달라"고 발을 내밀게 해준 그런 일도 있었다. 그래서 어느 날 가게가 문을 닫을 정도로 곤궁해졌을 때, 단골손님들이 찾아와 십시일반으로 모은 3,000만 원짜리 통장을 내밀었던 적도 있었다고 했다. "당신 없으면 우리가 걷지를 못하니, 당신은 꼭 돈을 벌어라"라고 막무가내로 통장을 내밀더라고 했다.

그 모든 신발이 광대무변한 우주 속에 오직 한 켤레밖에 없는 신발들이었다. 손바닥에 한 켤레가 오롯이 들어가는 작은 신발도 있었고, 겉보기에는 신발 형태로 보이지 않는 자루 같은 신발도 있었다. 모두 우주에 하나뿐인 왼팔로 만든 신발, 자그마치 5만 켤레다.

그러다 히말라야로 갔다. 그가 말했다. "히말라야, 아무나 가나. 다 가고 싶어 하는데 못 가는 곳이잖아. 그런데 기업이 도와줘서 가게 됐더라고. 그럼 가야지. 죽기 전에 언제 가보겠어."

발가락 하나 없어도 걷기 어렵다. 팔 하나가 없으면 균형을 잡는데 지극히 어렵다. 하물며 칠십 노인이 구토와 어지럼증이 난무하는 고산을 걷겠다는데. 그런데 그가 걸어 올랐다.

젊은 사람들이 숨을 헐떡이며 셀 수 없이 많은 순간을 좌절과 포기와 오기 사이를 오가는 사이에 그는 아무 말도 하지 않고 그저 구름 뒤 먼 산을 향해 걸어갔다. 걷다가 걷다가 더 이상 더 오를 곳이 없을 때 그는 바위에 앉아서 나에게 손을 흔들며 슬쩍 웃었다. 선글라스 뒤편에 있던 그의 눈동자를 나는 보지 못했다. 하지만 잠시 후 발도 없고 다리도 없는 젊은 20대, 30대 청년들이 온통 눈물투성이가 된 채 칸진리에 올라와 그에게 다가갔을 때, 그 선글라스 아래에 고요히 눈물이 흘러내렸다. "지연아, 상민아, 병휘야, 우리 모두 세상에 필요한 사람이 되자." 나는 산을 내려와 그날 저녁 선생 앞에서 대취하여 선생 어깨에 기대어 크게 울었다. 오른팔도 있는 나는 세상에 얼마나 필요한 사람인가.

5장

리듬 있는 문장과 구성

○○○

나중에 모든 원칙에 통달하고 글에 익숙해지면 이 책에서 언급하는 원칙들을 다 버려도 상관없다. 하지만 글을 연습하는 초기에는 이 원칙을 획일적으로 지켜보자. 원칙은 버리기 위해 존재한다. 버리기 전에는 익혀야 한다. 그래야 응용도 하고 버리기도 할 수 있지 않은가. 버리기 위하여, 아래 세 문장을 외운다.

글은 문장으로 주장 또는 팩트를 전달하는 수단이다.
좋은 글은 리듬 있는 문장으로 팩트를 전달한다.
리듬 있는 문장은 입말로 쓴다.

리듬 있는 문장 쓰기

말을 문자로 기록하면 글이 된다. 글은 안드로메다에 사는 외계인이 아니다. 우리가 평소에 재미나게 얘기하는 말들이 허공으로 사라져 버리니까 이를 문자로 기록한 것이 글이다. 다른 게 없다. 그게 제일 좋은 글이다. 학자들에게는 자기들끼리 쓰는 단어들이 있다. 이들이 쓰는 전문 단어들을 문자로 옮기면 논문이 된다. 일반 대중을 상대로 강연을 할 때는 쉬운 말로 쓰려고 노력한다. 이를 문자로 기록하면 강연문이 된다. 모든 게 마찬가지다. 일단 글의 기본은 말이다. 입말이 기본이다. 입말로 문장을 만들면 이게 글의 시작이고 기초다.

문장이 모여서 글이 되는데, 하늘에 던져서 되는 게 아니다. 문장은 구성이라는 큰 틀 안에서 배치되어야 한다. 쉬운 말, 쉬운 문장을 설계도를 따라 배치한다. 그래야 재미난 글이 된다.

문장을 구성하는 방법은 바로 '리듬'이다. 리듬 속에서 문장이 이뤄지고 구성이 이루어진다. 지난 장에서 리듬을 이야기할 때 한국어의 외형률에 대해 이야기했다. 시조나 판소리를 완창할 때 조금도 지루하지 않은 이유는 오직 하나다. 리듬이다. 사람들이 듣고서 웃거나 운다.

첫째, 문장에 리듬이 있다. 외형률이 주된 이유다.

둘째, 구성에 리듬이 있다. 내재율이라고도 한다. 의미단위/문단/내재율 비슷비슷한 말이다. 이런 개념을 가지고 구성을 한다. A에서 B를, B에서 C, C에서 D를 이야기해서 결론 E를 이끌어내는데 이들이 정해진 순서대로 연관이 돼 있어야 한다. 그래서 E가 나와야 한다. 전혀 무관한 얘기들을 주절주절 쓴다고 해서 글이 완성되지 않는다. 글은 맥락 속에서 움직여야 한다.

음악을 예로 보자. 오선지 맨 앞에 나오는 부호가 박자 부호다. 곡 하나를 가장 큰 틀에서 규정하는 요소가 바로 이 '박자'다. 리듬이다. 한 마디 안에 세 박자, 네 박자가 있다고 해서 무조건 3/4박자, 4/4박자 곡이 되는 것은 아니다. 리듬이 있어야 한다. 강약약 중강약약이라는 리듬이 있어야 동요가 제대로 들리고 왈츠가 들리고 오케스트라의 심포니가 들린다.

글 구성도 마찬가지다. 무조건 냅다 단어를 때려 넣는다고 글이 되지 않는다. 강약이 있어야 한다. 그래야 독자들이 읽다가 숨도 쉬고, 급하게 빨려들기도 한다. 중요한 얘기라고 무조건 다 집어넣는 게 아니다. 뺄 때와 숨길 때를 알아서 글을 써야 재미난 글이 된다.

좋은 글은 물 흐르듯 흐른다. 물 흐르듯 읽힌다. 바위를 만나면 돌고, 급류가 되면서 순식간에 흘러간다. 리듬감 있게 거침없이 흘러간다. 내용이 아무리 훌륭해도 리듬감 없는 문장과 구성으로 기록돼 있다면 감동을 줄 수 없다.

스키 타는 사람이든 음악을 하는 사람이든, 뭔가를 할 때 리듬을 타지 않으면 동작이 불편해진다. 스키를 탈 때 몸통과 다리, 스키와 스틱이 서로 리듬을 타지 않으면 속도는 나지 않고 균형은 깨진다.

음악을 할 때도 리듬을 잡아주는 드럼 같은 타악기나 베이스가 없으면 어느 부분에서 크게 부르고 어느 부분에서 숨죽여 긴장을 해야 할지 알기 힘들다. 세상은 리듬이다. 글도 리듬이다.

글에서 리듬이라 함은 '독서에 속도감을 주는 작문 기법'이라고 할 수 있다. 글에 리듬이 없으면 독자는 그 글을 읽을 때 거부감을 느끼게 된다. 아무리 내용이 쉬워도 초등학생이 TV 뉴스를 보는 듯한 느낌을 받게 된다. 읽지 않는다는 말이다.

한국말의 특성: 외형률과 리듬

"옛날이야기 해달라"고 졸라대는 손주들 앞에서 우리 외할머니들은 언제나 0.1초 뜸을 들인다. "그래, 우리 강아지, 옛날이야기 듣고 싶어?"라고 사람 좋은 웃음을 지으며 손주를 끌어안는다. 그 0.1초라는 짧은 시간 동안 할머니 머릿속은 복잡하다. 이야기꾼, 즉 스토리텔러로서 많은 계획이 그동안에 이뤄진다.

우선 단어를 골라둔다. 두 번째, 이야기 순서를 정한다. 즉 구성을 한다. 세 번째, 어느 부분에서 큰 소리나 빠른 말로 이야기를 할지 미리 정해놓는다. 즉 이야기가 올라탈 리듬을 정한다. 0.1초 동안 우리 이야기꾼이 머릿속에서 벌이고 있는 계획이다.

글은 입말로 기록한 말이라고 했다. 그렇다면 리듬감 있는 글은 어떻게 쓸까.

한국말의 외형적인 특성을 100퍼센트 활용한다

한국말은 주로 세 글자와 네 글자로 구성돼 있다. 기초생활용어는 한 글자, 한 음절짜리 단어가 많다. '너' '나' '해' '달' 따위가 그 예다. 다섯 음절을 넘는 단어는 많지 않다. 시조 또한 한 마디 강조를 하거나 절제를 뛰어넘고 싶을 때 다섯 음절짜리 단어를 사용해서 3543으로 넘어간다. 하지만 대개 우리들이 쓰는 말들은, 보라, 지금 다 2-3-4다.

서당 훈장님이 천자문을 가르칠 때는 언제나 머리를 까딱까딱 흔들면서 하늘 천 따 지 하고 읽는다. 그런 리듬이 한국말에 있다. 처음에는 찾기 어렵다. 쓰고 고치고 또 쓰고 고치고 하다 보면 그 리듬이 생기게 된다.

일단 무조건 글을 써보자. 그리고 그 초고를 고치면서 글자 수를 맞추도록 노력해 본다. 어떤 글자는 빼야 하고, 어떤 때는 이 문장을 뒤로도 넣어봐야 할 것이고 앞으로 돌리기도 하고 저 뒤로 빼기도 한다.

문장을 리듬 있게 쓰려면 바로 이 한국말 특성을 이용하면 된다. 그냥 막 써도 한국말은 운율이 맞다. 하지만 문장 속 단어를 이리저리 순서를 바꾸거나 단어 자체를 바꿔보면 어느 순간 '이게 더 읽기 쉽네' 하는 순서와 구성이 나온다.

- 2015년 3월 10일 그가 죽었다.
- 그는 2015년 3월 10일 죽었다.

두 문장은 뉘앙스가 다르다. 앞 문장은 죽은 사람을 강조하는 문장이고 뒤 문장은 그가 죽은 시각을 강조하는 문장이다. 작은 소리로 읽어보자. 읽을 때도 우리는 무의식적으로 강조할 부분을 찾아서 더 큰 소리로 읽게 된다.

위와 같이 문장을 고치는 연습을 해보자. 문장을 쓰고, 주어 부사어 목적어를 바꾸거나 글자 수를 줄여본 뒤 '소리를 내서' 읽어본다. 읽기 거북하다고 느껴지거나 리듬감이 더 있는, 다시 말해서 더 쉽고 빠르게 읽히는 문장이 드러난다. 큰 소리든 작은 소리든 어찌 됐든 낭독 과정을 거치면 물처럼 읽히는 문장을 발견할 수 있다. 당연히 더 쉽게 읽히는 문장을 선택해야 한다.

수식어를 절제한다

수식어를 얼마만큼 절제해서 쓰느냐에 따라서 문장에 리듬이 생긴다. 수식은 '꾸민다'는 말이다. 뒤집어서 말하면 불필요하다는 뜻이다. 꾸미지 않은 순수한 얼굴, 독자들은 그 얼굴을 원한다. 뼈대가 온전하게 조립된 상태에서 맛을 위해 수식어를 쓴다. 골다공증 걸린 뼈에 살만 뒤룩뒤룩 찌우면 그 글은 부서지고 무너진다.

아무리 꾸민들 원본이 문제가 있다면 무슨 소용이 있는가. 꾸밈없고 화장 없는 민낯에 뭘 바르고 근육을 키우고 남자답게 키워나가고 꾸며나가면서 사람은 점점 멋있어 보이게 된다. 기본적인 뼈대와 기본적인 외형이 리듬에 맞아 있어야 나중에 뭐 하나를 집어넣어도 그게 장식이 된다. 글에서 기본적인 뼈대와 외형은 바로 팩트다.

- 눈이 딱 떠졌다. 발치께, 벽걸이 TV 밑에 놓인 전자시계가 어김없이 04시 45분을 가리키며 깜빡거리고 있다. 나는 침대에서 벌떡 일어나 발끝으로 더듬어 슬리퍼를 꿰고 화장실을 다녀와 거실로 나왔다.
- 눈이 떠졌다. 발치께, 벽걸이 TV 밑에 놓인 전자시계가 04시 45분을 가리키며 깜빡거리고 있다. 나는 침대에서 일어나 발끝으로 더듬어 슬리퍼를 꿰고 화장실을 다녀와 거실로 나왔다.

두 글을 비교해 보자. '딱'과 '어김없이'와 '벌떡'이라는 부사어가 필요할까? 독자들이 읽고 싶어 하는 사실은 주어와 술어다. 눈을 뜨고 전자시계가 가리키는 시각과 침대에서 일어나는 행위다. 만일 눈을 '어렵게' 떴고, 04시 45분이 아니라 '다른 날과 달리' 07시 45분에 일어났고, 침대에서 '힘들게' 일어났다면 이 작은따옴표 속 내용을 써줘야 한다. 하지만 문맥상 평소와 다름없는 일상적인 새벽 기상이라면 이런 수식어가 필요하지 않다. 오히려 없어야 독자에게 친절한 글이 된다.

'의' 자와 '것' 자를 절제한다

'의'와 '것'은 문법적으로는 틀리지 않다. '의' 자를 써도 맞고 '것' 자를 써도 맞다. 그런데 이상하게도 의와 것을 남발하면 리듬이 끊어진다. 쓸 때는 모르지만 두 글자를 안 쓴 문장과 쓴 문장을 비교하면 명확하게 알 수 있다.

- 금강산에서 남쪽으로 내려오는 물건은 해안면 장터에 모였다.
- 금강산에서 남쪽으로 내려오는 물건은 해안면의 장터에 모였다.

두 문장을 작은 소리를 내서 읽어본다.

앞 문장은 5-4-4-3-6(3+3)-3, 뒤 문장은 5-4-4-3-4-3-3이라는 음절로 우리는 읽는다. 다시 말해서 '해안면 장터에'는 한 단어로, '해안면의 장터에'는 '해안면의'와 '장터에'라는 독립된 두 단어로 우리는 읽는다. 이 차이다.

- 해방이 되고 38선 이북 해안면은 북한 땅이 되었다.
- 해방이 되고 38선 이북의 해안면은 북한 땅이 되었다.

이 또한 마찬가지다. '38선 이북 해안면'이냐, '38선 이북의' '해안면'이냐 차이다. 문법적으로는 아무런 문제가 없지만 읽는 독자는 다르게 읽는다. '의' 자를 쓴 문장은 대개 '의' 자를 안 써도 되는 문장이다.

'것' 자도 마찬가지다.

- 설에는 친가 친척들이 놀러 왔었지만 제사 준비는 어머니 몫이었다.
- 설에는 친가 친척들이 놀러 왔었지만 제사 준비를 하는 것은 어머니의 몫이었다.

'제사 준비를 하는 건'과 '제사 준비'는 다른 사람이 쓴 글처럼 작법이 다르다. 산술적으로 네 글자가 길거나 짧고, 소리 내서 읽을 때도 리듬감이 차이가 난다. '제사 준비를 하는 건'이라는 문장은 리듬이 늘어진다. '어머니 몫이었다'는 한 어절로 읽히고 '어머니의 몫이었다'는 두 어절로 읽힌다.

- 학생은 질문이 없다. 단지 시험에 나오는 내용에만 관심이 많다.
- 학생은 질문이 없다. 단지 시험에 나오는 것에만 관심이 많다.

뒤 문장에 나오는 '것'은 '내용'을 대신하는 대명사다. 그러니까 내용이라는 단어가 '것'보다 구체적이다. 이렇게 우리가 흔히 대명사 '것'이라고 쓰면 대개 그 '것'은 내용, 일, 행동, 기억 같은 구체적인 단어로 대체할 수 있다. 독자들은 그런 '구체적인' 단어를 원한다.

- '아버지는 열 사람의 스승보다 낫다'라는 말이 있다. 이는 자기를 낳고 기른 아버지의 역할이 그만큼 중요하다는 것이다.
- '아버지는 열 스승보다 낫다'라는 말이 있다. 자기를 낳고 기른 아버지 역할이 그만큼 중요하다는 뜻이다.

앞 문장과 뒤 문장은 촘촘한 정도 차이가 크다. '열 사람의 스승'보다는 '열 스승'이 리듬감이 있고, '이는'은 문맥상 불필요하다. '아버지의 역할'은 '아버지 역할'로 바꿔서 쓰면 독서, 읽기가 쉬워진다. '중요하다는 것'은 문맥상 '중요하다는 말'을 뜻하니 '것'을 구체적인 단어인 '말' 또는 '뜻'으로 바꾼다.

이렇듯 '의'와 '것'은 금기(禁忌)다. 생각해 보라. 우리가 옆 사람과 말을 할 때 '우리집'이라고 하지 '우리의 집'이라고 하는가. '의' 만큼은 아니지만 '것' 또한 우리 일상 대화에서는 그리 자주 쓰는 단어가 아니다. 그런데 이 '의'도 '리듬' 상 필요할 때에는 쓴다. 단어 음절이 '의'가 들어가면 전체 리듬에 맞을 때에 쓴다.

'것'도 써야 할 때가 있다. '추정할 때' 쓴다. '1 더하기 1은 2다'라고 쓰지 '1 더하기 1은 2일 것이다'라고 쓰는 사람은 없을 것이다. 이 앞 문장에서 '일 것이다'와 '없을 것이다'는 추정이다. 1+1을 2로 추정하는 사람은 틀림없이 없다고 장담하지만, 그래도 이를 모르는 사람이 있을 테니까 '없을 것이다'라고 썼다.

그리고 '강조할 때' 쓴다.

'이 사람이 파출소에 들어가서 권총을 훔쳤다는 것이다' → 강조다.

'사람이 개를 물었다는 것이다' → 강조다.

팩트에 대한 확신이 없을 때 사람들은 오히려 이렇게 '~것이다'를 남발해 강조하는 경향이 있다. 꼭 강조해야 할 때가 아니면 쓰지 않도록 한다.

입말과 리듬

'의'와 '것' 사용을 절제하자는 원칙은 '입말로 쓰기'라는 원칙에서 나온다. 글은 무조건 입말이다. 왜? 말을 문자로 옮기면 글이 되니까. 글이란 문자로 기록한 말이니까.

우리가 대화할 때 쓰는 단어를 생각해 보자. 우리가 언제 친구랑 얘기하면서 '북한의' '서울의'라고 하는 적이 있는가. 없다. '의'도 잘 쓰지 않고 '것'도 잘 쓰지 않는다.

이 장에서 배워야 할 원칙은 리듬과 팩트다. 글은 리듬 있는 문장으로 팩트를 전달하는 수단이다. 리듬 있는 문장으로 팩트를 전달하는 가장 기초적인 원칙은 입말이다. 말을 글자로 기록하면 글이 된다고 했다. 당연히 문장은 입말로 써야 한다. 입말을 벗어난 단어와 논리는 자연스럽지 않다. '의' 자와 '것' 자는 안타깝지만 글이라는 세계에서는 버려야 되지 않나, 라는 생각이 든다.

글을 쓰다가 막히면 취재 당시를 생각하면서 입으로 말을 해보라. 그게 바로 글이다. '취재 당시를 떠올리라'는 말은 누구로부터 소재가 되는 얘기를 들었을 때 혹은 소재가 되는 경험을 했을 때를 생각해 보라는 말이다. 얘기를 들었을 때 그 사람이 얘기한 내용을 생각해 보거나 그때 뭐라 그랬지, 머릿속에 자문자답을 하게 된다. 그 사람 뭐라 그랬지 뭐라 그랬지 뭐라 그랬지. 아 그래 맞아 맞아 맞아. 그럼 그 순간 머리에 생각나는 대로 써보라. 그게 바로 글이다.

여기서 짚고 넘어가야 할 표현이 있다. '하였다'와 '했다'다.

우리가 말을 할 때는 '했다'라고 한다. 그런데 글을 쓸 때는 꼬박꼬박 '하였다'라고 쓴다. 어느 게 틀리고 옳고 문제가 아니다. 리듬에 맞춰 선택할 문제다. '됐다'를 고집할 이유도 '되었다'를 고집할 이유도 없다. 읽을 때 더 맞는 표현을 고르면 된다. 하지만 우리 주변에 '하였다' '되었다'라고 말하는 사람이 있나? 글을 쓰는 기준을 입말로 삼는다고 한다면 그런 기준에서는 '했다' '됐다'가 더 맞다. 다만 소리 내서 읽었을 때 '하였다'가 더 리듬감이 있다면 그때는 하였다, 라고 적으면 그만이다.

단문과 리듬

리듬 있는 문장을 쓰려면 단문이 좋다. 짧은 문장이 좋다. 짧은 문장이 원칙이다. 문장 하나하나가 짧으면 그 전체 글에 리듬이 자동적으로 생긴다.

리듬이 있다면 문장이 길어도 상관이 없다. 예를 들어서 100글자짜리, 50단어짜리 한 문장이 있다고 치자. 어떤 사람이 쓴 이 긴 문장은 읽기에 숨이 차다. 하지만 어떤 긴 문장은 저절로 거침없이 읽힌다. 비결은 리듬에 있다.

짧은 글, 짧은 문장을 쓰라고 얘기하는 궁극적인 목적은 리듬 있는 문장을 만들기 위해서다. 만약 긴 문장을 썼을 때도 리듬이 있다면 단문이 아니어도 상관이 없다는 얘기다. 대표적인 글이 판소리다. 판소리 완판본에는 심지어 마침표도 하나 없다. 처음부터 끝까지 쫘악 뭐 했고 했노라 어쩌고저쩌고 막 나간다. 그래도 읽힌다. 리듬이 있으니까. 알아서 쉼표가 없어도 여기는 쉬어야겠구나 저절로 느끼게 되면서 쉬게 되고 한숨도 쉬게 된다. 리듬이 있으니까 문장이 길어져도 상관없다.

하지만 판소리 리듬은 수 세대 동안 수많은 필자들이 첨삭을 해서 완성한 리듬이다. 시장바닥에서 판소리 관중이 즐겨 찾는 리듬이 그 긴 첨삭 과정에서 완성돼 있다. 그런 긴 시간을 두고 우리가 글을 쓰고 고칠 수는 없다. 따라서 기본 원칙은 단문이다.

단문이어야 한다는 말이 아니라 단문으로 쓰면 리듬을 만들기 쉽다는 말이다.

블록 게임이나 레고를 보자. 레고는 단위가 작다. 그러니까 쌓아서 집도 만들 수 있고 공룡도 만들 수 있고 전화기도 만들 수 있고 자동차도 만들 수 있다. 블록 형태나 크기가 다양하면 만들 수 있는 형체가 한정된다.

글도 마찬가지다. 기본적으로 잘라서 써먹을 수 있는 요소들이 많아야 한다. 그래야 이 문장을 이때는 이걸 붙여볼까, 저 때는 저걸 붙여볼까 하고 많은 궁리를 할 수 있다.

처음부터 긴 문장으로 만들어 버리면 난감하다. 이걸 어디다 갖다 붙일지, 자기가 초고를 썼는데 이거를 다시 구성하려다 보니 구성할 방법이 없게 된다. 그러면 처음부터 다시 다 지우고 다시 써야 되는 사태까지 벌어진다.

처음에 시작을 할 때, 아니면 나중에라도 단문으로 글을 쓰면 좋다. 그래야 자유롭게 글을 구사할 수가 있게 된다. 그 단문들을 요렇게도 붙여보고 저렇게도 붙여서 장문을 만들어보면 리듬을 가질 수 있는 장문도 가능하다. 길면서도 리듬이 살아 있다면 좋은 문장이다.

단문은 쉽지 않다. 머리와 가슴 속에 할 말이 많은데 어떻게 절제를 할 수 있을까. 훈련이 된 필자는 초고 단계부터 단문이 가능하다. 하지만 글쓰기가 낯선 사람들에게는 절제보다는 통제가 쉽다. 초고에는 쓰고 싶은 대로 쓰고 나중에 고칠 때 단문으로 바꾼다.

첫째, 수식어를 쓰지 않는다. 필요할 때에만 수식어를 쓴다. MSG는 조금씩 치면 맛이 있지만 많이 뿌리면 식재료가 가지는 고유한 맛은 사라지고 질소 성분 가득한 조미료 맛만 남는다. 수식어는 조금만 뿌린다. 안 뿌려도 글은 맛있다. '너무' '아주' '황홀하게' '굉장히' 이런 수식어가 글맛을 망치고 리듬을 깨뜨린다.

둘째, 관절 부분을 잘라낸다. '관절'이란 긴 문장에서 쉼표 혹은 접속어미(~고 / ~며 등)로 나뉘는 부분을 말한다. 의도적으로 여러 가지 사실을 나열한 문장이 아니라면 이들 접속어미와 쉼표 부분을 '~다'로 고치고 마침표를 찍어본다. 고치고서 다시 소리 내서 읽으면 뜻밖에도 늘어져 있던 문장에 리듬감이 살아난다.

- 그 카메라는 책상에서 몇 번이나 떨어뜨려도 멀쩡했고, 무겁지도, 크지도 않았으며, 사용법도 간단했다.
- 그 카메라는 책상에서 몇 번이나 떨어뜨려도 멀쩡했다. 무겁지도 않았다. 크지도 않았다. 사용법도 간단했다.

전체 글자 수는 늘었지만 독자가 읽는 속도감은 빨라졌다. '팍팍팍' 글이 읽힌다.

- 스니커즈는 바닥이 고무로 되어 있어 발걸음 소리가 잘 들리지 않아 살금살금 걷는 사람이라는 의미가 담겼는데 남편에게 딱 어울린다. 평소 말은 많지만, 큰 소리를 내지 않은 남편의 성격과 닮았다.
- 스니커즈는 바닥이 고무로 돼 있는 신발이다. 발걸음 소리가 잘 들리지 않아 살금살금 걷는 사람이라는 의미가 담겨 있다. 남편에게 딱 어울린다. 말은 많지만 큰 소리를 내지 않는 남편 성격과 닮았다.

앞 문장과 뒤 문장은 리듬감 차이가 뚜렷하다. 모든 독자가 소리를 내서 낭독하지는 않는다. 하지만 독자들은 무의식적으로 리듬감을 느끼며 독서를 한다. 문장이 짧을수록 리듬감이 증폭된다. '남편의 성격'과 '남편 성격'도 유의해서 읽어보라.

상투적인 표현-사비유 금지

외형적인 리듬보다는 내용적인 얘기다. 사비유는 죽은 비유를 뜻한다. 처음에 그 표현을 만들었던 사람은 주변 사람들한테 칭찬을 받았겠지만 이제는 개나 소나 다 알고 있는 표현을 혼자 알고 있는 것처럼 얘기하네 라는 반응이 나올 듯한 표현들을 총괄해서 하는 말이다.

'절대로' 사비유는 쓰지 않는다. 사비유가 인용된 문장을 읽는 순간, 독자는 그 이후 문장을 읽기 싫어진다. 수식어 없이 단문으로 속도감 있게 달려가던 글이 고무줄 끊기듯 끊어지고 긴장감이 실종된다.

- '~해서 화제다': 신문기자들이 많이 쓰는 죽은 표현이다. 진짜 화제라면 ~해서 화제라고 안 해도 화제가 된다. '뭐뭐해서 화제'라고 적힌 글을 읽는 순간 독자들은 화제라고 생각하라고 강요당하게 된다. '강아지가 고양이를 물었다'와 '강아지가 고양이를 물어서 화제다'는 어감이 다르다. 화제가 되는 사실이면 ~해서 화제다, 라고 쓰지 않아도 화제가 된다.
- '불 보듯 뻔하다': 우리는 초등학교 때부터 '불 보듯 뻔하다'라는 표현을 배웠다. '뻔하다'는 문장을 보면 '불 보듯 뻔하다'라는 말이 머릿속에서 생각이 날 정도로 이 표현은 진부하고 지겹다.
- '잔잔한 감동을 불러일으키고 있다': 잔잔한 감동을 불러일으키는 그런 사건이나 에피소드라면 필자가 '잔잔한 감동을 불러일으키고 있다'고 강조하지 않아도 독자는 감동을 받게 돼 있다. 그러니 쓰지 않는다. 글자가 아깝다.
- '~해서 감회가 새롭다' '~해서 상기된 표정이다': 필요 없다. 감회가 새롭게 된 이유를 설명하라. 그리고 상기된 표정이 될 때까지 벌어진 일을 구체적으로 묘사하라. 그러면 독자는 그 뒤에 감회가 새롭고, 상기된 표정으로 된 주인공을 상상하게 된다.

- ‘~해서 진땀을 흘렸다’ ‘~해서 눈길을 끌었다’: 마찬가지다. 진땀을 흘릴 정도로 곤혹스러웠던 상황을 묘사하면 저절로 진땀이 나게 돼 있다. 역시 눈길 끌 만한 상황을 묘사해 주면 굳이 눈길을 끌었다고 주장하지 않아도 눈길을 끌게 돼 있다.
- 가장 불필요한 말, ‘한편’: 한편이라고 말하는 순간에 나는 ‘본인은’이라는 단어가 떠오른다. 한편과 본인은 권위적인 단어다.

‘한편’은 장면전환을 시키거나 앞 내용과 다른 얘기를 하겠다는 선전포고다. 그런데 그 다른 얘기는 뒤에 바로 나온다. 한편을 안 써도 한편이라고 사람들이 알아듣는다. 그렇다면 굳이 ‘한편’이라는 접속어를 쓸 이유가 없다. 한편이라고 쓰는 순간 그 앞에서 독자들은 쉼표를 여섯 개쯤 읽게 된다. 앞에서 계속 가지고 읽었던 리듬을 순식간에 잃어버리고 독서를 다시 시작하게 된다. 한편이라고 쓰고 싶은 유혹이 막 생기는 곳에서 이를 악물고 한편이라는 두 글자를 지워버린다. ‘의’ 자나 ‘것’ 자보다 더 나쁜 단어다.

신문에서도 쓰고 텔레비전에서도 쓰고 기자들도 쓰고 내레이션 하는 사람들도 ‘한편’이라고 말한다. 옳게 쓰고 옳게 말한다고 믿는 사람들이 그러니, 일반 언중들도 옳겠거니 하고 아무 데나 ‘한편’을 쓰게 된다.

자아비판을 하자면 많은 기자들이 뚜렷하게 공부를 하면서 글을 쓰지는 않는다. 그냥 선배들이 일러준 스타일 그대로 계속 글을 쓰게 된다. 그러다 보니 일제 시대 신문을 봐도 ‘불 보듯 뻔하다’가 나오고 '~해서 화제다'가 나온다. 그 표현들이 90년 넘도록 무비판적으로 쓰이고 있다. 세상도 발전하고 우리들 글 문화가 넓어지고 깊어졌으니 이제는 쓰지 말아야 할 낡은 표현들이다.

구성도 리듬 있게

문장 하나하나가 표현이 참신하고 리듬감이 있다고 하더라도 글 전체에 리듬이 없다면 그 글은 재미가 없다. 문장이 목적이 아니라 글이 목적이다. 따라서 글 자체에 리듬이 있어야 한다.

대자보를 생각해 보자. 4.19 학생혁명 때도, 6.10 민주화 운동 때도 대자보는 학생과 시민들 피를 끓어오르게 만들었다.

대자보는 막 시위에 뛰어들 준비가 돼 있는 군중에게 피를 끓어오르게 하는 목적으로 쓴 글이다. '학우여 뛰쳐나가자'로 시작해 '학우여 목숨을 걸고 지키자'로 끝난다. 대자보에는 글 구성이고 뭐고 앞뒤 잴 여유가 없다. 처음부터 끝까지 감정을 증폭시키는 리듬이 대자보를 지배하는 리듬이다. 음악으로 치면 '강강강강-강'이다.

하지만 우리가 쓰는 보편적인 글이 이런 리듬으로 구성돼 있으면 독자들은 숨이 막힌다. 독서에는 여유가 필요하다. 강강중강강약강약약중강강 이렇게.

강한 글을 만드는 제일 큰 요소는 주장이다. 강한 글, 재미없거나 숨 막히는 글의 특징은 주장이 많다는 것이다. 뭐 해야 한다, 뭐 해야 할 것이다. 그런 주장은 읽기도 싫고 리듬도 없다.

글쓰기가 서투른 사람이 쓴 글은 처음부터 강하다. 강한 주장으로 일관하다가 어느 순간 덧없이 결론이 나버린다. 주장을 뒷받침해 줄 팩트는 부족하다.

요즘 길거리 시위 현장에서 나눠주는 유인물은 옛날 대자보와 또 다르다. 주장하는 바는 명확하지만 그 주장이 나오기까지 많은 팩트가 적혀 있다. 작은 팩트로 시작해 점점 중요한 팩트로 글이 전개된다. 그리고 끝에 이 팩트에 근거한 주장이 펼쳐진다. 대자보가 진화했다고 할 수 있다. 처음부터 끝까지 강력한 주장으로 일관해서는 일반 대중을 설득할 수 없다는 진리를 깨달은 것이다.

리듬 있는 구성이란, 앞에는 뜸을 들이고 중요한 팩트와 주장은 뒤에 숨겨놓는 구성을 말한다. 100만큼을 말하고 싶다면 90은 뒤에 은폐해 놓고 10만큼만 앞에서 폭로한다. 문장을 읽어나갈수록 숨겨놓은 중요한 팩트가 양파 껍질 벗기듯 튀어나온다. 결정적인 한 방은 언제나 숨겨 놓는다. 독자들은 읽어나갈수록 흥미가 증폭되고 기대감이 커진다. 그러다 최후의 한 방에 독자는 무너지고 만다. 그게 좋은 글이다. 귀신 정체를 미리 알려주는 귀신 이야기가 세상에 어디 있다는 말인가.

또 '팩트' 이야기: 주장이 아니라 팩트를 쓴다

자, 이렇게 리듬감 있게 문장을 써서 구성을 했다. 여기에 무엇을 담아야 할 것인가. 전체적으로 아우르는 변수가 바로 팩트다. 우리들이 글에 담아야 할 것은 주장이 아니라 팩트다. 거짓말 가운데 제일 좋은 거짓말은 그럴듯한 거짓말이다. 그럴듯한 거짓말은 왜 그럴듯할까? 구체적일수록 그럴듯하다.

- '옛날옛날'이 아니라 '서기 1821년 6월 7일에'라고 쓴다.
- '두 시쯤'이 아니라 '2시 11분'이라고 쓴다.
- '강원도 두메산골'이라고 쓰지 말고 '1993년에 전기가 들어온 강원도 화천군 파로호변 비수구미마을'이라고 쓴다.
- '20대 청년'이 아니라 '스물다섯 살 먹은 키 큰 대학 졸업생 김수미'라고 쓴다.

그래야 거짓말이 진짜처럼 들린다. 구체적이면 거짓말도 진짜로 둔갑하지만 진짜라도 구체적이지 않으면 거짓말이 돼버린다. 이를 팩트, '구체적인 사실'이라고 한다. '사실'과 '진실'은 다르다. 에세이가 됐든 논문이 됐든 소설이 됐든 시가 됐든 구체적이어야 사람들에게 신뢰를 주고 설득력이 있는 글이 된다. 입말로 팩트를 기록하면 좋은 글이 된다. 짧은 문장과 짧은 글로 팩트를 기록하면 더 좋다.

우리는 늘 뭔가를 주장한다. 자기가 전달하고 싶은 메시지가 늘 존재한다. 세상이 평화로웠으면 좋겠고 정쟁(政爭)을 하지 않았으면 좋겠고, 질서를 지켰으면 좋겠고 내 사랑하는 마음을 연인이 알아줬으면 좋겠다. 이를 메시지 혹은 주장이라고 한다. 모든 글이 지

향하는 최종 목표는 바로 이 메시지 전달이다. 하지만 함부로 메시지를 앞세우면 곤란하다.

독자들이 관심 있는 부분은 메시지가 아니라 팩트다. 따라서 팩트를 통해서 메시지와 주장을 깨닫게 만든다. 독자들이 관심 있는 부분은 메시지가 아니라 팩트다. 팩트를 써서 메시지와 주장을 깨닫게 만든다. "명강의로 소문난 훌륭한 강사십니다"라고 한다면 훌륭한 강사가 아니다. "지난 5년 동안 이 강사 수업을 거쳐간 학생 150명 가운데 136명이 서울대에 합격했다"라고 하면 명강사임이 간접적으로 증명이 된다. 팩트가 없으면 거짓말은 그냥 거짓말이다. 사실도 믿을 수 없는 거짓말이 된다.

원래 주장을 하기 위해 사람들은 글을 쓴다. 당연하다. 아무리 객관적인 사실에 대해 글을 쓰더라도 필자가 가지는 주관적인 관점을 벗어날 수 없다. 소설가도 자기 원하는 주장을 하기 위해서 소설을 쓴다. 수필가가 수필을 쓰는 이유도 똑같다. 기업 직원이 쓰는 보고서에도 목적이 있다. 모든 글, 아니 모든 창작물은 그런 법이다. 자기가 갖고 있는 메시지를 전달하기 위해서 이러이러한 팩트, 이러이러한 재료를 버무려 사진을 찍고 글을 쓰고 영화를 찍는다.

이 팩트가 제대로 수집되지 않은 상태에서 글을 쓰게 되면 오로지 주장밖에 보이지 않는다. 또 기억, 경험, 자료, 인터뷰 등 글 재료가 풍부하더라도 미리 설계하지 않고 무조건 글을 쓰게 되면 주장을 하게 된다. 주장만 있으면 그 글은 재미가 없어진다. 백이면 백 재미가 없다. 설계와 팩트. 글을 재미있게 만드는 중요한 두 가지 요소다.

이 세상에 주장이 백 개 있다면 그중 아흔아홉 개는 바른생활이다. 유치원생도 '바르게 살자'는 주장을 할 수 있다. 그런 주장으로 점철된 글은 대개 '~해야 할 것이다'라고 끝난다. 민주화를 이루어야 할 것이다, 경제 발전을 이뤄야 할 것이다, 평등 사회를 이뤄야 할 것이다, 노동자 인권 보호를 위해 균등 성장을 이뤄야 할 것이다 등등. 아흔아홉 개의 '해야 할 것이다'는 우리 모든 독자들 머릿속에 이미 다 들어 있다.

문제는 이 주장을 독자들에게 설득해야 한다는 사실이다. 아무리 고귀하고 품격 있는 주장도 설득력이 없다면 말짱 꽝이다. 그 설득은 강한 주장이 아니라 구체적인 팩트가 담당한다. 설계가 되지 않은 글, 팩트가 모자라는 글은 설득을 하지 못한다. 대신 주장에 몰입해 있다. 뒷받침해 줄 팩트가 없는 주장은 독자들이 이미 다 알고 있는 주장들이다. 상식적인 독자라면 바른생활이나 도덕 교과서에 나오는 당위적인 주장은 다 알고 있다.

따라서 이런 모범적인 답안지나 표현들, 이런 미담들은 머릿속에서 일단 지워놓는다. 주장은 옆에 놔두고 글을 설득력 있게 구성할 방법부터 생각한다.

보통 신문에 실어달라고 기고하는 글은 기자 입장에서 보면 재미가 없다. 기자들이 쓰는 글, 즉 기사가 가진 특성이기도 한데 신문에 있는 기사들은 대개 중요한 팩트가 앞쪽에 집중돼 있다. 팩트가 중요할수록 앞쪽으로 배치되고 덜 중요한 팩트들이 뒤쪽에 나온다. 아침 혹은 점심 식사 후 시간을 쪼개가며 읽는 게 신문이다 보니, 기사는 중요한 부분만 읽어도 세상 돌아가는 꼴을 알 수 있도록 구성돼 있다. 거기에 '주장'은 들어갈 여지가 없다.

그런데 기고문을 보면 열이면 열 맨 끝 문장이 '~해야 할 것이다'라고 끝난다. 아니, 첫 문장을 읽는 순간에 이 사람이 할 얘기를 알게 된다. 첫 번째 문장부터 주장이 나와 있다. 팩트가 중요하지 주장은 중요하지 않다. 주장은 맨 끝까지 숨겨놓아야 글이 재미가 있다.

구체적으로는 미담 혹은 모범적인 표현들을 쓰지 말라는 이야기다. 잘 써놓고도 맨 끝 문장이 '~해야 할 것이다'라는 당위적인 세상살이 또는 '~해야겠다' 따위 자기 결심으로 끝나면 그 순간 잘 읽어왔던 글이 와르르 무너지고, 독자는 초등학교 바른생활 책을 읽느라 이 시간을 버렸나 하고 그 글을 덮는다.

'~해야 할 것이다'라는 얘기를 하고 싶다면 그 앞에 있는 팩트로 이렇게 하고 싶게 만들어준다. 해야 할 그것을 안 지켰더니 이렇게 되더라 이렇게 되더라 이렇게 되더라 쭉 얘기해 주고 그리고 맨 끝은 다른 문장으로 끝을 내라.

'더욱 열심히 해서 ~해야겠다'는 결심도 같은 맥락에서 글을 재미없게 만드는 문장이다. 이런 미담류, 바른생활류, 이런 주장을 하고 싶다면 숨겨놓는다. 대신 팩트를 많이 챙겨서 쓴다.

글을 쓰기 위한 읽기-낭독

지금까지 우리가 한 작업은 글을 다듬을 준비 과정이었다. 펜이 됐든 키보드가 됐든, 마지막 문장에 마침표를 찍으면서 진짜 글쓰기가 시작된다. 글을 쓰고 30분 있다가 다시 읽어라. 금방 읽지 말자. 이때까지 쓴 글을 던져두고, 담배를 피우든 차를 마시든 운동을 하든, 친구와 수다를 떨든 최소한 30분 정도 있다가 다시 글을 읽어본다. 갑자기 글이 보이기 시작한다. '보이지 않던 글이' 보이기 시작한다. 어느 정도 자기가 쓴 글이 객관화되면서 안 보이던 게 보이고 없었던 것이 다시 생각난다. 금방 다시 읽으면 절대 보이지 않는다.

다시 읽을 때는 반드시 소리 내서 읽는다. 리듬을 찾기 위해서다.

큰 소리를 낼 필요는 없다. 자분자분 읽어서 막힘없이 읽히면 그 글에 리듬이 있다는 이야기다. 읽다가 흠칫흠칫 멈추거나 앞으로 돌아가서 다시 읽게 된다면 독서 리듬이 깨졌다는 뜻이다. 한 번에 읽히지 않는 이유를 분석하고 해부해 봐야 한다.

먼저 수식어를 없애본다. 문장이 길거나 중간에 쉼표가 있으면 그 문장 속 '관절' 부분을 잘라 쉼표를 점으로 바꿔본다. 수식어를 없애거나 짧은 글로 바꾸거나 이 두 가지다. 이 두 가지를 최우선으로 해서 글을 고친 뒤 다시 읽어본다.

그럼에도 불구하고 글이 재미가 없으면 어떡해야 할까. 글을 허물어야 한다. 재미가 없다면 문장 하나하나를 고치는 게 아니라 전체 문단 배치를 다시 생각해 봐야 한다. 내가 범인을 너무 미리 밝히지는 않았는가. 공포의 대상인 귀신 정체를 일찍 까발리지는 않았는가. 주제를 앞에 드러내서 독자들이 뒤를 읽을 필요가 없도록 지루한 글을 만들지 않았는가.

1장 '글에 관한 세 가지 이야기' 가운데 연금술사 들뢰르 편을 떠올려 보자. 모든 문장이 거짓말이라는 맨 뒤쪽 한 문장이 이 글을 읽는 재미다. '다음 글은 모두 거짓말이다'라는 문장으로 들뢰르 이야기가 시작됐다면 무슨 재미가 있을 것인가.

정리해 보자. 소리 내서 읽을 때 입에서 독서가 걸리면 리듬이 어긋났다는 뜻이다. 명사를 수식하는 관형어와 동사, 형용사를 꾸미는 부사어를 없애고 문장에 뼈대만 남겨본다. 문장이 길면 리듬이 맞지 않는 경우가 많으니, 긴 문장을 만나면 두세 문장으로 나눠본다. 퇴고 작업에 관해서는 마지막 장에서 다시 설명하기로 하자.

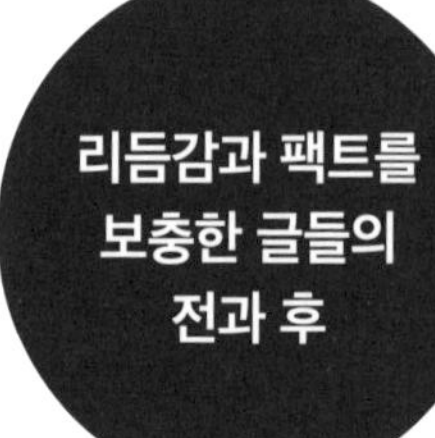

1. 다음 예시문은 2014년부터 2016년 초까지 4회에 걸쳐 조선일보 저널리즘 아카데미 '고품격 글쓰기와 사진 찍기' 수강생들이 제출한 과제물 가운데에서 고른 글들이다. 어느 글이 좋다, 나쁘다가 아니라 이 글을 읽는 독자들에게 도움이 되는지 여부를 기준으로 삼았다.
2. 초고(草稿), 완고(完稿)와 분석과 총평 순서로 배열했다. '신뢰할 수 있는 첫 번째 독자에게 보여주기'가 글쓰기 마지막 과정이다. 그 첫 번째 독자가 던지는 평을 참고해 원본 글을 수정함이 마땅하다. 이 책에서는 필자가 그 '신뢰할 수 있는 첫 번째 독자' 역할을 맡았다. 수정 과정을 거쳐 완고가 탄생한다. 당연히 초고 필자가 완고 필자다.
3. 초고에서 색을 넣은 부분은 수정을 했다는 뜻이다.
4. 초고에서 ( )는 띄어쓰기를 하라는 뜻이고 _은 붙여 쓰라는 뜻이다.
5. 초고에서 >>는 문단을 나누라는 뜻이고 <<는 나눠진 문단을 붙여서 한 문단으로 만들라는 뜻이다.
6. 독자들도 어느 부분을 어떻게 수정할 수 있을까 생각하며 예시문 초고를 읽어보자.

2015년 설날 아침의 독백...

안영구

홍동백서... 붉은 색 음식은 동쪽으로, 하얀 색 음식은 서쪽으로... 귀신을 쫓는다는 마늘이나 고추가 들어 있는 음식을 올려서는 안 되고... 생선은 쪄야 하고... 음식은 정성껏 집에서 만들어 준비해야...

우리집 방향이 어느 쪽이더라? 남향인데, 응접실 서쪽으로 소파가 놓여( )있어 동쪽으로 상을 차리면... 차례상 오른쪽에 사과가 놓였으니... 어? '홍'이 남쪽에 놓여( )있네. 살아서 그렇게 좋아하던 김치는 마늘과 고추가 들어 있으니 못 드시게 되고. 아버지가 생선을 왜 후라이했지 하시는데... 생선 찐 적이 있었나? 정성껏 집에서 만들어야 한다고 하지만 올해도 밥하고 탕국 빼 놓고는 모두 시장에서 사 왔는데... 금년에는 떡 있어야 할 자리에... 녹차 케이크가 떡 하니 자리잡고 있다. 아버지 심기가 상당히, 아닌 대단히 불편해 보인다.

왜 홍동백서이지? 고추와 마늘은 왜 안 되나? 우리 조상이 드라큘라와 형제지간인가? 그러면, 나는 드라큘라 후손인가? 생선은 왜 쪄야( ) 하지? 찐 생선은 맛도 없고 비릴 텐데... 집사람도 직장일에 바쁜데 음식은 왜 집에서 만들어야 하나? 정성을 따진다면 쌀도 사오면 안 되고, 자신이 직접 농사 지어야 하고... 생선도 바다에서 직접 잡아와야 하고... 나물도 내가 직접 다 키워야 하고... 사과는? 배는? 직접 나무를 키워서 마련해야 하나?

제사가 중국에서 온 풍습인가? 중국이 그렇게 한다고 해서 우리도 그렇게 해야 하나? 과거에 그렇게 했다고 해서 지금도 그렇게 해야 하나? 옆집 귀신은 자손 덕분에 온양온천에, 용평스키장에, 괌에도 두루두루 다녀 오셨다는데, 우리집 귀신들께서는 '너희는 어째 맨날 같은 집에서만 하느냐?'고 불평하실는지 모르겠다. 떡, 깐 밤, 북어포는? 떡과 깐 밤은 냉장고에서 이리 뒹굴 저리 뒹굴하다가 어느 날 멋진 발효무늬의 탄생과 함께 버려지고, 북어포는 차례상과 제사상 연륜을 보여 주면서 한 구석에서 켜켜이 쌓여만 간다.

이제는 좀 변했으면 좋겠다. 차례상이나 제사상이 조상이나 고인을 기리는 의미( )있는 시간이 되었으면 한다. 먹지도 않는, 먹고 싶은 음식은 빠진, 현실과 동떨어진 법도에 구속된 형식이 아들녀석, 다음 세대까지 이어질까? 내가, 우리가 좋아하는 음식, 그리고 생전에 조상, 일반적으로 우리가 먹는 음식이나 고인이 좋아하시던 음식을 놓아야 하지 않을까? 누군가 길을 만들었듯이... 그 길은 내가, 우리가 지금 형편에 다시 만들면, 그게 또한 길이 되지 않을까?

사과자리에 바나나, 산적자리에 후라이치킨, 하얀 쌀밥자리에 현미밥, 마늘과 고추가 듬뿍 들은 잘 익은 김치 한 사발... 내년 차례상을 어떻게 깜짝 변신시켜 볼 까 머릿속에 떠 올려 보면서... 그 차례상을 마주할 아버지 심기가 마냥 궁금해지기만 한다.

예시문 1

완고

2015년 설날 아침의 독백

안영구

홍동백서(紅東白西). 붉은색 음식은 동쪽, 하얀색 음식은 서쪽이다. 귀신을 쫓는다는 마늘이나 고추가 들어 있는 음식을 올려서는 아니 된다. 생선은 쪄야 하고 음식은 정성껏 집에서 만들어 준비해야 한다.

우리 집 방향이 어느 쪽이더라? 남향인데, 응접실 서쪽에 소파가 있으니 동쪽으로 상을 차리면? 차례상 오른쪽에 사과가 놓였으니, 어? '홍'이 남쪽에 놓여 있네. 살아서 그렇게 좋아하던 김치는 마늘과 고추가 들어 있으니 못 드시게 되고. 아버지가 생선을 왜 프라이했지 하시는데, 생선 찐 적이 있었나? 정성껏 집에서 만들어야 한다고 하지만 올해도 밥하고 탕국 빼놓고는 모두 시장에서 사왔는데. 금년에는 떡 있어야 할 자리에 녹차 케이크가 떡 하니 자리 잡고 있다. 아버지 심기가 상당히, 아니 대단히 불편해 보인다.

왜 홍동백서지? 고추와 마늘은 왜 안 되나? 우리 조상이 드라큘라와 형제지간인가? 그러면 나는 드라큘라 후손인가? 생선은 왜 쪄야 하지? 찐 생선은 맛도 없고 비릴 텐데. 집사람도 직장 일에 바쁜데 음식은 왜 집에서 만들어야 하나? 정성을 따진다면 쌀도 직접 농사지어야 하고 생선도 바다에서 직접 잡아와야 하고 나물도 내가 직접 다 키워야 하고. 사과는? 배는? 직접 나무를 키워서 마련해야 하나?

제사가 중국에서 온 풍습인가? 중국이 그렇게 한다고 해서 우리도 그렇게 해야 하나? 과거에 그렇게 했다고 해서 지금도 그렇게 해야 하나? 옆집 귀신은 자손 덕분에 온양온천에, 용평스키장에, 괌에도 두루두루 다녀오셨다는데, 우리 집 귀신들께서는 '너희는 어째 맨날 같은 집에서만 하느냐?'고 불평하실는지 모르겠다. 떡, 깐 밤, 북어포는? 떡과 깐 밤은 냉장고에서 이리 뒹굴 저리 뒹굴 하다가 어느 날 멋진 발효무늬의 탄생과 함께 버려지고, 북어포는 차례상과 제사상 연륜을 보여주면서 한 구석에서 켜켜이 쌓여만 간다.

좀 변했으면 좋겠다. 차례상이나 제사상이 조상이나 고인을 기리는 의미 있는 시간이 되었으면 한다. 먹지도 않는, 먹고 싶은 음식은 빠진 현실과 동떨어진 법도에 구속된 형식이 아들 녀석 다음 세대까지 이어질까? 내가, 우리가 좋아하는 음식, 일반적으로 우리가 먹는 음식이나 생전에 조상, 고인이 좋아하시던 음식을 놓아야 하지 않을까? 누군가 길을 만들었듯이 그 길을 내가, 우리가 지금 형편에 다시 만들면 그게 길이 되지 않을까?

사과 자리에 바나나, 산적 자리에 프라이드치킨, 하얀 쌀밥 자리에 현미밥, 마늘과 고추가 듬뿍 든 잘 익은 김치 한 사발…. 내년 차례상을 어떻게 깜짝 변신시켜 볼까 머릿속에 떠올려 본다. 차례상을 마주할 아버지 심기가 궁금하다.

예시문 1
분석

제목이 '2015년 설날 아침의 독백'이다. 글을 쓰고 난 다음에 제목을 붙인 게 아닌가 싶을 정도로 제목과 형식이 어울린다. 설날 아침에 머릿속에 떠오른 생각을 쉼 없이 나열하고 있다.

리듬을 눈여겨보자. 문장 문장이 길지가 않다. 처음부터 끝까지 일관되게 독백으로 이어져 있다. 그러다가 맨 끝에 '좀 변했으면 좋겠다'라고 한 방 치고 나왔다. 내 할 말은 하겠다는 식이다. 앞에는 그날 하루에 설날 아침에 차려진 제사상에, 차례상에 있는 것들을 죽 보면서 왜 이건 안 되지, 왜 이렇지 왜 이렇지 하다가 아버지는 또 왜 막 이렇게 하다가 제발 좀 변했으면 좋겠다 하고 내 말 좀 하자고 치고 나왔다.

나열되는 팩트를 읽으며 독자들은 기대를 하게 된다. 왜 홍동백서인데? 우리 집이 지금 소파가 있는데 차례상은 저쪽으로 가야 하고 그러면 홍은 저리로 가야 하는데 어떻게 해야 하는 거지. 생선은 튀겨 냈더니 아버지는 쪄서 내라 하고. 이런 얘기를 듣다 보면 아 이 사람이 혹시 좀 새롭게 하려고 그러지 않을까, 라는 기대를 하면서 읽게 된다. 그랬더니 '좀 변했으면 좋겠다 이제'하고 지금까지 팩트를 나열한 이유를 단도직입적으로 얘기한다. 내년에 바나나와 치킨을 올리면, 울아버지 참 어떡할까 궁금하다, 라고 끝을 맺었다.

전형적인 잘못된 글쓰기는 '우리도 시대에 맞게 제사상을 차려야 될 것이다'라고 끝이 난다. 앞서 수차례 언급한 '바른생활 글쓰기'다. 그러면 재미가 없어진다. 그런데 이 글은 그렇게 미담이나 바른생활적인 교훈으로 끝나는 게 아니라 아버지의 심기가 어떨까 궁금하다고 끝을 맺는다.

초고를 보자.

1. 일단 말줄임표가 백 개쯤 있다. 나름대로 '독백'이니까 의도적으로 쓴 부호로 보인다. 하지만 과하다. 이 원문에서 모든 말줄임표를 없애면 더 글이 깔끔해진다.

또 아무리 독백이라 할지라도 가끔은 정제된 문장으로 맺어줘야 글로 완성이 된다. 그래서 문장으로 완성이 안 돼 있는 부분들을 묶어서 문장으로 만들었다. 그래야 읽을 때 리듬이 생긴다.

글은 단어가 아니라 단어를 사용한 문장으로 구성해야 한다. 글은 문장으로 완결돼야 하고 문장은 주어와 술어로 완결돼야 한다. 입말을 기록하면 글이 된다고 했다. 우리가 명사로 끝나는 대화를 얼마나 자주 하는지 생각해 보라. 입말은 문장이 기본이다.

2. '왜 홍동백서이지'에서 '이'를 빼본다. '왜 홍동백서지'가 입말이다. '왜 홍동백서지'라고는 해도 '왜 홍동백서이지'라고는 말하지 않는다. 이 사소한 곳에서 리듬이 흐트러진다. '홍동백서지'가 우리 입말에 쓰는 표현이니 그게 우리 무의식적인 리듬에 맞는 글이다.

3. '차례상을 받은 아버지의 심기가 마냥 궁금해지기만 한다'는 '아버지 심기가 궁금하다'로 줄였다. '마냥 궁금해지기만 한다'는 궁금하다는 말이다. 마냥이라는 단어가 없어도 궁금한 거다. 이 '마냥'이라는 말도 사람들이 입으로 말할 때는 잘 쓰지 않는다. 그런데 글을 쓸 때는 많이 쓴다. 너도나도 다 쓰니까 안 쓰면 큰일 나는 줄 알고 막 쓴다. 실제로 입말에서 안 쓰니까 굳이 마냥을 안 써도 우리들은 마냥이라는 단어를 떠올리면서 궁금하다고 읽게 된다.

4. '궁금해지기만 한다'라고 했는데 과연 궁금해지기만 할까? 그냥 궁금한 거지 궁금해지기만 하지는 않을 것이다. '~만 하다'라는 표현은 강조를 하기 위해서 쓰는 표현이다. 입말에서는 잘 쓰지 않는 말이다. 게다가 앞에 '마냥'이라는 표현이 있다 보니 강조에 또 강조를 하는 심각한 강조가 되어버렸다. 독자들은 이런 강요당하는 강조에 짜증이 난다.

담백하게 '아버지 심기가 궁금하다' 이렇게만 써도 아버지 심기가 궁금한 필자 심리가 그대로 전달이 된다.

총평

1. 제목 그대로 독백이다. 의문 사항을 리듬감 있게 나열해 독자에게 흥미를 유발하는 글이다.
2. 완결된 문장이 메시지 전달에 효율적이다. 독백이라도 어느 정도는 문장을 이루어야 한다. 띄엄띄엄 완결된 문장이 들어가서 앞뒤 독백을 이어주는 구조로 만들어보라.
3. 마냥 궁금해지기만 한다. → 정말 '마냥' 궁금해지기만 한 걸까? 혹시 상투적인 표현을 무심코 쓴 문장은 아닐까.

예시문 2

초고

빛깔 좋은 밤

김연서

가족 네 명이 맞이한 2015년의 설날. 나는 고등학교 때부터 잡아온 밤칼을 쥐고 방구석에서 밤을 깎았다. 무슨 이야기인지 자세히 알 수는 없었지만, 평소에도 원래 말이 많은 한 단체카톡방이 설 아침부터 요란하게 울어댔다. 밤을 파먹다 파묻혀버린 벌레에 넌덜머리가 난 나는 밤칼을 내려놓고 단체카톡방에 쌓인 대화내용을 복습하기 시작했다. "저런 사진 올리면 나중에 장가 못( )갈( )텐데!" 단체카톡방에 있는 언니들의 투덜거림에 대한 원인은 한 베이시스트가 올린 페이스북 사진이었다. 냉큼 페이스북을 확인한 나는 사진 속 제사상 위에 놓인 잔 수를 세어보기 시작했다. 확실한 점 두 가지는, 우리 집 제사( )를 통틀어 올라가는 잔 수 보다 많았다는 점. 그리고 난 절대 저런 집에 시집가고 싶지 않다는 점이었다. 사진에 대한 판단을 마치고 나니 기분이 이상했다. 제사상 사진 하나 보고 이런 판단을 왜 내렸을까? 일반적으론 '아, 제사상이 화려하네.'라고 생각하고 말 일은 아닐까? 심지어 우리 집에는 제사에 참여하는 친척이 없어서 어머니와 나 둘이서 제사상을 다 준비한다. 화려한 제사상이 내겐 문제가 아니다. 그렇다면 도대체, 무엇이 내가

‘이런 집에 시집 가고 싶지 않아!’라고 말하게 만들었을까. 2015년에도 인터넷을 둘러보고 있으면 시집간 처자들이 올리는 신세한탄 글이 많이 보인다. 소위 말하는 ‘시월드’이다. 시월드의 많은 문제 중 가장 문제가 되는 것은 나이가 많으신 어르신들 인식 속 뿌리깊게 자리잡은 유교적 사상이다. 흔히들 말하는 남아선호사상, 가부장적 제도 말이다. 제사상 사진은 이 모든 걱정거리의 집합체이다. 가장 가까운 우리 집에서도 요리는 나와 어머니가 다하고, 절은 아버지와 동생만 한다. 집안 노동력의 절반이 제사를 준비하는 과정에서 사용되지 않은 채 낭비된 셈이다. 여기에 시월드의 텃새까지 첨가되면 완벽하리만큼 끔찍한 설이 된다. 낭비되는 노동력과 낭비되는 감정의 향연! 심지어 요즘은 결혼도 돈이 있어야 한다. 돈이 없기에 결혼을 포기하는 세대에 제사상에서부터 걱정이 밀려오는 집안에 시집을 가는 건 고생을 사는 것과 마찬가지이다. 애당초 취업조차 힘든 세대에 사랑을 위해 고생을 사는 행동은 굉장한 사치인 셈이다. 부디 제사상과 달리 친절한 집안이라 40살을 바라보는 베이시스트가 결혼을 할 수 있길 빌며 단체카톡방에 말을 썼다. “나 같아도 저 집안엔 시집 절대로 안 간다.” 다시 겉보기엔 빛깔 좋은 밤을 깎기 시작했다. 여전히, 벌레 투성이다.

빛깔 좋은 밤

김연서

가족 네 명이 맞이한 2015년 설날. 나는 고등학교 때부터 잡아온 밤칼을 쥐고 방구석에서 밤을 깎았다. 무슨 이야기인지 자세히 알 수는 없었지만, 평소에도 말이 많은 한 단체 카톡방이 아침부터 울어댔다. 밤을 파먹다 파묻혀 버린 벌레에 넌덜머리가 난 나는 밤칼을 내려놓고 카톡방에 쌓인 대화 내용을 복습하기 시작했다. "저런 사진 올리면 나중에 장가 못 갈 텐데!" 단체 카톡방에 있는 언니들이 투덜거리는 원인은 한 베이시스트가 올린 페이스북 사진이었다. 냉큼 페이스북을 확인한 나는 사진 속 제사상 위에 놓인 잔 수를 세어보기 시작했다. 두 가지가 확실했다. 우리 집 제사를 통틀어 올라가는 잔 수보다 많았다는 점, 그리고 난 절대 저런 집에 시집가고 싶지 않다는 점이었다. 기분이 이상했다. 제사상 사진 하나 보고 이런 판단을 왜 내렸을까? 일반적으론 '아, 제사상이 화려하네'라고 생각하고 말 일은 아닐까? 심지어 우리 집에는 제사에 참여하는 친척이 없어서 어머니와 나 둘이서 제사상을 다 준비한다. 화려한 제사상이 내겐 문제가 아니다. 그렇다면 도대체, 무엇이 내가 '이런 집에 시집가고 싶지 않아!'라고 말하게 만들었을까. 인터넷을 둘러보면 시집간 여자들이 올리는 신세 한탄 글이 많이 보인다. 소위 말하는 '시월드'다. 시월드의 많은 문제 중 가장 문제가 되는 것은 연세가 많으신 어르신들 인식 속 뿌리 깊게 자리 잡은 유교적 사상이다. 흔히들 말하는 남아선호사상, 가부장적 제도 말이다. 제사상 사진은 이 모든 걱정거리의 집합체다. 우리 집에서도 요리는 나와 어머니가 다하고, 절은 아버지와 동생만 한다. 집안 노동력의 절반이 제사를 준비하는 과정에서 사용되지 않은 채 낭비된다. 여기에 시월드의 텃세까지 첨가되면 완벽하게 끔찍한 설이 된다. 낭비되는 노동력과 낭비되는 감정의 향연! 심지어 결혼도 돈이 있어야 한다. 돈이 없기에 결혼을 포기하는 세대에게 제사상에서부터 걱정이 밀려오는 집안에 시집을 가는 건 고생을 사는 것과 마찬가지다. 애당초 취업조차 힘든 세대에게 사랑을 위해 고생을 사는 행동은 굉장한 사치다. 부디 제사상과 달리 친절한 집안이라 40살을 바라보는 베이시스트가 결혼을 할 수 있길 빌며 단체 카톡방에 썼다. "나 같아도 저 집안엔 시집 절대로 안 간다." 다시 겉보기엔 빛깔 좋은 밤을 깎기 시작했다. 여전히, 벌레투성이다.

읽을 때 머뭇대는 글이 있고 쭉 읽는 글이 있다. 읽기 쉬운 글은 리듬이 있는 글이다. 리듬이 없는 글은 중간에 머뭇대면서 돌아가서 다시 읽거나 곰곰이 생각하면서 읽거나 천천히 읽게 된다. 이 글은 일관된 리듬으로 끝까지 간다. 문체 자체가 톡톡 튀면서 날카롭고 쉽고 재미나게 읽히는 글이다. 주제도 명확하고 주제를 말할 때 거침이 없다. 숨기지 않고 직설을 퍼붓는 글이다.

초고를 보자.

1. '가족 네 명이 맞이한 2015년의 설날'에서 '의' 자를 뺐다. '가족 네 명이 맞이한 2015년 설날'과 '가족 네 명이 맞이한 2015년의 설날'은 느낌이 다르다. 빼면 쉽게 읽히고 안 빼면 늘어진다. '의' 자가 과도하게 사용이 되면 그 문장들은 다 늘어진다.

2. '평소에도 원래' → 중언이다. 평소에도 말이 많음과 원래 말이 많음은 같은 말이다. 평소에 말이 많음으로 충분하다. 또 앞뒤 문맥으로 알아들을 수 있을 때는 뺀다. 설날 아침임은 문맥상 명백하다. 따라서 설 아침부터가 아니라 그냥 아침부터다.

3. '언니들의 투덜거림에 대한 원인' → 어딘가 어색하다. 입말로는 '언니들이 투덜거리는 원인'이라고 쓴다. 틀린 건 아니다. 문법적으로는 맞다. 그런데 번역체다. 요즘 젊은 사람들이 많이 쓰는 문체다. 어떤 때는 번역체가 매력적일 때가 있다. 많이 쓰이거나 무리하게 쓰이면 어색해진다.

'아무리 강조해도 지나침이 없다.' 영어를 그대로 번역한 문체다. 우리는 그런 말 안 쓴다.

'한국에서 제일 넓은 땅 중에 하나.' 마찬가지다. 한국에 제일 넓은 땅은 하나밖에 없다. 그런데 영어에서는 'one of the largest'가 쓰인다. 지금 당장엔 틀리지만 언젠가는 우리 글 문화에 포섭이 돼서 우리 글 문화를 풍요롭게 할 수 있는 재산이다. 하지만 지금은 아니다.

우리는 1986년 외래어 표기법 변경 이후 25년 동안 짜장면을 먹지 못했다. 자장면만 먹었다. 무리였다. 2011년 8월 31일에야 우리는 자장면에서 해방되고 짜장면을 다시 먹게 되었다. 맞춤법이 바뀐 것이다. 대한민국 사람들 발목에 복숭아뼈가 생긴 날도 그날이다. 그전에는 복사뼈밖에 없었다. '삐질 수'도 없었다. '삐칠 수'만 있었다. 마침내 2014년 10월에 삐질 수가 있게 됐다. 글 문화는 이런 것이다. 언어는 계속 바뀌고 언중이 옳다고 받아들이는 임계치에 달하게 되면 그걸 받아들이게 된다.

이런 번역체도 지금 당장에는 어색하지만 언젠가 사람들이 자연스럽게 받아들이게 되면 언어 세계에 당당한 일원이 된다. 그때까지 언중들이 일익을 담당해서 열심히 쓰든가, 싫으면 끝까지 배제해서 쫓아내 버리든가 한 가지를 하면 된다. 일단 이 문장에서는 '언니들의 투덜거림의 원인'보다는 '언니들이 투덜거리는 원인'으로 가야 자연스럽다. 아직은.

4. '사진에 대한 판단을 마치고 나니 기분이 이상했다.' 다 빼버리고 '기분이 이상했다'만 남겼다. 앞에 사진에 대한 판단을 다했기 때문에 그다음에 기분이 이상해진 거지 여기에 굳이 '사진에 대한 판단을 마치고 나니'라고 쓸 필요가 없었다. 글자 낭비다. 다른 팩트를 더 집어넣는 게 더 낫지 않나, 라는 생각이 들어서 빼버렸다.

5. '시월드이다' → '시월드다'

6. '집합체이다' → '집합체다'

7. '가장 가까운 우리집에서도' → '우리집에서도'. 주변에서 가깝게 보아도, 라는 뜻이니 빼도 말이 됐다.

8. '체'와 '채'. 흔히 틀리는 용어다. '체'는 뭐뭐한 척이라는 뜻이다.

9. '~한 셈이다'. '낭비된 셈'보다 '낭비된다'로 충분하다. ~한 셈이라는 말을 자세히 보면 셈이 아니라 실제로 그렇게 일이 벌어진 이야기다. 그런데 흔히들 ~한 셈이라고 쓴다. 실제로 안 하고도 그러한 것처럼 보인다는 뜻이다. 무의식적으로 "이 팩트에 자신이 없다"는 뜻이다. 낭비했다고 했다가 혼나진 않을까, 무의식 속에 이런 불안감이 있으니까 셈이라고 쓰게 된다.

'것'이라는 말을 쓰지 말라는 이유 중 하나도 똑같다. 자신이 없다는 자백이다. '~해야 한다'라고 않고 '~해야 할 것이다'라고 써보자. 말에 자신이 없다는 말이다. 자신이 없으니까 남 얘기하듯 얘기를 하게 된다.

그런 책임 회피적인 뜻이 '~일 것이다'라는 표현에 숨어 있다.

10. 맨 마지막 문장이 좋다. '다시 겉보기엔 빛깔 좋은 밤을 깎기 시작했다. 여전히 쉼표 벌레투성이다.'

이때까지 얘기한 일들을 마지막 두 문장으로 정리를 해버렸다. 빛깔은 좋은데, 속은 봤더니 벌레투성이다. 지금 남자들의 노동력은 낭비되고 감정은 폭발 직전이다. 이런 내용들이 저 문장에 날카롭게 정리돼 버렸다.

특히 '여전히' 뒤에 있는 쉼표가 압권이다. 쉼표가 있으면 독자들은 지시대로 읽는다. 쉼표가 있으면 쉬었다가 읽는다. 여전히 벌레투성이다, 라고 읽지 않고 여전히, (쉬고) 벌레투성이다, 라고 읽는다. '벌레투성이다'라는 결론에 힘을 실어주는 부호였다. 잘 쓴 문장이고 재미나게 쓴 문장이다.

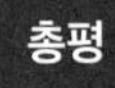

1. 빠른 리듬이 느껴지는 글이다.
2. 젊은 글이 가지는 '번역체'라는 특성이 보인다.
3. 엣지라고도 하는, 날카로운 결어가 돋보인다. 구구절절한 설명 없이 한 방에 독자에게 원하는 메시지를 전달했다.
4. 불필요한 표현을 삭제하면 더 촘촘한 글이 될 수 있다. 다시 읽었을 때 '필요 없다'거나 '없어도 뜻이 통하는 표현/단어'를 삭제하는 훈련을 한다.

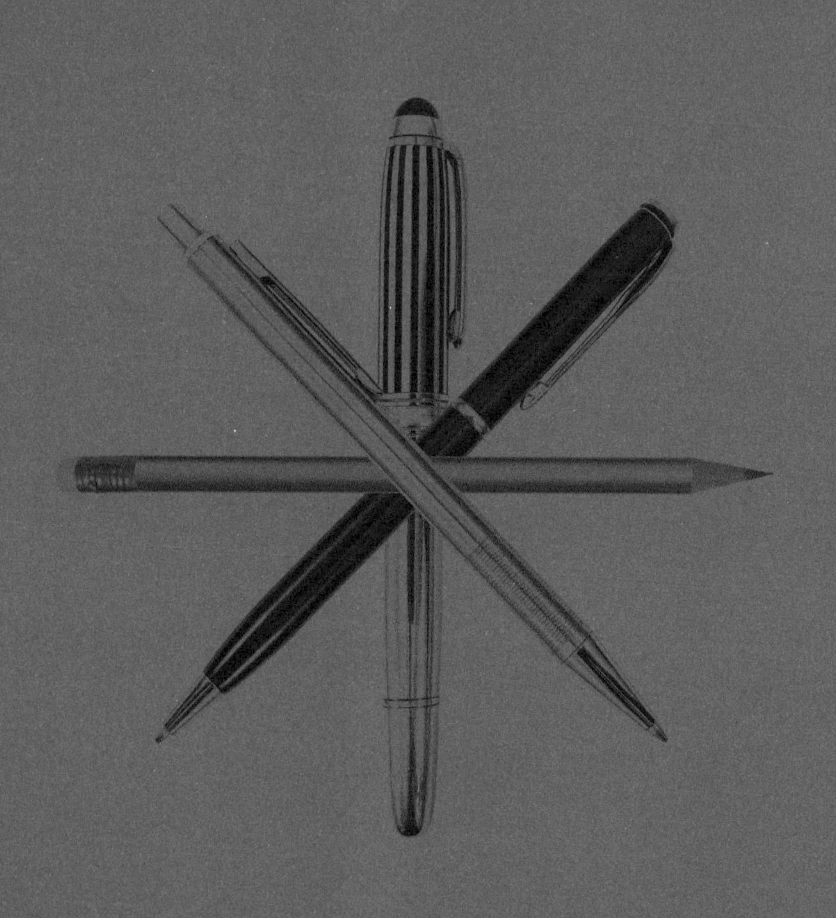

6장

재미있는 글 쓰기1:
리듬

○○○

앞장에서 글은 리듬이 있어야 한다고 말했다. 독자는 무의식적으로 리듬을 탄 독서를 한다. 리듬이 깨지면 독자는 글을 읽기 힘들어 한다. 한국말이 가지고 있는 고유한 외형률을 활용해 문장에 리듬을 준다. 구성은 팩트를 적절하게 배치해서 리듬을 만든다. 중요한 팩트라고 무조건 앞에, 무조건 모아서 쓰지 않는다. 오히려 중요한 팩트, 말하고 싶은 팩트일수록 뒤쪽으로 '은폐'해 두고 양파 껍질 까듯 조금씩 노출해 준다. 그러한 강약 조절이 글에 리듬을 주는 기술이다. 이번 장은 실제로 리듬 있는 글을 쓰는 방법 이야기다. 생각없이 무작정 글쓰기에 덤벼들지 않고 차곡차곡 설계도를 그리며 글을 쓰자는 이야기다. 이 시점에서 앞에서 말한 글쓰기 원칙 두 가지를 떠올려 본다.

- 남들 다 쓰는 흔한 은유법은 '절대' 쓰지 않는다.
- 좋은 글은 단순하다.

고수는 흉내 내지 않는다: 삐딱한 관점

사진이 됐든 글이 됐든 어떤 취미를 가지고 동호회를 하는 사람들은 대가들을 흉내 낸다. 사진을 예로 들어보자. 여기 고수가 찍은 근사한 사진이 있다. 아마추어들은 그 사진을 보고 그 장소로 다 몰려간다. 자기도 똑같은 사진을 찍는다. 전국에 있는 주요 출사지, 소위 말하는 사진 포인트에 가면 동호인이 바글바글하다.

고수가 여러 차례 답사를 거쳐 찍은 사진, 혹은 잘 찍는 동호인이 우연히 거기에서 찍은 사진을 인터넷에 올리고 나면 난리가 난다. 촬영 시각, 촬영 조리개, 촬영 셔터스피드 같은 촬영 정보가 올라오면 그 시각, 그 정보 그대로 찍은 사진이 실시간으로 올라온다. 프로 사진가는 똑같은 사진을 안 찍는다. 일부러 다른 곳으로 가서 다른 곳을 찍는다.

광주광역시 옆에 있는 화순에 세량지라는 저수지가 있다. 종류가 다양한 나무들이 저수지 물가에 피어 있다. 저수지 반대편에 100미터 정도 둑이 있다. 바람 없는 고요한 새벽, 거기까지 마을 하나를 통과해서 올라가는 데 10분, 15분 정도가 걸린다. 새벽 한 다섯 시, 네 시 그때부터 무거운 삼각대와 큰 카메라를 들고 있는, 거의 군단급 사람들이 올라간다. 둑은 1센티미터도 틈이 없다. 바글바글하다.

어떤 사람들은 내가 네 시 반부터 앉아 있는데 왜 비키라고 하냐며 싸운다. 그러고는 똑같이 사진을 찍는다.

그중에는 떼를 지어 온 사람들이 있다. 그중에 대장이 이렇게 말한다.

"자 오른쪽에 10미터 정도 떨어져서 나무가 하나 보이죠? A라 그럴게요. 그리고 왼쪽 무덤 쪽에 B나무가 보입니다. 여러분 그것을 벗어나지 말고 A와 B 안에서만 찍으세요. 바깥으로 가면 사진이 안 나옵니다. 보시면 압니다."

그러면 우르르 몰려가서 다 찍는다. 그러면서 물어본다. "조리개는 몇으로 해야 돼요?" "아 5.6에 놓으세요." 자기가 뭘 찍는지도 모르고 거기 앉아서 똑같은 폼으로 찍는다. 바로 1미터 움직이면, 거기가 고수가 찍은 포인트인데, 거기에는 아예 줄을 서 있다.

이렇게 '똑같은 사진을 찍으려고 집단으로 움직이는' 사람들은 아마추어다. 그 사람들을 보고 빙긋 웃으면서 반대편으로 가거나, 다음 날 오거나, 아니면 10미터 떨어져서 다른 식으로 카메라를 들고 있는 사람들은 고수다.

사진을 잘 못 찍는 사람들이 흔히 하는 자랑이 있다. '나는 뽀샵을 잘해.' 사진을 대충 찍어도 뒤에 가서 포토샵을 잘하면 돼. 필터로 이렇게 지우고 이렇게 해서 여기 좀 날리고 여기 꺼멓게 만들어서 이렇게 하면 근사하잖아, 이런 자랑이다. 화장을 하겠다는 의지의 표현이다.

원본이 좋다면 똑같은 포토샵을 했을 때 좋은 원본을 포토샵으로 만진 사진이 훨씬 좋다. 역으로, 원본이 좋다면 포토샵을 과하게 할 필요가 없다. 원본이 좋아야 한다.

내용이 훌륭하고 구성이 잘돼 있다면 현란한 수사법, 관형어나 어려운 용어를 쓸 필요가 없다. 남이 사용한 그런 용어, 그런 현란함도 부러워할 필요가 없다. 다른 사람이 이미 사용한 표현이 탐이 나서 쓰는 사람은 아마추어다. 고수는 다른 사람이 쓰는 표현을 버리고 자기 걸 찾기 위해 고민한다.

그러기 위해서는 관점이 달라야 한다. 예를 들어보자.

서울 영동교 아래에는 천막이 있다. 거기에 거지 왕초가 산다. 이 사람을 인터뷰하고, 이 사람에 대해 글을 쓰기로 했다고 치자. 우리 모두가 가지고 있는 선입관에 따르면 거지들이 사는 삶은 비루하다. 그래서 선입관대로 찾아가서 선입관대로 묻고 선입관대로 글을 쓰면 '거지 왕초의 일상'이라는 글이 나온다.

그런데 관점이 다른 고수가 있다. 천막을 찾아간 고수는 거지에게 인사를 하면서 천막 속을 샅샅이 '스캔'한다. 종이 더미에 빈 병, 빈 깡통이 쌓여 있고 한켠에는 거지가 사는 공간이 있다. 앉은뱅이 책상이 하나 있고 책상 위에는 이면지가 깔끔하게 쌓여 있다. 옆에는 몽당연필과 모나미볼펜이 놓여 있다. 왕초가 멋쩍게 악수를 청하는데, 가운뎃손가락을 보니 펜혹이 굵게 붙어 있다. 펜혹이 붙어 있다!

글쓰기 초보자는 펜혹을 무시한다. 고수는 이 펜혹에 집착한다.

아니, 거지가 손에 펜혹을 달고 있다니. 이는 소위 먹물, 펜대 놀리는 지식인들이나 수험생들에게만 있는 존재가 아닌가.

고수가 묻는 질문이 달라진다. 선입관은 접어둔다. "하루 얼마나 폐지를 모읍니까"가 아니라 "어떤 글을 쓰십니까"다.

왕초가 그 어떤 대답을 하든, 고수가 쓰는 왕초의 일상은 거지의 일상이 아니다. 시를 쓴다고 하면 가난한 시인의 일상이 되고, 가계부를 쓴다고 하면 폐지에서 건진 생활인의 건강한 경제학이 된다. 시가 가득한 이면지 다발을 내미는 왕초 표정도 글이 되고 배운 적 없는 회계장부를 꺼내는 거지 눈에는 그래도 못살지 않은 경제인의 지혜가 빛난다. 글은 그런 것이다. 선입관을 꺼놓고 글을 쓸 대상에게 직설적으로 접근할 때 참신한 글이 나온다. 세상을 삐딱하게 보기, 혹은 다르게 보기는 남들과 다른 글을 위한 기본자세다.

고수는 장비를 탓하지 않는다: 쉬운 글

예를 들어 장비가 필요한 취미를 가진 사람이 있다고 치자. 처음에는 취미가 좋아서 장비를 산다. 몇 달 지나면 장비병에 걸린다. 스키 스틱을 개비하고 지금 카메라를 싹 팔아치우고 다른 카메라를 장만한다. 이 장비병 단계를 넘어가면 만 원짜리 똑딱이 카메라로 작품을 찍고 대나무를 깎아서 레드 코스를 내려오는 고수로 클래스가 달라진다.

마찬가지로 나 글 좀 쓰네 하는 순간에 글에 현학이 들어가고 글이 어려워진다. 그리고 스스로 읽으면서 나는 어쩌면 이렇게 글을 잘 쓸까 생각하게 된다. 그러한 당신을 보고 고수들이 웃는다. 너 조금만 있어봐. 선생이라면 혼을 내고 친한 독자라면 비웃고 조금 통이 큰 사람이라면 기다려준다. 좋은 글은 자연스럽게 쉬운 글로 모인다.

글에 관한 생각은 우리 모두가 마찬가지다. 많은 사람들은 좋은 글은 어려워야 한다고 생각한다. 글을 쓴 자기가 잘나 보이니까. 아, 나 이런 단어도 쓸 줄 아네 하는 무의식적인 자신감에 빠지게 된다.

아니다. 그 관념을 깨지 않으면 좋은 글 쓰기는 불가능하다. 반드시 글이 길어지더라도 쉽게 풀어 쓰도록 한다.

그리고 쉽게 풀어쓴 그 글을 짧게 고치도록 한다. 뒤에 얘기하겠지만, 글은 고치지 않으면 글이 아니다. 우리는 모차르트가 아니다. 뇌에서 손으로 순식간에 완성된 문장과 글을 쏟아붓는 초능력자가 아니다. 따라서 글은 반드시 고치는데, 고치기 전 글은 쉽게, 고친 뒤 글은 쉽고 짧게.

글의 구성요소-내용과 형식

우주에 존재하는 모든 현상은 내용과 형식으로 나눌 수 있다. 글도 마찬가지다.

내용은 100퍼센트 팩트로 채운다. 자기가 전하고자 하는 메시지를 확실하게 전달하기 위해서는 메시지 자체가 아니라 팩트가 필요하다. 팩트를 통해서 사람들을 설득시키고 현상을 설명해야 한다. 글이 갖는 재미는 100퍼센트 팩트에서 나온다. 팩트가 충실해야 이에 근거해 주장이나 메시지를 호소력 있게 전달할 수 있다.

똑같은 팩트로 구성돼 있되, 재미가 없으면 글은 먹히지 않는다. 글은 읽혀야 한다. 거침없이 읽혀야 한다. 기억하는가. 악마가 호기심을 느껴야 악마를 소환할 수 있다는 사실을? 재미는 형식이 만든다. 읽는 재미를 위해 필요한 첫 번째 형식상 조건이 리듬이다.

고수들은 말한다. 복잡한 단어를 쓰지 말라고. 읽을 때 리듬이 깨지기 때문이다. 전문 용어를 쓰지 말라는 충고도 리듬 때문이다. 리듬, 독서 리듬을 깨기 때문에 어려운 글을 쓰면 안 되고 복잡한 글을 쓰면 안 된다.

그 리듬을 맞출 수 있는 요소가 두 가지였다.

첫째는 한국말이 가지고 있는 외형적인 특성이다. 문장 하나하나를 완성할 때는 항상 판소리와 시조 운율을 생각하자.

둘째는 구성이다. 글 전체에 리듬감을 주는 설계 혹은 디자인적인 리듬이요 의미적인 리듬이다. 글은 'A는 B고 B는 C고 C는 D고 D는 E다'라고 이어져야 한다. 그래야 사람들은 막힘없이 그 글을 읽게 된다.

그런데 만일 글이 두서가 없다면? 앞 문단과 뒤 문단이 서로 관련 없이 나열돼 있으면? 독서에 큰 장애가 생긴다. 독서 흐름이 막힌다. A 〉 B 〉 C 〉 D 〉 E가 아니라 A 〉 C 〉 B 〉 E 〉 D로 문단이 연결되면 A부터 E까지 독자들은 갈팡질팡하게 된다. 글을 쓴 필자는 안다. 독자는 모른다. 독자가 모른다고, 독자가 몰라준다고 필자는 답답해한다. 그 필자는 아마추어고 하수다. 글을 필자 자기 위주로 쓸 때 벌어지는 일이다.

글은 상품이다. 독자는 그 상품을 사용하는 소비자다. '생각하는 글' 혹은 '어려워야 좋은 글'이라는 생산자 중심 글쓰기를 하면 글은 어려워지고 논리는 파괴된다. 쉬운 글이 좋은 글이라는 사실을 다시 한번 명심하자. 쉬운 글이 되려면 논리는 명확해야 하고 글은 직설적이어야 하고 두서가 있어야 한다. 다음 글을 보자.

연꽃 바다 꽃피운 정수동 - 버전1

"저희가 열세 살이나 그쯤 되얏어요. 그때는 연방죽이 깨끗해 갖고 잡초가 하나도 없었어요. 그해 여름에 동생들이 나를 부르더만요. 요만큼 한 이파리 열두 개를 가지고 있는디 큰애들이 막 뺏어간다고요. 애들을 쫓고서 그놈을 아버지한테 갖고 갔어요. '아버지, 이게 머요?' '연(蓮)이다. 이게 어디가 있대?' 그걸 지금 나무다리 시작하는 곳에 심어가지고 아버지가 관리를 계속해 나오셨어요. 줄 쳐놓고 막어놓고 고기도 못 잡게 하고. 그렇게 해갖고 연이 벌어져 나오게 된 것입지라. 처음 열두 뿌리는 원래 있던 겁니다. 그게 먼지도 몰랐는디요. 꿈이 선몽이 되얐던 모양입니다. 학 열두 마리가 날아와 연꽃처럼 피었다고요. 꿈 꾸시고 나서 연뿌리가 발견이 된

거지라, 허허허. (…) 일흔다섯으로 떠나실 때까지 저수지 돌보시곤 했죠. 아버지가 지금까지 계신다면, 이러코롬 바다를 이룬 걸 보신다면, 하하하. (…) 저희는 밥 묵고 나면 저수지 한 바퀴씩 도요."

- 정성조, 전남 무안 일로읍 복용리

시초는 이렇게 미약하고 아름다웠다. 꿈속에서 학이 날아와 춤을 췄다고 했다. 춤을 어지럽게 추더니 그 자리에서 꽃이 되었는데 그게 모두 눈부신 백련이었다고 했다. 그리고 아이들이 연을 주워 그에게로 왔다고 했다.

연못으로 가는 아스팔트 바닥에 화살표와 함께 고딕으로 '연꽃'이라고 적혀 있다. 지구상에 한 군데밖에 없을 꽃이름 이정표다. 그 이정표 끝에서 해마다 가을이면 연잎이 빽빽하게 펼쳐진다. 그리고 백련이 망울을 터뜨린다. 그 향기를 잃을까 두려워 절로 입을 다물게 된다. 하여 '헛소리하는 사람들에게 자물쇠로 제격'이라는 말도 있다. 그 백련이 원산지 이집트를 떠나 이역만리 동쪽나라 한 연못에 움텄다.

'이러코롬 이룬 바다' 이름은 회산지(回山池)다. 전라남도 무안 일로읍 복용리에 있다. 일제강점기 농업용수 공급을 위해 만든 저수지다. 규모는 10만 평이다. 둑에 서면 양쪽 끝이 한눈에 보이지 않는다. 거기에 연꽃이 사는데, 모두 백련(白蓮)이다. 꽃말은 '당신은 참 아름답습니다'라는 뜻이다. 꽃 중의 군자요, 염화미소의 깨달음을 상징하는 꽃이다.

연못을 돌보다 할아버지는 영면했는데, 아들은 어딘가에 비석이라도 세워줬으면 하고 아쉬워한다. 회산지 입구에 있는 스테인리스 안내판에는 '어느 주민이…'로 시작하는 회산지 역사가 적혀 있는데, 그 주민의 자리에 선친이 들어갔으면 한다고 했다. 지금 할아버지는 학들과 춤을 추고 계시지 않을까.

연꽃 바다 꽃피운 정수동 - 버전2

"저희가 열세 살이나 그쯤 되앗어요. 그때는 연방죽이 깨끗해 갖고 잡초가 하나도 없었어요. 그해 여름에 동생들이 나를 부르더만요. 요만큼한 이파리 열두 개를 가지고 있는디 큰애들이 막 뺏어간다고요. 애들을 쫓고서 그놈을 아버지한테 갖고 갔어요. '아버지, 이게 머요?' '연(蓮)이다. 이게 어디가 있대?' 그걸 지금 나무다리 시작하는 곳에 심어 가지고 아버지가 관리를 계속해 나오셨어요. 줄 쳐놓고 막어놓고 고기도 못 잡게 하고. 그렇게 해갖고 연이 벌어져 나오게 된 것입지라. 처음 열두 뿌리는 원래 있던 겁니다. 그게 먼지도 몰랐는디요. 꿈이 선몽이 되얐던 모양입니다. 학 열두 마리가 날아와 연꽃처럼 피었다고요. 꿈 꾸시고 나서 연뿌리가 발견이 된 거지라, 허허허. (…) 일흔다섯으로 떠나실 때까지 저수지 돌보시곤 했죠. 아버지가 지금까지 계신다면, 이러코롬 바다를 이룬 걸 보신다면, 하하하. (…) 저희는 밥 묵고 나면 저수지 한 바퀴씩 도요."

- 정성조, 전남 무안 일로읍 복용리

'이러코롬 이룬 바다' 이름은 회산지(回山池)다. 전라남도 무안 일로읍 복용리에 있다. 일제강점기 농업용수 공급을 위해 만든 저수지다. 규모는 10만 평이다. 둑에 서면 양쪽 끝이 한눈에 보이지 않는다. 거기에 연꽃이 사는데, 모두 백련(白蓮)이다. 꽃말은 '당신은 참 아름답습니다'라는 뜻이다. 꽃 중의 군자요, 염화미소의 깨달음을 상징하는 꽃이다.

회산지로 가는 길 아스팔트 바닥에 화살표와 함께 고딕으로 '연꽃'이라고 적혀 있다. 지구상에 한 군데밖에 없을 꽃이름 이정표다. 그 이정표 끝에서 해마다 가을이면 연잎이 빽빽하게 펼쳐진다. 그리고 백련이 망울을 터뜨린다. 그 향기를 잃을까 두려워 절로 입을 다물게 된다. 하여 '헛소리하는 사람들에게 자물쇠로 제격'이라는 말도 있다. 그 백련이 원산지 이집트를 떠나 이역만리 동쪽나라 한 연못에 움텄다.

그 시초는 이렇게 미약하고 아름다웠다. 꿈속에서 학이 날아와 춤을 췄다고 했다. 춤을 어지럽게 추더니 그 자리에서 꽃이 되었는데 그게 모두 눈부신 백련이었다고 했다. 그리고 아이들이 연을 주워 그에게로 왔다고 했다.

연못을 돌보다 할아버지는 영면했는데, 아들은 어딘가에 비석이라도 세워줬으면 하고 아쉬워한다. 회산지 입구에 있는 스테인리스 안내판에는 '어느 주민이…'로 시작하는 회산지 역사가 적혀 있는데, 그 주민의 자리에 선친이 들어갔으면 한다고 했다. 지금 할아버지는 학들과 춤을 추고 계시지 않을까.

언뜻 읽으면 앞글도 좋고 뒷글도 좋다. 작은 소리를 내면서 읽어 보면 다르다.

앞글은 구성에 멋이 잔뜩 들어가 있다. 그런데 두서가 없다. 독자는 생각을 해야 한다. 독자들은 정성조라는 사람이 설명한 자기 선친과 백련이 핀 연못 이야기에 잔뜩 궁금증이 솟아 있는 상태다. 앞글처럼 글이 전개되면 멋은 있다. 하지만 연못의 실체에 대한 궁금증은 해소되지 않고 독자들은 겉멋만 느낄 대로 느끼면서 끝까지 읽어나간다. 속은 부글부글 끓어오른다.

뒷글은 말 그대로 '자연스럽게' 독자 궁금증을 풀어가는 구성이다. 읽으면서 독자는 하나하나 알고 싶던 실체가 스스로 정체를 드러내는 쾌감을 느끼게 된다. 이게 '두서 있는 글'과 '두서없는 글'의 차이다. 멋도 멋이지만, 무엇보다 글은 친절해야 한다. 그래야 글이 재미있다. 자, 다시 앞글을 소리 내서 읽고, 연속해서 뒷글을 소리 내서 읽어보자.

글은 이야기다

글은 문자로 옮긴 이야기다. 글이 재미있으려면 이야기하듯 쓰면 된다. 할머니가 해주던 옛날이야기나 술자리에서 술을 마시면서, 친구와 전화 수다를 떨면서, 아니면 웃고 떠들면서 한 이야기를 그대로 문자로 옮기면 글이 된다. 글은 글이고 말은 말이다 하고 다르게 생각을 하게 되면 글은 쓰기가 어려워진다. 그런 마음가짐으로 쓰면 글 자체도 어려워진다. '이야기'가 갖는 특징은 명확하다.

우리는 복잡한 단어로 이야기하지 않는다

가끔씩 문법적으로 어긋나더라도 우리는 구성을 잘해서 쉬운 말로 이야기를 하게 된다. 잠깐만 있어봐, 어떻게 얘기할까 이런 식으로 서두에서 몇 초 동안 고민하다가 얘기를 하게 된다. 그 몇 초 고민이 그 사람을 개그맨으로 만들 수도 있고 평범한 이야기꾼으로 만들 수도 있고 슬픈 변사로 만들 수도 있다.

이야기에는 궁금한 부분이 없다

속 시원하게 다 얘기해야 우리는 직성이 풀린다. 의도적으로 숨길 수 있지만, 의도하지 않고 숨기면 잘 못한 이야기가 된다. 자기가 쓰려고 하는 주제에 관해서는 A부터 Z까지 육하원칙에 따라서 숨김없이 모든 것을 다 표현해 줘야 한다.

이야기의 주인은 독자다

경영학이나 경제학에서 '소비자 측면에서 보라'고 이야기한다. 생산자 측면에서 보는 상품과 소비자 측면에서 보는 상품은 다르다. 생산자 측면에서 쉽게 만든 제품들 중에는 소비자가 쓰기 어려운 제품이 많다. 글 또한 자기가 쓸 때 독자 입장에서 쓰지 않으면 어려워진다.

'리듬'은 글을 쓸 때가 아니라 읽을 때 느껴야 한다. 독자들이 읽을 때 리듬이 있을까를 항상 염두에 둔다. 웃기는 이야기를 하면서 자기가 먼저 웃으면 그 이야기가 웃긴가? 쓸 때는 흥이 나서 쓰지만 그 리듬은 자기가 됐든 누가 됐든 읽는 사람, 독자가 느끼는 리듬이다.

이야기는 짧을수록 좋다

짧아야 "또 얘기 해줘, 또 얘기 해줘" 하고 어린이는 칭얼대고 어른들은 술을 권한다. 짧을 수 있으면 짧게 쓴다. 짧은 글 쓰기에 제일 불필요한 요소는 수식어다. 주어, 목적어, 술어에서 주어도 수식이 돼 있고 목적어도 수식이 돼 있고 술어에 수식이 돼 있으면 읽기 어렵다. 그 수식어들을 모조리 빼버려라. 물론 수식어가 중요할 때가 있다. "정말 좋았다"라고 할 때 '정말'이라는 수식어가 꼭 필요할 때가 있다. 글 속에서, 다른 좋은 때보다 더 좋은 어떤 에피소드를 얘기하려면 '정말'을 반드시 써야 한다. 하지만 당장에는 수식어를 일반적으로 없애도록 노력해 본다.

글은 단정적으로 쓴다

글은 자신 있게, 단정적으로 쓴다. 직설적으로 팍팍 쓰라는 얘기다. 자신이 없으면 글 세계에서는 두 가지 일이 벌어진다.

우선 글이 길어진다. 단언적으로 쓰기보다는 묘사를 하게 되고 수식을 하게 된다. 그게 뭔가 하면, 그게 뭔가 하면, 그게 뭔가 하면 하고 자꾸 설명을 하게 된다. 자신이 없으니까. 우리가 말을 할 때도 자신이 없으면 상대방 눈치를 보면서 얘기를 한다. '이 사람이 내 말을 잘 안 믿는 거 같은데, 그러면 어떻게 얘기를 해야 하지?' 이런 생각이 수도 없이 머릿속을 스친다. 자연히 말도 주절주절 길어진다.

두 번째 '나는'이라는 말이 많아진다. 보편적인 사실이 아니라, 나는 그렇게 생각한다, 최소한 나는 그렇게 생각한다, 너 왜 안 그러니, 라고 쓰게 된다. 필자 본인이 자신이 없으니까 자기 논리를 정당화하기 위해 '그러니까 나는' '내가 경험한 바로는' 따위 주관적인 정당화가 늘어난다.

주장을 설득할 자신도 없고 사실에 대한 자신이 없다 보니 '최소한 나는 그렇게 생각한다'식 문장이 이어진다.

글에 자신이 있으려면 팩트에 대한 확신이 있어야 한다.

팩트에 확신이 있으면 '1 더하기 1은 2일 거야'가 아니라 '1 더하기 1은 2야'라고 써라. '2인 듯하다'가 아니라 '2이다'라고 써라.

'~해야 할 것이다' '~이기도 하다' 같은 자신 없는 표현이 글이 가진 힘을 떨어뜨린다. 어떤 현상에 대해 확신이 없다면 이런 표현을 쓰게 된다. 아니, 당연히 이렇게 써야 한다. 나아가 팩트를 떠나 글쓰기 자체에 대한 자신이 없을 때에도 이런 표현을 쓰게 된다.

독자를 설득하려면 단정적으로 써라. 그러기 위해서는 자기가 쓰려는 사실 관계에 대해 명확하게 파악하고 있어야 한다. 자기도 잘 모르는 사실을 '이다'라고 단정적으로 쓸 수는 없다. 결국 우리는 팩트 이야기로 되돌아와 버리고 말았다. 과연 팩트는 신성하다!

사실 관계 - 기억이 됐든, 경험이 됐든 - 가 취재돼 있고 확신을 가진 상태라면 글도 확신을 가진 팩트를 단언적으로 쓰라는 얘기다.

이 글을 남이 보면 어떻게 생각할까 눈치 보며 주눅 들 이유가 없다.

좋은 글은 꾸밈이 없다

꾸밈없는 글이 좋다. 더 좋은 글은 꾸밈없어 '보이는' 글이다.

지금까지 이야기를 정리해 보자. '에둘러 표현하지 않고 고상한 척하지 않고 현학적이지 않고 그냥 있는 그대로 쓰는 글'이 좋은 글이다. 그러니까 꾸밈없고 쉬운 글이 좋다는 말이다.

그런데 꾸밈없이 글은 쓰기 어렵다. 우리는 꾸밈없기에는 너무 커버렸다. 애들한테 반성문 쓰라고 하면 참 잘 쓴다. 자기가 뭐가 틀렸고, 자기가 생각할 때 저지른 잘못이 뭔지, 또 잘못이 아닌데 꾸중 듣는 게 뭔지 아이들은 안다.

그래서 아이들이 쓴 반성문은 어른들이 볼 때 절반은 변명이다. 나는 틀린 게 없는데 엄마가 자꾸 꾸중을 한다고. 그게 맞는 말이긴 하다. 자기를 변명하고 남을 호도하기 위해서 쓰는 글이 아니라 자기가 느끼는 바를 그대로 솔직하게 쓰는 글이 아닌가. 꾸밈이 없다. 어릴수록 자기가 잘한 일 잘못한 일을 솔직하게 쓴다.

어른들한테 쓰라고 하면 반성문이 복잡해진다. 잘 쓰려고 노력하게 되고 숨기려고 한다. 그렇다고 잘 숨기지도 못한다. 어른이 쓰는 대표적인 반성문이 경찰 조서다. 다 숨기고 다 은폐한다.

그럼에도 불구하고 글은 꾸밈없이 써야 한다. 힘든 작업이다. 그래도 꾸밈없어 보이게 써야 한다. 교묘하게, 꾸밈없이 숨김없이 쓴 글처럼 보이게 써야 한다. 꾸밈없는 글이 훌륭한 글이다. 하지만 우리가 그러기는 어려우니 꾸밈없어 보이도록 써야 한다.

많은 사람들이 꾸며서 현학적이고 어렵고 난해해 보이는 글이 좋은 글이라고 착각하며 글을 쓴다. 그런 글들은 나쁜 글들이다. 꾸민 글은 나쁜 글이니까 절대 쓰지 않겠다고 스스로를 세뇌하도록 한다. 어려운 글은 틀린 글이고 꾸밈이 많은 글은 틀린 글이다. 아래 글 몇 개를 감상해 보자.

사랑

허옥순

눈만 뜨면
애기 업고 밭에 가고
소풀 베고 나무 하러 가고
새끼 꼬고 밤에는 호롱불 쓰고
밤 먹고 자고
새벽에 일어나 아침 하고
사랑 받을 시간이 없더라

박순화라는 시인도 같은 제목으로 시를 썼다.

사랑

박순화

사랑을 모르고

살았다 자식들

뒷바라지하느라고

사랑할 새도

없었다

아들

임순자

나한테 태어나서 고생이 많았지

돈이 없으니까

집도 못 사주니까

다른 데 마음쓰느냐고

너를 엄청 많이 때렸다

화풀이해서 미안하다

엄마는

엄마는

마음이 많이 아프다

용서해다오

저 세상에서는 부자로 만나자

사랑한다

또 이 말밖에 줄 것이 없다

무식한 시인

한충자

시는 아무나 짓는 게 아니야

배운 사람이 시를 써 읊는 거지

가이 갸 뒷다리도 모르는 게

백지장 하나

연필 하나 들고

나서는 게 가소롭다

꽃밭에서도 벌과 나비가

모두 다 꿀을 따지 못하는 것과 같구나

벌들은 꿀을 한 보따리 따도

나비는 꿀도 따지 못하고

꽃에 입만 맞추고 허하게 날아갈 뿐

청룡도 바다에서 하늘을 오르지

메마른 모래밭에선 오를 수 없듯

배우지 못한 게 죄구나

아무리 따라가려 해도

아무리 열심히 써도

나중엔

배운 사람만 못한

시, 시를 쓴단다

이 시인들은 한글을 배운 지 석 달 된 할머니들이다. 한글 학교에서 나이 여든, 일흔 돼서 처음 자기 이름 쓸 줄 알게 된 사람들이 졸업을 하면서 쓴 졸업작품들이다. 이 시인들이 소위 '짱구'를 굴렸을까? 우리가 쓰고 싶은 글도 이런 글이다. 현란한 표현이 어디 있는가.

글은 설계다

그래서 문장과 글은 설계가 필요하다. 우리는 어른이니까 그렇다. 우리는 설계를 하지 않으면 꾸밈없는 글을 쓰지 못한다.

카를 마르크스라는 학자가 있다. 유행이 지나버린 사회주의 이론의 거두였다. 글 하나는 잘 썼다. 이 사람이 한 말이 있다. 벌이 건축을 잘하느냐 사람이 건축을 잘하느냐. 벌집은 정교하다. 육각형으로 되어 있고, 어마어마하게 많은 벌떼가 애벌레를 넣고 살 수 있을 만큼 구조적으로 안정돼 있다. 벌들은 생각도 안 하고 있지만, 자분자분 짓고 나면 벌집이 완성되어 있다.

그렇다면 벌들이 기술자인가 인간이 기술자인가. 마르크스는 당연히 사람이라고 얘기한다. 벌들은 의식이 없이 DNA에 있는 정보를 토대로 자동적으로 집을 지으니까. 날 때 갖고 있는 그 정보 그대로 할 뿐이지, 벌들은 벌집을 네모나게 만들 수가 없다. 사람은 네모나게 만들라면 만들고, 육각형으로 만들라면 만들고 원으로 만들라면 그렇게 만들 수 있다. 이게 사람의 잠재력이고 사람이 의식적인 동물이기 때문에 가능하다고 마르크스는 말한다. 이게 '설계'요

'디자인'이다.

사람은 설계를 해야 동그란 벌집을 만들 수 있다. 좋은 글이 그냥 나온다면 글을 배울 이유가 없다. 신문사 기자들이 굳이 '사람도 아니고 기자도 아닌' 수습 기간을 거칠 필요가 없다. 배우지 않고 노력하지 않고 글을 토해내는 글쓰기 천재는 천상계 존재다. 우리들은 대부분 노력을 해서 만든 글 설계도에 근거해 글을 쓴다. 그래야 더 좋은 글이 나온다.

그럼 구체적으로 어떻게 하라는 말인가. 글을 시작하기 전에 서론-본론-결론만이라도 나눠보자. 그리고 서론에 쓸 이야기와 본론에 쓸 이야기, 결론에 쓸 이야기를 메모 형식으로 나눠본 뒤 진짜 글쓰기에 돌입한다(서론-본론-결론'만이라도'라고 한 이유는 다른 장에서 말하겠다).

예를 들어 글 주제를 첫사랑이라고 했다고 치자. 이제는 '첫사랑에 대해 어떻게 쓸까'라고 고민하지 말고 '첫눈'이라는 글을 구성하는 서론-본론-결론을 어떻게 쓸까, 라고 고민해 보자.

일단 주제에 관해서 고민을 한다. 첫눈에 대한 기상학적 이야기를 쓰겠다는 사람도 있겠지만 대부분은 구체적인 진짜 첫눈에 대해서 얘기를 쓰려고 하겠지. 어떤 사람은 10년 전, 어떤 사람은 1년 전, 어떤 사람은 아직도 느껴본 적 없는 그런 감성적인 첫눈에 대한 자기 기억을 떠올리겠지. 구글과 네이버에서 첫눈이 왔을 때 만난 그 사랑이 뭘 하고 있을까 뒤져볼 사람도 있다. 그 정보들을 찾으면서 이 첫눈을 요리할 방법을 궁리하게 된다. 그 요리법이 '서론-본론-결론'이다.

이 '첫눈에 대해서 무엇을 쓸 것인가'는 제목이기도 하고 결론이기도 하다. 자기가 얘기하고 싶은 이야기는 결론에 나와야 한다. 그래서 맺을 '결(結)' 자가 붙어 있다. 이 '결'에서 독자들을 위해 필자는 공을 들여서 서론을 쓰고 본론을 쓴다. 서론과 본론은 결론을 이끌어내기 위한 수단들이다. 첫눈을 떠올리니 가슴이 벅차서 서론에 모든 사실을 다 집어넣으면 본론도 안 읽고 결론도 읽지 않는다.

서론을 쓰는 이유는 독자에게 본론을 읽히기 위해서다. 본론을 쓰는 이유는 결론을 읽히기 위해다. 요즘 말로 하면 뒤쪽 문단을 읽게 하기 위해 던지는 미끼가 앞쪽 문단이다. 자, 이래도 안 볼래? 이래도 안 볼래, 식으로 뒤쪽을 읽도록 유도하는 문단이 앞 문단이다.

그래서 서론-본론-결론이라고 적은 뒤 작은 제목이 됐든 문장이 됐든 서론에 쓸 요지를 한 줄로 짧게 적는다. 길게 쓰면 서론 자체가 돼버리고 본론 자체가 돼버린다. 짧게, 한 문장 아니면 한 메모 정도로 딱딱 짚어준다. 이게 기초 설계다. 이 설계도에 살을 붙여 나가는 작업이 글쓰기다. 지예(志蘂)라는 필명을 가진 한 60대 여성이 쓴 글을 보자.

아랫글 '첫눈'에 대한 설계도

- 서론: 대학 시절 첫눈을 맞으며 사랑을 만났다.
- 본론: 어머니는 내 사랑을 싫어했다. 아버지에 대한 기억이 진

했다.

- 결론: 첫눈 때 만난, 아버지를 닮은 사랑이 그립다. 아버지가 그립다. 어머니가 그립다.

첫눈

지예

대학교 3학년 겨울방학 우리 다섯 명은 지리산으로 캠핑을 갔다. 그때 힘없이 내리는 첫눈을 보고 "와! 첫눈이다!" 하고 하늘을 향해 탄성 지으며 웃는 그의 선한 웃음에 나는 무너졌다. 소담스레 내리는 눈도 아니었고 탐스런 함박눈도 아니었다. 그냥 힘없이 사뿐히 내려앉는 눈이었을 뿐이다. 첫눈이라고 하기엔 너무나 맥아리가 없었다. 그 시원찮은 눈을 보면서 탄성을 지르는 그가 어린아이 같아보였다. 여자도 아니고 남자가, 그깟 시원찮게 내리는 몇 가닥 눈을 보고 첫눈이라고 감탄하는 모습이라니. 그런데 그 선한 웃음이 바로 내 눈에 콩깍지가 되었다. 늘 아버지를 동경했던 내게 그는 안경을 쓰고 키가 컸던 사진 속 내 아버지를 쏙 닮아 있었다. 서울로 돌아와서 얼마 후 연락이 왔다. 종로2가에 있는 갈릴리 다방에서 뒤풀이를 하자는 것이었다. 70년대에 종로2가는 젊은이의 거리였다. 지금은 없어졌지만, 음악다방인 갈릴리 다방은 우리가 들어서면 베토벤의 피아노 협주곡 '황제'가 자동으로 울려 퍼졌다. 팝송은 좋아했지만 클래식은 별 흥미가 없었던 내게 그는 끊임없이 클래식을 들려주었다. 원고지에 빼곡히 꾹꾹 힘 있게 눌러쓴 편지가 매주 학교로 날아왔다. 읽으려면 뒤집어서 햇빛에 비추어보아야 제대로 보이는 거꾸로 뒤집힌 글씨로. 그렇게 우리는 3년 정도 갈릴리 다방을 들락거렸다.

나는 아버지 얼굴을 모른다. 내가 두 살이던 6.25전쟁 때 아버지가 행방불명되셨다. 지식층에 속하셨던 아버지는 아마 월북하지 않았을까 추측할 뿐이다. 어머니는 언젠가는 통일이 되리라는 믿음으로 우리 남매를 기르셨다. 애비 없는 후레자식이라는 말을 안 듣기 위해 이를 악물고 가르치셨다. 50년대에 오빠에게는 가정교사가 있었고 나는 그룹과외를 받았다. 교육열이 대단하셨다.

그와 같은 해에 대학을 졸업하고 1년 정도 더 만났지만 헤어졌다. 어머니가 단식투쟁을 하신 것이었다. 어머니에게 연애란 있을 수 없는 일이었다. 아버지 없이 기른 것도 억울한데 '에미 애비' 없이 자란 사람에게 절대 보낼 순 없다는 것이었다. 그는 전쟁통에 이모부를 따라 남하해서 이모부 가족과 함께 살았다. 27년 관절염을 앓고 있는 어머니에게 단식은 곧 생명 포기였다. 결국 내가 졌다. 자식 이기는 부모 없다는 말은 틀린 말이다. 엄마는 우리 남매만을 위해 사셨고 '내가 어떻게 길렀는데'라는 말을 달고 사셨다. 그 말을 들을 때마다 속으로 '누가 우리 위해 사시라고 했나' 하며 반발하기도 했으나 엄마를 뛰어넘기는 어려웠다. 엄마의 인생은 없었다. 내 인생도 없었다. 내 인생은 내 것이 아니라 엄마 것이었다. 엄마의 인생이 내 인생이었다.

첫눈은 늘 힘없이 슬그머니 내린다. '나 첫눈이야'라고 신고만 하고 한참 지난 후 비로소 함박눈이 쏟아진다. 그때마다 무장해제된 선한 그 웃음이 떠오른다. 엄마는 통일도 못 기다리시고 결국 다른 에미 애비 없는 사위를 맞이하고는 2년 후 황망히 가셨다. 첫눈. 그. 아버지. 아버지를 닮은 그가 그립다. 아니 아버지가 그립다. 평생 아버지를 기다린 어머니도 그립다.

설계를 하지 않고 첫눈에 대한 글을 썼다면 윗글이 나올 수 있었을까. 불가능하다. 첫눈에서 사랑이 월북한 아버지에 대한 기억과 어머니에게 남은 트라우마까지 연결이 됐다. 첫눈에서 아버지 어머니에 대한 그리움으로 결론이 이어진다. 이게 설계가 가진 힘이다. 말하고 싶은 주제는 뒤로 숨겨놓았다. 독자들은 은폐해 놓은 그 결론을 향해 쉼 없이 시선을 옮기며 글을 읽었다.

글은 과정이다. 기획하고 기억을 떠올리고 경험을 떠올리고 자료를 모으면 글 쓸 준비가 완성된다. 이 재료를 토대로 구성을 한다. 이 구성이 글 설계, 글 디자인이다.

이 디자인을 토대로 글을 쓸 때는 앞서 말한 모든 원칙을 총동원한다. 수식어를 줄이고, 문장을 짧게 쓰고, 리듬에 맞추고, 이야기하듯 쉽게 쓰고 기타 등등. 결론 부분 마지막 문장에 마침표를 찍으면서 글 하나가 완성된다.

완성된다? 아니 시작된다.

글쓰기 마지막 과정, 퇴고

글쓰기는 과정이라고 했다. 과정에는 마무리가 포함된다. 글쓰기 과정은 퇴고가 마무리다. 퇴고는 글을 다시 읽고 수정하는 과정이다. 우리가 일필휘지로 멋진 글을 쓰는 천재가 아니니까, 글은 이 수정 과정에서 최종적으로 완성된다.

아무리 설계를 하고 글쓰기를 했다고 하더라도 그 글은 상품으로 내놓기에는 거친 면이 많다. 흠집은 사포질을 해서 없애야 하고 각이 나오지 않은 뭉툭한 모서리는 날카롭게 깎아내야 한다. 퇴고 직전 과정까지 거칠게 남아 있던 글, 초고(草稿)는 퇴고를 거치면서 상품으로 탈바꿈한다. 이 과정에서 앞서 말한 모든 원칙들에 대한 재점검 작업이 이루어진다.

① 글을 끝내고서 30분을 쉬었다가 자기가 원하는 목소리로 조그맣게 소리 내서 읽어본다.

② 다시 읽는 과정에서 장식적 요소를 덜어낸다. 수식어를 덜어내고 문장에서는 뼈대만 남기고 살은 과감하게 없애본다. 부사어와 관형어 같은 수식어를 줄이고 내용 면에서는 주제와 상대적으로 거리가 먼 부분부터 없애본다. 한 문장씩 토막 내 단문으로 만들 부분은 없는가도 점검한다.

③ 주제 관련된 팩트, 사실을 채워서 보충한다. 동시에 내가 쓰지 못한 팩트는 없나 점검한다. 보충할 팩트가 있으면 이를 채워 넣는다.

④ 쉬었다가 다시 읽고 고치는 과정을 반복한다. 그리고 정해놓은 첫 번째 독자에게 그 글을 읽게 해 평을 받는다.
⑤ 비로소 글이 완성된다.

기술적으로는 내가 수식어를 얼마나 많이 썼나, 뺄 수식어는 없나에 대해 집중적으로 점검한다. 내용적으로는 주제와 무관한 팩트는 없는가를 본다. 주제와 무관한 팩트는 일단 괄호를 쳐놓고 이걸 빼도 말이 되는가, 연결이 되는가를 살펴본다. 주제와 무관한 팩트를 삭제해 버리면 있을 때보다 자연스럽고 부드럽게 글이 읽힌다.

다음에는 이 주제를 더 명확하게 전달하기 위해서 내가 못 쓴 팩트는 없는가를 살핀다. 기억을 떠올리고 자료를 찾아서, 아까 불필요한 부분을 삭제한 글에 채워 넣는다. 물론 기본 설계도가 허물어졌으니까 이 과정에서 글 순서가 바뀔 수 있다.

그렇게 해서 글은 뼈대만 남고 뼈대가 점점 튼실해지고, 지방은 빠지고 근육질로 바뀌어간다. 외형적으로도 수식어가 없어지면서 리듬이 더 살아나는 글로 변화해 간다.

마지막으로, 두 문장으로 잘라도 되는 긴 문장은 없는가 살펴본다. 길다 싶으면 무조건 쉼표를 마침표로 바꿔 나눠본다. 그리고 소리 내서 다시 읽어본다. 긴 문장보다는 리듬이 살아나게 돼 있다. 여기까지가 글쓰기다.

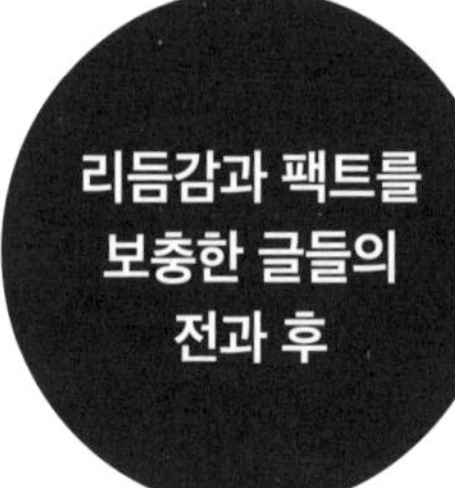

1. 초고와 완고, 분석과 총평 순서로 배열했다. '신뢰할 수 있는 첫 번째 독자에게 보여주기'가 글쓰기 마지막 과정이다. 그 첫 번째 독자가 던지는 평을 참고해 원본 글을 수정함이 마땅하다. 이 책에서는 필자가 그 '신뢰할 수 있는 첫 번째 독자' 역할을 맡았다. 수정 과정을 거쳐 완고가 탄생한다. 당연히 초고 필자가 완고 필자다.

2. 초고에서 색을 넣은 부분은 수정을 했다는 뜻이다.

3. 초고에서 ( )는 띄어쓰기를 하라는 뜻이고 _은 붙여 쓰라는 뜻이다.

4. 초고에서 >>는 문단을 나누라는 뜻이고 <<는 나눠진 문단을 붙여서 한 문단으로 만들라는 뜻이다.

5. 독자들도 어느 부분을 어떻게 수정할 수 있을까 생각하며 예시문 초고를 읽어보자.

가슴 속의 버킷 리스트

조성하

브라운색 투피스였다. 한껏 성장(盛裝)하고 아버지의 교장 취임식에 나타났다. 6년 전 갈래머리 중학생에서 이젠 여고를 졸업하고 어엿한 숙녀의 모습으로 보란 듯이 내 곁에 섰다. 처음 본 순간부터 서로에게 콩당거리는 맘이 있었던 것을 시간이 지나가며 알게 되었다. 影이라고 이름으로 일기장에 올리고 조심스레 만나오던 우리가 가족들에게 인정받는 사이가 되었다. 수채화의 밑그림처럼 희미한 스케치 위에 형형색색 물감으로 같이 채색할 참이었다.

1년 먼저 대학에 들어간 나는 여대 축제에 갈 기회가 있었다. 아무런 거리낌( )없이 다음 해에도 초대를 받아 갔는데 우연히도 그의 친구가 나를 발견하였다. 미리 말하지 못하기도 했지만 오해에 대해 솔직한 해명조차 할 기회를 우물쭈물 놓쳤다. 어이없게 헤어지는 계기가 되었다. 서로를 맘에 품고 지낸 시간이 긴 만큼 그 끈을 쉽게 놓지 못했다. 간간히 만나 사는 얘기를 하면서 대학생활을 마쳤다. 20대 후반 어느 날 만나자는 연락이 왔다.

"아직 집에서는 오빠를 사위 후보로 생각해…."

이때는 이미 결혼 약속을 하고 날짜를 잡고 있는 때였다. 정직하게 상황을 설명하고 돌아설 수 밖에 없었다. 피아노를 전공했던 그는 기꺼이 내 결혼식에 축주를 연주하여 주었다. 그리고 홀연히 유학( )가는 남편과 함께 외국으로 떠났다. 이렇게 긴 인연을 마감하였다.

또 브라운색 투피스였다. 10여년이 흐른 어느 봄 날 꿈에 아무런 말도 없이 왔다( )갔다. 한 번도 그런 일이 없었기에 중학교 은사님이시기도 했던 그의 아버지께 전화로 문안인사를 드렸다. 꿈에서나마 갑작스레 본 그녀의 소식을 알고 싶었던 것이 속마음이었다.

"지난 겨울에 저 세상으로 갔네..."

멍한 마음이 며칠 동안 거듭되었다. 완전히 놓았다고 여겼던 그 끈이 아직 연결되어 있었던 걸까. 자신의 부재를 알리려고 수고한 것인지도 모르겠다. 수 주가 지난 후 어르신을 찾아뵈었다. '아들 하나 두고 너무 일찍 갔다'는 어머니의 말이 오래 동안 귓가에 맴돌았다. 뉴저지에 묻혀( )있다는 그가 현몽한 것처럼 나에게도 할 일이 있다고 여겨졌다. 아무에게도 얘기 못하지만 근처에 갈 기회가 있다면 좋아했던 프리지아를 사서 전달해 줄 참이다. 그래도 끈을 끊어버릴 수 없을 것이다.

가슴 속의 버킷 리스트

조성하

브라운색 투피스였다. 한껏 성장(盛裝)하고 아버지의 교장 취임식에 나타났다. 6년 전 갈래머리 중학생이 여고를 졸업하고 숙녀가 되어 보란 듯이 내 곁에 섰다. 처음 본 순간부터 서로에게 콩당거리는 맘이 있었던 것을 시간이 지나가며 알게 되었다. 영이라는 이름으로 일기장에 올리고 조심스레 만나오던 우리는 가족들에게 인정받는 사이가 되었다. 수채화 밑그림처럼 희미한 스케치 위에 형형색색 물감으로 같이 채색할 참이었다.

1년 먼저 대학에 들어간 나는 여대 축제에 갈 기회가 있었다. 아무런 거리낌 없이 다음 해에도 초대를 받아 갔다. 그의 친구가 우연하게 나를 발견하였다. 미리 말하지 못하기도 했지만 오해에 대해 해명조차 할 기회도 놓쳤다. 어이없게 우리는 헤어졌다. 맘에 품고 지낸 시간이 긴 만큼 그 끈을 쉽게 놓지 못했다. 간간이 만나 사는 얘기를 하면서 대학 생활을 마쳤다. 20대 후반 어느 날 연락이 왔다.

"아직 집에서는 오빠를 사위 후보로 생각해…."

이미 결혼 약속을 하고 날짜를 잡고 있는 때였다. 정직하게 이야기하고 돌아설 수밖에 없었다. 피아노를 전공했던 그는 기꺼이 내 결혼식에 축주를 연주하여 주었다. 그리고 홀연히 유학 가는 남편과 함께 떠났다. 이렇게 긴 인연을 마감하였다.

또 브라운색 투피스였다. 10여년이 흐른 어느 봄날 꿈에 아무런 말도 없이 왔다 갔다. 한 번도 그런 일이 없었기에 중학교 은사님이시기도 했던 그의 아버지께 문안 전화를 드렸다. 꿈에서나마 갑작스레 본 그녀의 소식을 알고 싶었다.

"지난겨울에 저세상으로 갔네."

며칠 동안 마음이 멍했다. 완전히 놓았다고 여겼던 그 끈이 아직 연결되어 있었던 걸까. 자신의 부재를 알리려고 수고한 것인지도 모르겠다. 몇 주가 지난 후 어르신을 찾아뵈었다. '아들 하나 두고 너무 일찍 갔다'는 어머니 말이 오랫동안 귓가에 맴돌았다. 뉴저지에 묻혀 있는 그가 현몽한 것처럼 나에게도 할 일이 있다고 여겨졌다. 아무에게도 얘기 못하지만 근처에 갈 기회가 있다면 좋아했던 프리지아를 사서 전달해 줄 참이다. 그래도 끈을 끊어버릴 수 없을 것이다.

예시문 3
분석

이 책이 소개하는 글쓰기 원칙에 근접해 있는 글이다. 일단 수식어가 별로 없다. 그리고 구성이 돼 있다. '브라운색 투피스였다' 하고 그 옛날 얘기가 나오고 그다음에 돌아와서 또 브라운색 투피스를 입었다. 그리고 반전이 이어진다. 누가 보더라도 디자인이 잘된 글이다.

왜 이렇게 구성이 잘돼 있고 수식어 없이 잔잔하게, 담백하게 써졌을까? 진솔한 글이기 때문이다. 마음에서 나온 글이기 때문에. 평소에 이 필자가 가슴에 담고 있던 내용을 문자로 옮겼을 뿐이다. 어떤 표현을 쓸까에 대한 고민도 그리 없어 보인다. 한글 처음 배운 할머니들이 쓴 시처럼, 그냥 마음을 썼다. 그냥 썼는데 팩트가 뚜렷하고 극적이라 그대로 옮기면서 글이 되어버렸다.

갑자기, 느닷없이, 주어도 없이 그냥 브라운색 투피스였다, 라고 딱 나왔다. 이게 뭔가 하고 사람들이 궁금해하는 참에 아 여자 얘기구나, 첫사랑이구나 이게 딱 나온다. 그리고 또 떠났는데, 또 브라운색 투피스가 또 나온다. 이번에는 꿈에 나온다고 한다. 이상하다 싶어서 인사도 드릴 겸 전화를 했다, 그랬더니 죽었다고 한다. 덜컹, 독자들은 요새 말하는 심쿵이 되는 거다. 글을 끝까지 읽지 않을 수 없다.

1. 일단 문장을 조금씩 잘라냈다. 내용도 일부 삭제했다. 빼도 말이 되니까 뺐다. 원문 색칠한 글씨 부분이 삭제한 부분이다. 빼고서 다시 읽어보면 호흡이 빨라지고 읽기가 편하다.

기본적인 것들은 그냥 읽어보는 게 아니라 소리를 내면서 읽어보면, 뭔가가, 처음에는 뭔지 모르지만 막연하게는 뭔가가 틀이 안 맞는데, 라는 느낌이 드는 부분이 있다. '막연하게 뭔가가 틀렸다는 인상, 느낌'이 들면 십중팔구 어딘가 틀려 있다. 그때는 분석을 해야 한다.

2. '중학생에서'는 내 곁에 섰다, 라는 동사의 주어다. 따라서 '에서'는 비문이다. 솔직한 해명? 가짜 해명은 없으니 '솔직한'은 빼버리면 된다. 이런 불필요하거나 틀린 부분은 모두 퇴고 과정에서 바로잡는다. 반드시 '소리 내서' 읽어보도록 한다.

3. 멍한 마음이 여러 날 거듭되었다 → '마음이 거듭되었다'는 마음이 여러 번 생겼다는 뜻이다. 그래서 '며칠 동안 마음이 멍했다'로 고쳤다.

4. 수주가 지난 후 → 입말로는 수주가 아니라 몇 주다.

전체적인 구성이 깔끔하고 팩트에 충실한 글이다. 읽기 쉬운 글이었다. 그렇게 많이 고친 부분은 없다. 디테일에서 약간의, '가'를 '는'으로 바꾸고 하는 정도로 고쳤다. 문제는 디테일이다. 디테일을 조금씩 바꾸고 줄이는 연습을 하면 글이 깔끔해진다. 글은 상품이다. 상품이 팔리는 포인트는 디테일에 있다.

총평

1. 수식어를 절제한 글이 좋다. 조금만 더 수식어를 없애보자.

   (1) 처음부터 수식어를 쓰지 않거나

   (2) 쓴 다음에 다시 읽을 때 수식어를 지운다.

   처음에는 과격하다 싶을 정도로 일관되게 수식어를 없애버린다. 그러다 도저히 견딜 수 없을 만큼 충동이 일 때 수식어를 양념처럼 쓰면 된다.

2. 구성이 좋다. 적절한 전개와 적절한 반전이 독자들을 긴장하게 만든다.

첫사랑은 짝사랑

이주현

"그게 그거라는 걸 언제 알았어요?" "초등학교 때 목욕하고 나서 엄마가 '아무개, 쉬 마렵구나 쉬하자!'하시는데 그 순간 '이건 쉬가 아니야!'하고 알았어요. 그쪽은 언제 아셨어요?" "초등학교 때 나름 중요한 시험을 보는데, 전 시험에 별 관심도 없었어요. 시간이 다 돼가고 친구들은 여전히 열심히 뭔가를 적고 있더라구요. 나는 아무 것도 못( )쓰고 있고, 묘하게 초조해지면서 갑자기 몸이 이상했어요. 음.. 그 다음에는 또 초조해지고 싶어서 일부러 공부 안했어요! 푸하하"

요즘 TV예능 토크 프로그램에 출연한 젊은 연예인들의 대화다. 듣고 있자니 머리 속에서 비누_방울이 터지는 소리가 난다. "응? 응! 저렇게 오는( )거였어?" 남자들이 처음 겪는 몸의 반응에 대해 그렇게 알았다.

첫 사랑의 기억이 강렬한 것도 아마 이전에 느끼지 못한 일종의 정신적 발기의 경험 같은 것이 아닐까? 사람의 마음에 이런 것이 있다니! 이토록 고통스러울 바에 죽는 게 낫겠어! 이렇게 느닷없이 찾아오는 몸과 마음의 반응이다 보니 대부분의 첫사랑은 짝사랑이기 십상이겠다.

언제부턴가 숨이 가쁜 두근거림이 해마다 이맘 때 봄이면 찾아온다.

아래 녘에서 매화, 산수유 소식이 올라오고 이윽고 양지쪽 개나리가 피어 더욱 환해지고, 진달래가 부끄럽게 부풀고, 벚꽃이 팝콘처럼 터져, 이윽고 목련에 이르면 봄은 환장할 지경에 이른다. 한 달에 한 번씩 부풀어 오르는 여자들의 몸처럼 그렇게 봄은 부풀고 부풀어 달아오른다. 그때_쯤에는 머리에 꽃을 꽂고 옷고름 입에 물고 연분홍 치마를 봄바람에 휘날리며 논길을 걷고 싶어진다. 그러다 불현듯 봄날이 간다.

요즘 글쓰기 공부를 한다. 글쓰기 공부는, 가끔 문자를 주고받고 차 한 잔 같이 할 정도로는 가까워진, 오래 전 짝사랑만 하던 첫사랑을 만나는 것 같다. 굳이 아니 일부러라도 이루어진다느니 뭐 그런 복잡한 인연이 되지는 말고 너무 강렬하지도 말고 너무 달아오르지도 말고 가끔 만나 설레는 그런 관계로 계속되었으면 좋겠다. 다시 만난 첫사랑이나 짝사랑은 그 정도가 딱 좋다!

첫사랑은 짝사랑

이주현

"그게 그거라는 걸 언제 알았어요?" "초등학교 때 목욕하고 나서 엄마가 '아무개, 쉬 마렵구나 쉬하자!' 하시는데 그 순간 '이건 쉬가 아니야!'하고 알았어요. 그쪽은 언제 아셨어요?" "초등학교 때 나름 중요한 시험을 보는데, 전 시험에 별 관심도 없었어요. 시간이 다 돼가고 친구들은 여전히 열심히 뭔가를 적고 있더라고요. 나는 아무것도 못 쓰고 있고, 묘하게 초조해지면서 갑자기 몸이 이상했어요. 음… 그다음에는 또 초조해지고 싶어서 일부러 공부 안 했어요! 푸하하."

요즘 TV 예능 토크 프로그램에 출연한 젊은 연예인들의 대화다. 듣고 있자니 머릿속에서 비눗방울 터지는 소리가 난다. "응? 응! 저렇게 오는 거였어?" 남자들이 처음 겪는 몸의 반응에 대해 그렇게 알았다.

첫사랑의 기억이 강렬한 것도 아마 이전에 느끼지 못한 정신적 발기의 경험 같은 것이 아닐까? 사람의 마음에 이런 것이 있다니! 이토록 고통스러울 바에 죽는 게 낫겠어! 이렇게 느닷없이 찾아오는 몸과 마음의 반응이다 보니 대부분의 첫사랑은 짝사랑이기 십상이겠다.

언제부턴가 해마다 이맘때면 숨이 가쁘고 가슴이 두근거린다. 아랫녘에서 매화 소식, 산수유 소식이 올라오고 이윽고 개나리가 피어 양지 쪽이 더욱 환해진다. 진달래가 부끄럽게 부풀고, 벚꽃이 팝콘처럼 터지더니 이윽고 목련에 이르면 환장할 지경이다. 한 달에 한 번씩 부풀어 오르는 여자 몸처럼 그렇게 봄은 부풀고 부풀어 달아오른다. 그때쯤에는 머리에 꽃을 꽂고 옷고름 입에 물고 연분홍 치마를 봄바람에 휘날리며 논길을 걷고 싶다. 불현듯 봄날이 간다.

요즘 글쓰기 공부를 한다. 글쓰기 공부는, 가끔 문자를 주고받고 차 한 잔 같이할 정도로는 가까워진, 짝사랑하던 오래전 첫사랑을 만나는 것 같다. 굳이, 아니 일부러라도 이루어진다느니 뭐 그런 복잡한 인연이 되지는 말고 너무 강렬하지도 말고 너무 달아오르지도 말고 가끔 만나 설레는 그런 관계로 계속되었으면 좋겠다. 다시 만난 첫사랑이나 짝사랑은 그 정도가 딱 좋다!

발랄 유쾌한 글이다. 처음에는 중간쯤 읽다가 이게 뭔 얘기지 하고 궁금증이 생겼다. 좀 더 읽어보니까 읽는 재미가 생기면서 다시 또 읽게 됐다. 아, 이 얘기구나, 남자의 이차성징 이런 것과 관련된 이야기구나, 라는 '새삼스러운' 느낌이 들었다. 그다음에 더 읽게 됐다. 독자가 제일 재미나게 읽은 부분은 바로 이 부분이다.

'언제부턴가 해마다 이맘때면 숨이 가쁘고 가슴이 두근거린다. 아랫녘에서 매화 소식, 산수유 소식이 올라오고 이윽고 개나리가 피어 양지쪽이 더욱 환해진다. 진달래가 부끄럽게 부풀고, 벚꽃이 팝콘처럼 터지더니 이윽고 목련에 이르면 환장할 지경이다. 한 달에 한 번씩 부풀어 오르는 여자 몸처럼 그렇게 봄은 부풀고 부풀어 달아오른다. 그때쯤에는 머리에 꽃을 꽂고 옷고름 입에 물고 연분홍 치마를 봄바람에 휘날리며 논길을 걷고 싶다. 불현듯 봄날이 간다.'

굳이 안 써도 될, 짧게 써도 될 문장들을 일부러 나열해 놓았다. 그럼에도 불구하고 판소리처럼 리듬이 있다. 쑥쑥 읽게 된다. 어이구 어이구 얼쑤 얼쑤 하고 추임새가 나올 정도다. 마지막 문장이 압권이다. '불현듯 봄날이 간다.'

가슴이 펑 뚫리는 느낌? 이제 봄이 온 거 같아요, 와글와글하면서 앞에서 현란하게 봄에 대해 묘사를 했다. 그러더니 불쑥 마지막 문장에서 허무한 듯 봄날이 간다고 한마디 던지고 마침표를 찍었다. '수식어 없이 문장 구성만으로 독자에게 감동을 주는 글'이라고 할 수 있다.

나머지 디테일한 부분들, 띄어쓰기와 맞춤법을 손봤다.

1. 있더라구요 → 우리 모두 이렇게 쓰지만 문법적으로는 틀린 말이다. 문법적으로는 '하고요' '있더라고요'가 정답이다.

2. 머리 속 → 우리 머리는 지금 국어학적으로는 속이 없고, '머릿속'만 있다. 이런 웃기는 맞춤법들이 존재한다. 웃겨도 어쩌겠는가. 현재 맞춤법에 규정이 되어 있으니까 지키긴 지켜야 한다.

3. '언제부턴가 숨이 가쁜 두근거림이 해마다 이맘 때 봄이면 찾아온다.' → '언제부턴가 해마다 이맘때면 숨이 가쁘고 가슴이 두근거린다.'로 바꿨다. 리듬 때문이다. 원문은 설명적이다. 수정한 문장이 읽기 편하다.

4. '아래 녘에서 매화, 산수유 소식이 올라오고' → '아랫녘에서 매화, 산수유 소식이 올라오고'로 바꿨다. 내친김에 '소식'을 반복해서 '매화 소식 산수유 소식이 올라오고'로 고쳤다. 역시 리듬 때문이다. 작은 소리로 읽어보면 의도를 알 수 있다.

5. '벚꽃이 터져' → '벚꽃이 터지더니'로 수정한 이유도 마찬가지다. 그래야 읽을 때 운율이 맞다. 앞에 언급했듯, 전체 글 중에서 이 대목은 특히 독자들에게 리듬감을 줄 수 있는 대목이다. 그렇다면 조금 더 리듬감을 넣도록 문장을 수정하는 게 맞지 않을까, 라고 판단했다.

6. '수미상관(首尾相關)/수미쌍관(首尾雙關)'에 대하여: 글은 '아'에서 시작했다면 '아'로 끝나야 정석이다. 그래야 사람들이 읽을 때 정리된 메시지를 전달받을 수 있다. 백두산 얘기를 하고 백두산의 지리를 서두에 얘기했다고 하면 끝에 가서도 백두산 얘기가 나와야 한다. 그게 글 하나가 완결되는 구조다.

이 글은 앞쪽에 한 줄이라도 결론 부분에 나오는 '글쓰기 공부'에 대한 힌트가 있거나 아니면 끝부분에 앞에서 언급한 연예 토크쇼 관련 이야기가 나왔더라면 더 좋지 않았을까. 독자들이 읽으면서 앞에 나왔던 내용을 떠올리면서 글이 끝맺는다는 느낌을 받게 된다.

이를 수미상관이라고 한다. 머리하고 꼬리는 항상 관계가 있어야 한다는 말이다.

총평

1. 리듬이 있는 글이다. 필자에게 태생적으로 리듬이 있는 듯하다. 그 리듬을 기술적으로 더 다듬어 보자. 단문일 때는 단문, 장문일 때는 '일부러' 장문으로 만들어 리듬을 타게 해보자.
   숨차게 읽더라도 리듬이 맞는 글, 문장을 만들어보라는 얘기다. 판소리를 생각하자. 장문에 리듬을 만들려면 의미적인 리듬보다는 외형적인 리듬을 맞추는 게 더 편하고 쉽고 더 전달이 잘 된다. 매화, 산수유 소식 부분에 '소식'이라는 단어를 반복한 게 좋은 예다. 문장은 길어지지만 그 리듬을 타고 사람들이 조금 더 오래 그 문장, 그 대목에 시선을 집중하게 된다.

2. 똑같은 길이, 똑같은 글자, 똑같은 단어라도 배치 순서에 따라 읽히는 리듬이 달라진다. 이 역시 퇴고 단계에서 수정하거나 아니면 문장 하나를 완성한 뒤 소리 내서 읽어보면서 체크한다. '언제부턴가 숨이 가쁜 두근거림이 해마다 이맘때 봄이 되면 찾아온다.'보다는 '언제부턴가 해마다 이맘때면 숨이 가쁘고 가슴이 두근거린다.'가 더 리드미

컬하다.

글은 과정이지 한 번에 완성되지 않는다. 김훈이라는 소설가는 '꽃은'이라고 쓸지 '꽃이'라고 쓸지 고민했다고 고백한 적이 있다. 이틀을 고민했다고 한다.

바퀴벌레의 복수

류진창

바퀴벌레 한 마리를 죽였다. 부산에서 대학을 다닐 때다. 학교 근처에서 하숙생활을 했다. 어느 여름날 밤 바퀴벌레 한 마리가 방으로 날아왔다. 매미만한 큰 놈이었다. 벽을 타고 하강, 책상 뒤에 숨었다. 소탕작전 끝에 산채로 잡았다. 바늘을 몸에 찔러 창틀 나무에 고정 시켰다. 공부하다 틈틈이 연필깎이 칼로 녀석의 일부를 하나씩 잘라냈다. 더듬이를 시작으로 날개와 세 쌍의 다리를. 마지막에는 머리까지. 한동안 바퀴를 구경하지 못했다. 바퀴들 사이에 소문이 난 듯 했다.

7년 후 서울에서 직장을 다녔다. 신촌에서 친구와 자취를 했다. 홍대를 다니던 동생도 학교 근처에서 자취를 했다. 절약할 겸 동생과 합치기로 하고 이사를 했다. 유명한 와우아파트다. 1970년 아파트 한 동이 무너져 33명이 사망한 바로 그 아파트였다. 부실 시공된 동은 오래 전에 철거됐고 나머진 말짱했다.

와우산 중턱에 자리 잡은 이 아파트는 별났다. 5층 높이에 성냥갑 모양이다. 한 층에 열 가구가 7~8평 크기에서 살았다. 문을 들어서면 턱진 마루가 있고 백열전구가 달렸다. 왼편에 부엌과 연탄아궁이가 있었다. 미닫이문으로 된 방 하나를 주인 할머니가 쓰셨다. 화장실은 밖에 있었다. 층 중간에 가구 수만큼 모여 있는데 수세식이라 겨울에는 불편했다. 연탄불 위 양은솥에는 항상 물이 끓고 있었다.

겨울 아침에는 마루가 어두웠다. 방에서 나와 불을 켜면 진풍경이 벌어진다. 아궁이 주위에 모여 있던 바퀴벌레가 찰나의 순간에 사라진다. 몇 백 마리가 되는 듯 했다. 방사형으로 퍼지는 모습이 검은색 폭죽 같다. 아침마다 바퀴를 보는 것이 일상이 되었다. 큰 놈도 작은 놈도 있다. 한 가족인 듯 했다.

새벽 잠결에 뭔가가 귀 근처를 지나갔다. 털어낸다는 게 오른쪽 귀 속으로 도망갔다. 갑자기 통증이 왔다. '악!'하고 비명을 질렀다. 놀라 일어난 동생이 불을 켰다. 바퀴인 듯 했다. 고막을 긁고 있었다. 어두운 곳을 좋아하는 녀석이 위협을 느끼자 고막을 뚫고 도망가려 했다. 동생이 귀이개를 찾아냈다. 소용이 없었다. 귀 안에 상처만 낼 뿐 닿지 않았다. 귀에서 피가 났다. 고통을 못 이겨 방바닥에 나뒹굴었다. '이렇게 죽나보다'란 생각이 들었다. 순간 대학교 때 죽인 바퀴벌레의 얼굴이 보였다. 바퀴벌레의 복수였다.

동생이 에프킬라를 찾아냈다. '일단 죽이고 보자'는 생각에 귀 속에다 마구 뿌렸다. 효과는 빨랐다. 녀석이 발악하며 죽어갔다. 숨넘어가는 소리가 들렸다. 살았다는 안도감과 동생에 대한 고마움이 뒤엉켰다. 다른 걱정이 생겼다. 우리 귀는 고막·중이·내이를 통해 뇌와 연결된다. 바퀴약 독이 뇌에 흡수되면 큰일이다. 귀 속에 비눗물을 넣고 빼내며 청소를 했다. 이번에도 동생이 도와줬다. 길고 긴 새벽이 지나 아침이 밝았다. 이비인후과에서 죽은 바퀴를 빼냈다. 흡입기 끝에 붙은 바퀴를 확인했다. 3mm 정도의 새끼였다. 이렇게 작은 녀석이 내 생명을 위협하다니.

티베트 불교에는 윤회사상이 있다. 생명은 거듭 태어나기에, 생명은 끝없이 순환한다 한다. 대학교 때 내가 죽인 바퀴벌레가 다시 태어나 복수한 게 틀림없다. 어두운 곳에 숨어 나를 노리고 있다.

바퀴벌레의 복수

류진창

바퀴벌레 한 마리를 죽였다. 부산에서 대학을 다닐 때다. 학교 근처에서 하숙생활을 했다. 어느 여름날 밤 바퀴벌레 한 마리가 방으로 날아왔다. 매미만 한 놈이었다. 벽을 타고 내려와 책상 뒤에 숨었다. 소탕 작전 끝에 산 채로 잡았다. 바늘을 몸에 찔러 창틀 나무에 고정시켰다. 공부하다 틈틈이 연필깎이 칼로 녀석의 일부를 하나씩 잘라냈다. 더듬이를 시작으로 날개와 다리 여섯 개, 마지막에는 머리까지. 한동안 바퀴를 구경하지 못했다. 바퀴들 사이에 소문이 난 듯했다.

7년 후 서울에서 직장을 다녔다. 신촌에서 친구와 자취를 했다. 홍대를 다니던 동생도 학교 근처에서 자취를 했다. 돈도 아낄 겸 동생과 합치기로 하고 이사를 했다. 유명한 와우아파트다. 1970년 아파트 한 동이 무너져 33명이 사망한 바로 그 아파트였다. 부실 시공된 동은 오래전에 철거됐고 나머진 말짱했다.

와우산 중턱에 있는 이 아파트는 별났다. 5층 높이에 성냥갑 모양이다. 한 층에 열 가구가 7~8평 크기에서 살았다. 층 중간에 가구 수만큼 모여 있는데, 화장실이 밖에 있었다. 수세식이라 겨울에는 불편했다. 집에 들어서면 턱진 마루가 있고 백열전구가 달렸다. 미닫이문으로 된 방 하나를 주인 할머니가 쓰셨다. 왼편에 부엌과 연탄아궁이가 있었다. 연탄불 위 양은솥에는 항상 물이 끓고 있었다.

겨울 아침에는 마루가 어두웠다. 방에서 나와 불을 켜면 진풍경이 벌어진다. 아궁이 주위에 모여 있던 바퀴벌레가 찰나에 사라진다. 몇백 마리가 되는 듯했다. 방사형으로 퍼지는 모습이 검은색 폭죽 같았다. 큰 놈도 있고 작은 놈도 있다. 한 가족인 듯했다. 아침마다 바퀴를 보는 것이 일상이 되었다.

새벽 잠결에 뭔가가 귀 근처를 지나갔다. 털어낸다는 게 오른쪽 귓속으로 도망갔다. 갑자기 통증이 왔다. '악!' 하고 비명을 질렀다. 놀라 일어난 동생이 불을 켰다. 바퀴인 듯했다. 고막을 긁고 있었다. 어두운 곳을 좋아하는 녀석이 위협을 느끼자 고막을 뚫고 도망가려 했다. 동생이 귀이개를 찾아냈다. 귀 안에 상처만 낼 뿐 닿지 않았다. 소용이 없었다. 귀에서 피가 났다. 고통을 못 이겨 방바닥에 나뒹굴었다. '이렇게 죽나 보다'란 생각이 들었다.

동생이 에프킬라를 찾아냈다. 귓속에 마구 뿌렸다. 녀석이 발악하며 죽어갔다. 숨넘어가는 소리가 들렸다. 살았다는 안도감과 동생에 대한 고마움이 뒤엉켰다. 다른 걱정이 생겼다. 우리 귀는 고막·중이·내이를 통해 뇌와 연결된다. 바퀴약 독이 뇌에 흡수되면 큰일이다. 귓속에 비눗물을 넣고 빼내며 청소를 했다. 이번에도 동생이 도와줬다. 길고 긴 새벽이 지나 아침이 밝았다. 이비인후과에서 죽은 바퀴를 빼냈다. 흡입기 끝에 붙은 바퀴를 확인했다. 3mm 정도 되는 새끼였다. 이렇게 작은 녀석이 내 생명을 위협했다. 능지처참당한 뒤 구천에서 떠돌던 바퀴벌레의 복수였다.

예시문 5

분석

지금까지 든 예문 가운데 가장 정교한 글이다. 팩트, 입말, 단문, 구성, 리듬이 훌륭하다. 팩트는 구체적이다. '그럴듯한 거짓말'은 구체적이라고 했다. 이 글에 있는 내용이 상상력에서 나온 내용이어도 훌륭하고, 젊은 시절 실제 경험이라면 경험을 재현하는 데 아주 구체적이다. 그래서 힘이 있다. 리듬과 입말은 소리 내서 읽어보면 느낄 수 있다. 소리 내지 않아도 상관없다. 수식어가 극도로 절제돼 있고 문장들은 짧다. 구체적인 리듬은 기본적으로 절제된 수식어와 단문에서 나온다.

'매미만 한 놈이었다. 벽을 타고 내려와 책상 뒤에 숨었다. 소탕작전 끝에 산 채로 잡았다. 바늘을 몸에 찔러 창틀 나무에 고정시켰다. 공부하다 틈틈이 연필깎이 칼로 녀석의 일부를 하나씩 잘라냈다. 더듬이를 시작으로 날개와 다리 여섯 개, 마지막에는 머리까지. 한동안 바퀴를 구경하지 못했다. 바퀴들 사이에 소문이 난 듯했다.'

'와우산 중턱에 있는 이 아파트는 별났다. 5층 높이에 성냥갑 모양이다.

한 층에 열 가구가 7~8평 크기에서 살았다. 층 중간에 가구 수만큼 모여 있는데, 화장실이 밖에 있었다. 수세식이라 겨울에는 불편했다. 집에 들어서면 턱진 마루가 있고 백열전구가 달렸다. 미닫이문으로 된 방 하나를 주인 할머니가 쓰셨다. 왼편에 부엌과 연탄아궁이가 있었다. 연탄불 위 양은 솥에는 항상 물이 끓고 있었다.'

위 두 인용문에서 현장감이 느껴지지 않는가. 마치 영화 속 한 장면을 눈앞에서 목격하고 있는 듯한 느낌이 든다. 다만 아파트 내부를 묘사하는 부분을 문 내외로 정리했다. 묘사와 표현은 이렇게 구체적일수록 독자에게 감동을 준다.

구성을 보자.

1. 초고 중간

'이렇게 죽나 보다'란 생각이 들었다. 순간 대학교 때 죽인 바퀴벌레의 얼굴이 보였다. 바퀴벌레의 복수였다.

독자들은 이 대목에서 '결론'을 생각하게 된다. 바퀴벌레의 복수라는 필자의 판단이 나오면서 글이 끝났다는 느낌을 받는다. 젊은 시절 잔인하게 바퀴벌레를 사형시킨 대가라는 필자의 생각은 이 글이 말하려는 주제다. 결론이다. 따라서 뒤에 글이 계속 이어진다면, 이 결론 부분은 맨 끝으로 가는 게 맞다. 실제로 초고를 보면 결론 부분에 '대학교 때 내가 죽인 바퀴벌레가 다시 태어나 복수한 게 틀림없다'라고 이 내용이

들어 있다. 중언부언이다.

또 결론 부분을 보면 이런 대목이 나온다. '티베트 불교에는 윤회사상이 있다. 생명은 거듭 태어나기에, 생명은 끝없이 순환한다 한다.' 소위 '팩트'가 아닌 '주장'이다. 두 줄짜리 짧은 대목이지만 이 대목에서 전체 글이 가지고 있던 힘이 떨어진다. 필자가 주장하려는 '바퀴벌레의 복수' 논리를 뒷받침하기 위해 이 보편적인 이야기를 썼다.

하지만 생각해 보자. 젊은 시절 죽인 바퀴벌레가 복수한다면 환생한 바퀴가 아니고 무엇일까. 당연히 윤회사상에 근거한 판단이고 추측이다. 따라서 이 윤회 관련 내용은 필요가 없다. 글 전체에서 힘을 빼버리고, 필요도 없으니 당연히 삭제해야 옳다. 그래서 결말이 완고처럼 문장 하나, '능지처참당한 뒤 구천에서 떠돌던 바퀴벌레의 복수였다'로 정리됐다. 훌륭한 글이다.

2. '매미만 한 큰 놈이었다' → 매미만 하니까 당연히 크다. '큰'이 필요 없다.

3. '벽을 타고 하강,' → 입말에서는 명사로 문장을 끝내지 않는다. '벽을 타고 하강해' 또는 말할 때는 '벽을 타고 내려와'라고 해야 자연스럽다.

4. '자리 잡은' → '있는'으로 충분하다. '자리 잡은' '위치한'은 일본식 표현이다. 일본식 표현이라고 배제할 이유는 없다. 하지만 더 쉬운

한국어가 있다면 굳이 쓸 이유가 없다.

5. '찰나의 순간' → 찰나가 바로 순간이다. 중언부언.

총평

1. 친구들에게 이야기로 들려줬을 때도 흥미진진했을 글이다. 거꾸로 말하면, 친구에게 이야기하듯 써 내려간 글이다. 그래서 재미있다.
2. 내용 즉 콘텐츠는 팩트가 생명이다. 적절하고 구체적인 팩트로 구성된 글은 백번 지당한 주장보다 큰 설득력과 재미를 준다.
3. 그 팩트를 더욱 재미나게 만드는 요소가 구성이다. 이 글은 과거와 더 과거를 넘나들면서 필자에게 벌어진 일을 '조금씩' 드러내고 있다. 독자로 하여금 끝까지 읽게 만드는 힘이 있다.
4. 팩트와 주장의 차이가 원문 마지막 결론 부분에서 잘 나타난다. 팩트에서 주장으로 전환되면서 힘이 한풀 꺾이는 느낌? 그래서 결론 부분은 되도록 '짧게' 가는 게 좋다. 독자들이 정신 못 차리고 있을 때 한 방 훅 치고 빠져야 독자는 여운을 즐기게 된다.

7장

재미있는 글 쓰기2:
기승전결

○○○

글은 상품이다. 스스로 아무리 잘 썼다고 평가하더라도 글 소비자인 독자가 재미를 느끼지 못한다면 도루묵이다. 내용이 알차고 전달하는 메시지가 심오해도 꽝이다. 재미가 있어야 한다. 대학가에 떠도는 대자보가 됐든 칼럼이 됐든 벽에 걸어놓는 출사표가 됐든 수필이 됐든 재미가 없으면 아무도 읽지 않는다. 서문에 썼듯, 악마를 소환하려면 악마를 감동시켜야 한다.

재미를 위해서는 기본적으로 두 가지가 필요하다. 우선 외형적으로 리듬이 있어야 한다. 독자가 리드미컬하게 읽을 수 있어야 한다. 이는 문장 이야기다. 문장이 리드미컬하게 움직여야 한다. 이에 대해서는 앞 장에서 자세하게 언급했다. 좋은 문장은 좋은 글을 쓰는데 필요조건이다.

하지만 문장이 좋다고 해서 글 전체가 좋다는 법은 없다. 글 전체를 재미있게 만드는 더 큰 원칙이 있다. 구성, 즉 디자인이다. 글을 읽는 재미는 바로 이 구성에서 나온다. 머릿속 마음속 자료더미에서 골라낸 팩트를 서술한 문장을 큰 그림 속에 배치하는 설계도가 구성이다. 옛말도 있지 않은가.

구슬 서 말도 꿰어야 보배.

자, 우리 문장들을 꿰어서 보배로 만들어보자. 서론-본론-결론이 아니다. 기승전결이다.

왜 '서론-본론-결론'이 아닌가

예를 들어 '나는 대한민국이 불쌍하다고 생각한다'라는 주제로 글을 쓰겠다고 해보자. 주제에 심취해서 처음부터 끝까지 대한민국이 불쌍해 불쌍해 불쌍해 불쌍해, 라고 한다면 독자들은 읽다가 지쳐버린다. 중간에 '하지만 잘한 것도 있어' 하고 얼러줘야 한다. 엉덩이도 쳐주고 귀도 긁어주고 겨드랑이도 훑어줘야 한다. 이를 의미, 구성상의 리듬이라고 하자.

대한민국을 혼내기도 하고 달래기도 하고 추어주기도 해야 독자는 대한민국이 불쌍한 줄 안다. 소위 '밀당'을 하라는 말이다. 당기기도 하다가 풀어놓기도 해야 마지막에 "이러니까 대한민국이 불쌍해" 하고 한마디 하면 "맞다, 정말" 하고 독자가 느낄 수 있다.

언제나 친구에게 재미난 이야기를 할 때를 떠올려 본다. 자기가 들은 얘기를 '요거 누구한테 얘기를 해주지' 하고 궁리할 때를 생각해 보자. 유머가 됐든 슬픈 얘기가 됐든 이야기를 잘하는 사람은 1초든 2초든 뜸을 들이면서 생각을 하게 된다. 무의식적으로 기승전결적인 구조를 구성하게 되는 것이다.

글도 마찬가지다. 재미나게 이야기를 하기 위해 구성을 하듯, 글도 구성을 해야 한다. 구성의 기본은 기승전결이다.

왜 '서론-본론-결론'이 아닌가.

독서의 즐거움은 리듬에서 나온다. '서론-본론-결론' 구조에는 그 리듬이 없다. 그래서 재미가 없다. 재미가 없는 글은 독자에게 울림을 주지 못한다.

'서론-본론-결론'은 재미를 위한 구조가 아니다. '메시지 전달'이 목적인 구조다. 효율적인 구조다. 독자 감정이나 독서하는 즐거움을 배려하지 않고 곧바로 필자 주장을 펼치려고 한다면 '서론-본론-결론'으로 글을 쓰면 된다.

문자가 탄생한 이래 '서론-본론-결론'은 가장 효율적인 글쓰기 방법이었다. 전쟁 발대식에도 '서론-본론-결론(나가자 싸우자 이기자)'이 쓰였고 평화를 위해서도 '서론-본론-결론(갈등을 멈추자-전쟁을 멈추자-평화롭게 살자)'이 쓰였다. 하지만 '서론-본론-결론'은 메시지와 주장을 전달하는 데는 효율적이지만 재미난 독서를 위해서는 좋은 구성이 아니다. 시간이 궁핍하고 요점만 따박따박 전달하려면 이 같은 구조가 효율적이다. 필자가 전달하려는 바를 독자들은 단번에 알아차릴 수 있다. 하지만 '안다'와 '느낀다'는 다르다. 우리가 글을 쓰는 궁극적인 목적은 메시지를 전달하는 데 있지 않다. 한 걸음 나아가 메시지를 '공감'하게 만들어야 한다. 깊고 울림이 있는 메시지 전달에는 '기-승-전-결' 구조가 효과적이다. 아래 글을 보자.

- 서론: 대한민국은 경제 불황이라는 늪에 빠져 있다. 2002년 월드컵 때 대한민국은 화려했는데, 그때가 그립다.
- 본론: 늪에 빠진 지난 10년 동안 청년들은 일자리를 잃고, 나라는 늙어버렸다. 부활할 수 있는 동력은 없다.
- 결론: 총력전에 나서야 한다. 지금 '동력 제로'는 경제만 아니라 정치, 경제, 사회, 문화 모든 분야에서 벌어지는 현상이다. 10년 전 화려한 때 우리가 어떻게 했는지 추억을 떠올려 보자. 그 추억 속에서 우리가 했던 그 총력전을 다시 펼쳐보자.

- 기: 대한민국은 경제 불황이라는 늪에 빠져 있다.
- 승: 늪에 빠진 지난 10년 동안 청년들은 일자리를 잃고, 나라는 늙어버렸다. 부활할 수 있는 동력은 없다.
- 전: 1960년대 서울대 의대를 졸업한 사람들이 일자리를 찾아서 아프리카 우간다 정신병원으로 간 적도 있었다. 그때 국민소득이 100달러였다. 지금은 어떤가. 2만 달러가 넘는다. 단군 이래 대한민국이 지난 10년처럼 정체된 적은 없다. 다시 말하

면, 지난 10년이 오히려 대한민국에 예외적인 시기였다. 잃어 버린 10년을 되찾겠다고 일본은 벼르고 있다. 기시다 정권은 정치적, 경제적, 외교적으로 옛 영화를 부활시키겠다고 총력전을 벌인다. 세계가 우려할 정도다.

• 결: 한국은 일본처럼 총력전을 벌이고 있나? 4000년 넘도록 성장해 온 국가다. 가만히 앉아서 얻은 성장이 아니었다. 총력전을 벌이지 않으면 누가 감을 따서 입에다 넣어줄 것인가. 10년 전 화려한 때 우리가 어떻게 했는지 추억을 떠올려 보자. 그 추억 속에서 우리가 했던 그 총력전을 다시 펼쳐보자. 그때 우리는 감나무에 직접 올라가 감을 땄다.

어떤 구조가 재미있는가. 그리고 어떤 구조가 독자에게 설득력이 있는가. 당연히 '서론-본론-결론'이 아니라 '기-승-전-결'이다.

기승전결이란?

起(기)는 '일으켜 세울 기'다. 아침에 침대에서 일어나는 기상(起床) 할 때 쓰는 기 자다. 글에서는 '주제를 일으키는 단락'을 뜻한다.

예를 들어서 '2023년 설날 아침'에 대해 글을 쓴다고 하자. 뭘 얘기할까, 주제는 뭐로 정할까, 주제에 맞는 이야기를 하려면 처음에 어떻게 시작해야 할까. 이런 고민들이 글을 쓰는 사람 머릿속에서 분주하게 생겨난다.

예를 들어 '여자들은 일하고 남자들은 유유자적하는 명절'을 주제로 정했다고 하자. 첫째, 재미를 이끌게 하려면 2023년 설날 아침 아홉 시에 벌어졌던 풍경 얘기를 할까. 아니면 설날 아침에 큰집에 가기까지 복잡한 과정을 얘기할까. 아니면 그때 늦잠 자려는 아이를 깨웠던 얘기를 할까. 이런 걸 궁리를 한다.

이런 고민 없이 쓴 글은 '설날은 고유한 민족 전통 명절로 한가위와 함께 한국 사람에게 최고의 명절이다'로 시작하게 된다. 누구나 다 알고 그래서 재미없는 시작이 된다. 팩트 없이 주장을 하기 위해서 설날의 보편적인 의미와 인식에서 글이 시작하게 된다. 명심하자. 주제 그 자체가 아니라 '주제를 일으키는' 단락이 기다.

承(승)은 기에서 일으켜 세운 주제를 발전시키는 단계다. 이을 승이다. 대개 첫 번째 문단 내지는 첫 번째 단락 그러니까 기와 두 번째 단락은 하는 얘기가 비슷하다. 엉뚱한 얘기를 하지는 않는다. '비슷한 이야기'로 앞에서 튀어나온 주제를 이어가는 단락이 승이다.

기에서 설날 벌어진 풍경을 이야기했다면 두 번째 단락인 승에서는 풍경에 대한 조금 더 발전된 얘기가 나와야 한다. '이러이러하게 부산을 떤 끝에 설날 아침 큰집에 갔더니 벌써 큰어머니는 부엌에서 상 차리고 있더라.' 여기에서 기가 끝났다고 치자.

두 번째 승에서는 그 풍경에 대한 상세한 이야기가 이어져야 한다. 느닷없이 큰집 화장실을 가고 싶었다든지, 아이들이 세배를 했다든지 하는 엉뚱한 얘기가 나오면 독자들은 당황한다. 아직 독자들은 다른 장면으로 넘어가기에는 호흡이 끝나지 않은 상태다. 기에서 운을 뗀 이야기를 더 세밀하게 들어가야 한다.

큰집에 도착했더니 이미 부산하게 상을 차리고 있었다. 상을 보니까 상에는 홍동백서 그다음에 명패가 있고 뭐가 있고 뭐가 있고 뭐가 있더라. 상 밑에는 부스러기가 떨어져 있더라, 예법에 적힌 그대로 잘 차려놨더라, 그런데 큰집은 아파튼데, 홍동백서가 말이 되는가.

이렇게 글이 전개되면 독자들은 앞 단락에서 나온 이야기에서 호흡을 잃지 않고 읽게 된다. 점차 설날 아침 풍경으로 몰입하게 된다. '설날 큰집 나들이' → '큰집 상차림과 홍동백서', 이렇게.

그다음이 轉(전)이다. 장면과 메시지를 새롭게 전환시키는 단계다. 전은 '펼치다'라는 전(展)이 아니라 '돌린다'는 뜻이다. 즉, 장면전환을 뜻한다.

자, 독자들이 여기까지 바쁘게 읽었다. 그럼 이제는 이 숨 가쁜 독자에게 여유를 줄 차례다. 쉴 여유를 주면서 약간 딴 이야기를 해준다. 주제에서 완전히 벗어난 얘기를 한다면 돌아오기가 쉽지 않다. 그래서 '약간 딴' 이야기다.

어설픈 필자라면 홍동백서에서 곧바로 '여자들이 어렵게 차려놓은 차례상 앞에 남자들이 절을 한다. 홍동백서를 제대로 지키지 않은 차례상을 놓고 남자들이 여자들에게 타박을 한다. 저들이 오늘

한 일이 도대체 뭔가'라고 써재껴 버린다. 그래도 좋다. 하고 싶은 말을 원 없이 하면 되니까. 하지만 고수가 쓰는 수가 아니다. 고수는 언제나 마지막 칼을 숨긴다. 어디에? 轉 속에 숨긴다. 대신 허리춤에 숨겨둔 마데카솔을 꺼낸다. 설날 우리네 여자들 설움은 잠시 접어두고서 고수는 엉뚱한 이야기를 한다.

옛날에 뉴질랜드 원주민 마오리족들 설날에 초대받아 갔다. 마오리족 할머니가 내 코랑 자기 코를 비비며 인사를 했다. 전통적인 인사법이라고 했다. 할머니도 놀고 엄마도 놀고 여동생도 놀고 있었다. 배가 고파 죽겠는데, 뭘 내놓을 생각도 않고 놀고 있더라. 그런데 얘네들이 땅바닥에서 뭘 꺼내는데 바나나 잎으로 덮은 돼지가 한 마리 튀어나오더라. 그거를 앞뒤 안 다투고 먹더라. 이미 남자들이 구덩이를 파놓고 숯불을 피우고 그 위에 바나나 잎이랑 돼지고기랑 열대 과일을 올려서 밤새 쪄놓은 요리였다. 진흙을 개서 그 위를 덮어놓았으니 그게 뭔지 나는 알 수도 없었다. 돼지고기는 밤새도록 흙 속에서 과일 풍미를 흡수하며 익어 있었다.

이런 식으로 전혀 엉뚱해 보이면서 연관된 장면으로 한 번 돌려주는 단계가 필요하다. 그 단계를 전이라고 한다.

독자들은 이 엉뚱한 이야기를 읽으면서 숨을 고르게 되고, 결론으로 치닫는 글의 마지막을 예상하게 된다. 지금까지 고수의 칼날에 온몸에 상처를 입었던 독자들은 고수가 뿌려대는 마데카솔에 얼이 빠진다. 바로 그때 등 뒤에서 칼을 빼내서 단칼에! 그게 결이다. 전이 없으면 독자는 만신창이가 된 몸이 너무 아파서 결(結)까지 숨을 잇지 못한다.

전을 구성할 수 있는 구체적인 방법은 전에 해당하는 듯한 단락을 빼 보기다. 초고를 완성해 놓고서, 다시 읽으며, '서론-본론-결론' 구조에서 뭔가 이탈해 있는 단락을 찾아내 없애보라.

첫째, 그 문단 혹은 의미단위를 완전히 덜어내고서 앞뒤를 연결해 읽어봤을 때 무난하게 읽혀야 한다. 둘째, 무난하긴 한데 뭔가가 허전해야 한다. 허전하지 않다면 그 단락은 불필요한 단락이고 허전하면 '있으면 글이 더 재미있어지는' 전이다.

그 '있으면 더 재미있어지는' 단락을 더 재미있게 만들 고민을 해본다. 그러고 나서 결(結)로 전체를 묶어서 정리를 하면 글이 끝난다. 독자들이 결론 부분을 읽고 감동을 느끼게 하기 위해서 이 장면 전환, 전이라는 국면이 필요하다.

結(결)은 맺는다는 뜻이다. 글을 매듭짓는 단계가 결이다. 매듭을 어설프게 지으면 풀어진다. 매듭은 '꽁꽁' 묶어서 풀어지지 않도록 해야 한다. 그게 결이다. 결에 대해서는 다음 장 '관문'에서 다시 이야기하도록 하자.

이렇듯 글이란, 기-승으로 이어져 전에서 한 번 휴식을 취한 뒤 결론이 나와야 한다.

자 봐라, 홍동백서를 지키려고 한다면 똑똑하신 남자들이 지켜라, 왜 여자들을 고생시키나. 마오리들을 보라, 재네들이 그러면 후레자식이라서 여자들은 놀고 남자들은 밤새 개고생하냐.

이렇게 해야 한다. 처음부터 끝까지 풍경에서 풍경, 우리 설 풍경, 우리 설 풍경 그리고 고생하는 여자, 노는 남자로 글을 이으면 독자들은 숨은 숨대로 가쁘면서 재미도 느끼지 못한다. 좋은 이야기도 계속 들으면 지겨운 법이다. 하물며 처음부터 끝까지 '나쁜 남자들'로 일관하는 이야기를 그 누구가 경청할 것인가.

첫 문장을 독자가 읽으면서 아 이제 이 사람이 뭘 얘기하려고 하는구나 하고 알아채 버리면 그 이하는 재미를 줄 수 없다. 자, 이래도 안 볼래 하고 재미를 던져주는 단락이 전이다. 없어도 말은 된다. 하지만 있는 것보다는 글이 재미가 없고 사람들을 붙잡아둘 수 있는 힘이 떨어지게 된다. 이 재미와 힘을 붙잡는 단계가 전이다.

장면 전환적인 국면을 만들어 숨을 쉬게 만든다. 이때까지 긴장했던 독자들에게 여유를 주며 긴장을 풀어줬다가 마지막에 한 방을 쳐올려 본다. 결론은 뒤로 한 걸음을 후퇴했다가 내지를 때 더 무섭다.

논문이나 리포트에 나오는 서론-본론-결론 형태의 글 구성과 비교해서 다른 점이다. 아니, 논문이나 리포트도 마찬가지다. 레퍼런스가 있지 않은가. 풍부한 반증 자료와 선행연구 사례, 그리고 논문 결론에 반하는 반(反) 실험적인 근거들을 제시한 다음 이를 역으로 반박하면 논문은 더 풍부해진다. 이게 이 책에서 말하는 '전'이다.

기승전결 구성에서 유의할 세 가지

장면전환에 따른 의미단위의 배치

문장을 적절하게 끊고 적절한 곳에 배치하면 리듬이 생긴다. 국면 전환은 분명히 있는데 그 국면들이 쉼 없이 이어져 있으면 독자들은 헷갈린다.

영화나 드라마에 나오는 장면전환을 상상해 보자. 한 신(scene)에서 다른 신으로 내용이 넘어간다면 그 넘어가는 부분에서 문단을 나눠보라. 독자들이 더 쉽게 읽을 수 있다. 독자들은 요만큼의 글덩어리, 의미단위를 읽고 1초든 2초든 쉼표를 주고 그다음으로 시선을 옮긴다. 흐름이 비슷하게 문단이 나눠져 있어야 사람들이 호흡을 글에 맞춰서 읽을 수 있게 된다.

'글덩어리' 혹은 '의미단위'는 필자가 만든 개념이다. '하나의 장면 혹은 국면이나 소재를 이야기하는 문단 묶음'이다. 문단이라는 개념과 일치할 때도 있고 여러 문단을 뭉쳐서 의미단위 하나로 묶을 수도 있다.

'~했다. ~했다. ~했다.'라는 여러 문장으로 A라는 주제에 대해 글이 전개된 후 B나 AA에 대한 이야기가 새로 시작됐다고 하자. 그러면 문단을 나눠줘야 마땅하다.

문단을 나눠주면 모양만 문단이 나뉘는 게 아니다. 독자들이 무의식적으로 아니면 알아서 눈을 다음 줄로 넘어가면서 그 문단이 끝나는 지점에서 0.5초든 1초든 심리적으로 쉬고 그다음을 기대하면서 읽게 된다.

리듬을 위해서 문단과 의미단위는 중요하다.

두 문단이 겉으로는 붙어 있는데 다른 이야기를 하고 있다면 읽을 때 급해지고 조마조마해진다. 혹은 분명히 같은 얘기를 하고 있는데 문단이 떨어져 있다면 독자들은 내가 왜 같은 이야기를 중간에 쉬고 읽었지 하고 느끼게 된다. 의미가 같은 얘기를 하고 있었다면 문단을 붙여야 한다. 아무리 길더라도. 그렇지 않으면 독서 흐름이 끊기고 리듬이 무너진다.

미끼 문장/다리 문장을 활용한다.

한 문단에서 다른 문단으로 독자를 연결해 주는 연결고리를 다리 문장이라고 부르겠다. '미끼 문장'이라고 해도 맞다. 독자에겐 미끼가 필요하다. 한 글덩어리에서 다음 글덩어리로 시선을 이을 수 있는 다리가 필요하다.

A 문단이 있고 B 문단이 있고 C 문단이 있고 D 문단이 있다. A, B, C, D 이렇게. 이 기승전결로 자기가 썼다고 가정을 하자. 그런데 A와 B가 전혀 상관없고 B와 C가 전혀 상관없고 C와 D가 전혀 상관없게 구성이 이루어져 있다면? 독자들은 헷갈린다.

그래서 앞 문단의 내용을 상기시켜 주고 뒤 문단을 암시하는 문장을 하나씩 넣어본다. 이게 다리 문장이고 미끼 문장이다.

이 문장 덕분에 그 뒤 문단으로 눈길이 이어질 수 있도록 힌트를 주는 것이다. 하지만 문단 내용상 뒤쪽 문단 혹은 글덩어리로 자연스럽게 흐름이 이어진다면 미끼 문장은 필요 없다.

흥미가 증폭되는 구조로 구성한다

재미가 전개되는 그래프가 직선이나 곡선으로 휘며 가속도가 붙는 글은 흥미진진하다. 다음 내용이 빤하게 예상이 되는 글은 재미가 없다. 그래프가 수평이거나 하락하는 글은 잘못된 글이다. 기승전결, 각 문단, 의미단위에서 뒤쪽에 대한 기대감을 증폭시킬 수 있도록 팩트를 배치한다. 무조건 '팩트'다. 팩트를 앞세우고 자기 의견이나 메시지를 뒤에 놓는다.

초등학교에서 숙제로 낸 일기장은 구조가 대개 이렇다.

> 나는 아침에 일어났다. 아침에 일어나서 화장실 갔다가 밥을 먹고 학교에 갔다. 선생님한테 맞았다. 벌로 청소를 했다. 집에 와서 밥 먹고 잤다.

다 팩트다. 그런데 재미가 없다. 숙제로 쓰는 글, 마지못해 쓰는 숙제 일기가 그렇다. 그 일기를 이렇게 써보자.

나는 뒈지게 얻어맞았다. 오후 네 시에 뒈지게 얻어맞았다. 다른 날 하고 똑같았다. 어제는 더 맞았다. 오늘 아침에 일어났다. 다른 날 하고 똑같아서 불길했다. 오늘도 뒈지게 맞지는 않을까. 아니나 다를까 또 맞았다. 청소했다.

'뒈지게 얻어맞았다. 다른 날 하고 똑같았다'가 기(起)고 '어제는 더 맞았다'가 승(承)이다. '다른 날하고 똑같아서 불길했다'는 없어도 상관없지만 있으니까 더 재미있는, 조금은 엉뚱한 글덩어리, 즉 전(轉)이다.

똑같은 내용이지만 어떻게 구성하느냐에 따라 재미가 달라진다.

- 밋밋함: 일어났다. 밥 먹었다. 학교 갔다. 벌섰다. 맞았다. 청소했다. 집에 갔다. 잤다.
- 구성이 들어간 재미: 뒈지게 맞았다. 어제와 똑같았다. 아침에 똑같이 일어났는데 불길했다. 또 맞았다. 청소하고 집에 와서 또 디비 잤다. 똑같이 잤다. 내일도 느낌이 이상하다.

참을성이 없거나 얘기를 못하는 사람은 결론을 먼저 얘기한다. 웃긴 얘기를 할 때 자기가 먼저 웃는다. 이야기꾼은 참는다. 혀를 깨물고 웃음을 참고서 얘기한다. 웃음은 나중에 걔들한테 터져야지 내가 터질 게 아니다, 라고 생각한다. 말은 튀어나가 버리면 주워 담지 못하지만 글은 고칠 수 있다. 글은 말보다 쉽다.

미끼 문장에는 뒤쪽에 대한 기대감을 증폭시킬 수 있는 팩트 사용

4.19학생운동, 학생혁명 격문은 학우들이 일어나야 하는 근거, 이유를 설명해 줘야 한다.

이승만이 국부로 추앙을 받는 사람이라 할지라도 학생운동, 4.19의 목표가 된 데는 이유가 있다. 학생운동을 이끌었던 사람들이 그 이유를 학생들에게 설득해야 한다. 설득을 할 때는 명분이 아니라 팩트로 설득해야 한다.

'민주주의여 만세, 독재 타도'라고 하면 설득은 불가능하다. '사사오입 개헌, 지구의 수학 역사가 바뀌어야 되는 사사오입 개헌을 합법적이고 틀리지 않았다고 한다. 이게 말이 되나. 마산에서 학생이 최루탄에 맞아 시체로 발견됐다.' 이러면 설득이 된다.

자, 사사오입 개헌에 의하여 민주주의가 꽃피지도 못하고 스러질 처지에 달했다. 그다음에 쓸 내용은, '그러니 떨쳐 일어나자'가 아니다. '그런데 그저께 마산 앞바다에서 김주열 학생의 시체가 발견이 됐다. 오른쪽 눈에는 눈 대신 최루탄이 박혀 있었다'라고 써야 한다. 민주주의를 위해 떨쳐 일어나라는 말이 중요한 게 아니다. 팩트가 중요하다. 그러면서 피를 끓게 만들어야지 피여 끓어올라라 하고 주장만 해서는 피를 끓게 할 도리가 없다.

주장을 하고 싶어서 글을 쓴다. 그렇다면 주장은 맨 뒤에 숨겨놓아야 한다. 안 써도 팩트만 보고 독자들이 민주투쟁을 해야겠구나, 라고 느끼게 만들어야 한다. 좋은 글은 팩트로 가득 차 있다.

아까 숙제로 일기를 쓰는 아이 이야기를 더 하자면, '먹었다-잤다-맞았다'는 팩트들을 흥미진진하게 구성해서 나중에 '이 아이는 맨날 맞는 애구나'라고 느낄 수 있게 만들라는 얘기다. 그 주장에 대한 찬성 여부는 별도 이야기다. 주장을 전달하려면 주장은 팩트 뒤로 숨겨야 한다.

다음 글은 동일한 사실에 대해 서술한 글이다. '구성'이라는 개념을 염두에 두고 쓴 글과 구성을 의도하지 않고 그냥 써 내려간 글이 어떻게 다른지 느껴보자. '구조'를 미리 설계하고 이 설계도에 맞춰 쓴 글과 막연하게 하고 싶은 이야기를 써 내려간 글은 다를 수밖에 없다. 글은 상품이다. 상품 제작은 당연히 설계도에 근거해야 한다.

구성 전

숙제

정애영

나는 맛깔스럽게 쓰고 이야기를 하는 사람이 부럽다.

글 잘 쓰는 방법을 찾을 수 있으리라 기대하며 용기를 냈다.

2016년 겨울 글쓰기 강의를 듣게 된 연유다.

입말을 기록하면 글이 된다는 첫 강의에 고무되었다.

밥이란 글제로 글쓰기 숙제를 받았다. 친숙한 주제라 다양한 소재가 떠올랐다. 그러나 그 뿐. 강의가 계속 되는 동안 머릿속만 복잡하고 숙제 제출은 한 번도 못 했다.

매주 화요일 저녁이면 가족들이 숙제했냐고 묻는다.

미안한 표정으로 도리도리하면 가족들은 웃는다. 웃음 속엔 "그러고도 우리한텐"하는 소리가 들어 있다.

1973년 미북여고 졸업반 때 학교문집에 글이 실렸던 사실을 생각해 냈다.

대학 다닐 땐 문예클럽 회보에 자주 글을 올렸다.

글 솜씨가 제법이라는 소리도 들었다.

대학졸업 후 직장 생활, 결혼, 출산, 7년 반 런던 생활과 직장 생활, 귀국 후 직장 생활, 늦둥이 출산, 전업주부, 첫아이 결혼, 손녀 손자, 많은 여행들.

이야깃거리는 늘어났다. 다양한 글감이 있고 쓰고 싶은데 써 내려가지질 않는다.

깊이 응어리져 막힌 것을 토해내야만 가능할 것인가?

신혼 초 아이를 가져 입덧이 심해 친정에 며칠 다녀왔었다.

문 열어주는 남편의 쌩하던 표정이 눈에 선하다.

혼자 심심해하다 내 처녀적 일기장을 읽게 되었단다.

어떤 남자한테 맘이 가 있어 보이는 내용이었단다.

자기를 만나기 전 이야기니 상관없지만 그 일기장이 신혼집에

있는 게 문제란다. 억지도 그런 억지가 없다.

거리낄게 없는 당당했던 나의 젊은 시절 이야긴데

억울하고 서운했다.

몇 년 뒤 남편이 사과를 했지만 이미 난 결심한 뒤였다.

작은 감정 하나라도 글로써 남기는 일은 안 한다고.

환갑 지난 아내가 어떤 글을 쓴들 또 뭐라고 하겠는가.

2016년 3월 마지막 강의를 듣고서야 글쓰기에 도전하고 있다.

'사실을 입말로 짧게 리듬에 맞춰 쓰되 재미있게 읽을 수 있게 쓰라'는 거듭된 강사 말을 컴퓨터에 붙여두고서.

선생님 글쓰기 숙제 주셔서 고맙습니다.

구성 후

숙제

정애영

1973년 미북여고 졸업반 때 학교 문집에 글이 실린 적이 있다. 대학 다닐 땐 문예클럽 회보에 자주 글을 올렸다. 글솜씨가 제법이라는 소리도 들었다. 지금은 아니다. 맛깔스럽게 쓰고 이야기를 하는 사람이 부럽다.

신혼 초 아이를 가져 입덧이 심해 친정에 며칠 다녀왔었다. 문 열어주는 남편의 쌩하던 표정이 눈에 선하다. 혼자 심심해하다 내 처녀 적 일기장을 읽게 되었단다. 어떤 남자한테 맘이 가 있어 보이는 내용이었단다. 자기를 만나기 전 이야기니 상관없지만 그 일기장이 신혼집에 있는 건 문제라고 했다.

억지도 그런 억지가 없다. 거리낄 게 없는 당당했던 나의 젊은 시절 이야긴데 억울하고 서운했다. 대판 싸웠다. 몇 년 뒤 남편이 사과를 했지만 그때 난 결심했다. 작은 감정 하나라도 글로 남기는 일은 안 한다고. 그렇게 결심하고 평생 살았다. 살다 보니 환갑이 넘어버렸다. 고등학교 시절, 대학 시절 문집에 글을 올리던 나는 없다.

대학 졸업 후 직장 생활, 결혼, 출산, 7년 반 런던 생활과 직장 생활,

귀국 후 직장 생활, 늦둥이 출산, 전업주부, 첫아이 결혼, 손녀 손자, 많은 여행들. 이야깃거리는 늘어났다. 다양한 글감이 있고 쓰고 싶은데 써내려가지질 않는다. 깊이 응어리져 막힌 것을 토해내야만 가능할 것인가? 2016년 겨울 글쓰기 강의를 듣게 된 연유다.

입말을 기록하면 글이 된다는 첫 강의에 고무되었다. 밥이란 글제로 글쓰기 숙제를 받았다. 친숙한 주제라 다양한 소재가 떠올랐다. 그러나 그뿐. 강의가 계속되는 동안 머릿속만 복잡하고 숙제 제출은 한 번도 못했다. 매주 화요일 저녁이면 가족들이 숙제했냐고 묻는다. 미안한 표정으로 도리도리하면 가족들은 웃는다. 웃음 속엔 "그러고도 우리한텐" 하는 소리가 들어 있다.

2016년 3월 마지막 강의를 듣고서야 글쓰기에 도전하고 있다. '사실을 입말로 짧게 리듬에 맞춰 쓰되 재미있게 읽을 수 있게 쓰라'는 거듭된 강사 이야기를 컴퓨터에 붙여두고서. 그리고 남편, 이제 나 글 쓴다. 또 할 말 있으면 해보시지.

8장

재미있는 글 쓰기3: 원숭이 똥구멍에서 백두산까지

○○○

제목 그대로다. '원숭이 똥구멍'은 우리 모두 어릴 때 불렀던 원초적인 랩이다. 원숭이 똥구멍이 왜 백두산인지를 글에서 증명해야 한다.

얘기하고 싶은 주제가 '원숭이 똥구멍은 백두산'이다. 그런데 첫 문장에 '원숭이 똥구멍은 백두산이다'라고 써버리면 더 이상 글을 진행할 수가 없다. 더 얘기할 소재도 없고 독자에게 똥구멍이 왜 백두산인지 설득할 수도 없다.

자, 원숭이 똥구멍은 빨개. 빨가면 뭐야, 사과야. 사과는 뭐야 맛있지, 맛있는 건 바나나야. 바나나는 길지? 긴 건 기차, 그런데 기차는 빨라. 빠른 건 비행기야. 비행기는 높지, 높은 게 뭐야, 그래서 원숭이 똥구멍이 백두산인 거야.

독자들이 어어어 하고 읽다 보니까 원숭이 똥구멍이 백두산이 돼버렸다. 이렇게 주제를 설득하는 과정이 글이다. 원숭이 똥구멍=백두산이라고 얘기하는 게 아니라 스토리를 풀어나가는 게 글이다.

원숭이 똥구멍부터 백두산까지 수식어가 단 하나도 없고 주어와 술어밖에 없다. 수식어 없이 맹맹하다. 하지만 이 랩을 처음 들은 애들은 얼마나 재미가 있었을까. 아이들이 좋아하는 똥구멍 얘기가 나오지, 얘기가 끝없이 이어지지, 군말 없이 순식간에 백두산까지 가버리니 아이들은 1초 만에 이 랩을 외우고 다른 독자에게 이 글을 전파하게 된다. 우리가 쓰는 글은 이 리듬감을 타고 수식어 없는 단문으로 독자들에게 설득력 있는 논리를 펴는 글이다.

정리를 해보자.

팩트를 스토리로 둔갑시키는 방법

1. 내용은 팩트로 가득 채운다.
2. 팩트로 가득 채운 내용을 리듬감 있는 형식으로 전달한다.
3. 명확한 주제를 위해선 아까운 팩트라도 곁가지는 희생시킨다.

글 욕심을 내다 보면 필요 없는 얘기를 많이 쓰게 된다. 곁가지가 늘어난다는 뜻이다. 필자 자신이 볼 때는 필요하고 재미있는 이야기지만 독자가 읽을 때는 뜬금없는 부분이 반드시 있다. 과욕이 만드는 부실시공이다.

자기가 재독을 하고 삼독을 했을 때 그 부분이 전체 맥락에 필요가 없다고 생각이 되면 과감하게 빼버리고 주제에 더 정합적인 팩트들을 더 집어넣는 습관을 길러야 한다. 아깝다고 그냥 놔두면 그 글의 구조를 더 해치게 된다. 이게 원숭이 똥구멍이 백두산으로 갈 수 있는 핵심이다.

4. 의미상의 흐름을 따라 글을 배치한다.

이 문장은 저기에 갔으면 좋겠다, 라고 느끼는 경우가 있다. 분명히 주제와 관련된 문단이나 문장이라 할지라도 문맥상 위치에 따라 뉘앙스가 달라진다. 초고를 쓸 때는 어쩔 수 없다 할지라도 다음번에 읽으면서 이런 부분을 살펴봐야 한다. 그래서 원숭이 똥구멍 다음에 사과가 나와야지 바나나가 나오면 안 된다. 백두산이 바로 나오면 더 안 된다. 바로 이 맥락이 의도한 대로 흘러가도록 문장, 문단, 글덩어리를 배치해야 한다.

간단하게 말하면 기승전결은 기-승-전-결로 이어져야 한다. 기-전-승-결이 되면 안 되고 기-결-전-승이 돼도 안 된다. 중간에 바윗돌이 있으면 물줄기가 바뀐다. 물이 잘 흘러가야 하는데, 갑자기 큰 바윗돌이 나타나서 물이 갈라져서 양쪽으로 새게 되면 물살 힘도 떨어지고 흘러가는 재미도 없게 된다.

독자들은 발원지에서 바다까지 거침없이 흐르는 글을 원한다. 자기가 쓴 글이 그런 거침없는 글인지 궁금하다면, '원숭이 똥구멍-사과-바나나-기차-비행기-백두산'에 자기 글을 대입해 보라.

5. 아까운 에피소드지만 주제와 무관하면 쓰지 않는다. 반드시 설

계도에 따라 시공을 한다.

'아까운 팩트라도 희생시킨다'는 말을 부연해 보자. 글을 쓰다가 막 생각나는 사실을 덧붙이면 흐름이 끊긴다. 아까운 이야기, 아까운 에피소드지만 주제와 무관한 이야기면 쓰지 않는다. 오로지 설계도에 따라 시공한다. 설계를 미리 해놓지 않으면 자꾸 머리에서 생각나는 대로 쓰게 된다. 아, 이런 일이 있었지 하고 글 중간에 완성된 문장을 삽입해버리면 설계도에서 멀어진 글이 나오게 된다. 처음 봤을 때는 잘 연결된다고 생각을 하겠지만 다 쓰고 날 때쯤이면 형편없이 나가 있다.

그때는 뜯어고치기가 어렵다. 원래는 이렇게 설계돼 있던 집이 저렇게 완성돼 있다. 그런데 이게 예뻐 보인다. 예쁘기만 할 뿐, 사람이 살지는 못할 집이다. 고치려 해도 늦었다.

그럼에도 불구하고 필자들은 직격탄을 쏘고 싶어 한다. '내가 생각할 땐 분명 백두산이니, 써 버리지 뭐.' 자기가 무슨 예언자인 양 무지몽매한 독자들에게 하나라도 더 가르침을 줘야 한다고 믿는다.

독자들은 받아들일 수 없다. 원숭이 똥구멍이 사과로 가고 바나나로 가고 기차로 가고 비행기로 가서 백두산까지 가서 이어지게 만들어줘야지 독자들이 읽으면서 맞다, 맞다 하고 동의를 하게 된다. 어어어어, 하다가 어느 순간 원숭이 똥구멍이 백두산임을 신뢰하게 된다.

설령 나중에 고치지 뭐 하고 염두에 두고서 쓴다고 해도 그때는 고칠 수가 없게 된다. 글을 쓰는 과정에서 뭐가 생각난다든지, 다른 자료를 뒤져서 뭔가 새로운 게 나왔다든지 하면 따로 옆에 빼 놨다가 글을 완성한 뒤 그 에피소드를 집어넣을 곳을 찾아라. 싫다면? 글을 완전히 허물고 설계도를 다시 그려라.

6. 그러면 그 아까운 이야기는 어떻게 처리해야 할까? 따로 보관을 해두라. 언젠가는 쓰임이 있다.

바로 여기에 2장에서 언급한 메모와 엑셀이 등장한다. 메모를 한 사람들은 다 가지고 있고, 메모를 안 한 사람들은 전부 흘려보낸다. 이 글에 쓰질 못했으니 지워버리지 뭐, 하고 지우개를 들거나 delete 키를 누르지 마라. 나중에 자기 재산이 된다. 당신은 글을 한 번만 쓰고 말려고 이 책을 구입했는가? 어렵게 수집한 글 재료는 한 번 써먹은 뒤에도 재활용할 수 있고, 재활용해야 한다. 수집하고 사용하지 못한 글 재료, 팩트는 언젠가 다른 글을 위해 보관해 둔다. '보관'과 '방치'는 다른 말이다. 방치한 팩트는 되찾을 수 없다. 보관한 팩트는 필요할 때 꺼내서 쓸 수 있다.

그 '보관'한 팩트가 메모며 엑셀이다. 각각 팩트를 메모장에 기록하고(필자는 hwp 파일에 기록한다) 그 기록된 팩트 개요를 엑셀에 키워드나 저장 폴더를 적어둔다. 부자가 된 듯하지 않은가.

소설가가 되기 전 마크 트웨인은 기자였다. 원래는 금광을 찾아서 샌프란시스코에서 미주리 강가 마을에 정착한 사내였다. 금광은 말아먹고 쫄딱 망했다. 먹고 살려고 구한 직업이 버지니아 시티라는 조그만 마을 신문사 기자였다.

금광 시대였다. 1840년대 갑자기 지구상 도처에서 금이 나오기 시작했다. 금광이 있는 곳에는 뭐가 있겠는가. 여자가 있고 술집이 있고 도박이 있고 싸움이 있었다. 매일매일 쓸 거리가 흘러넘쳤다. 트웨인이 기자로 일하던 신문사는 서른 평이 채 되지 않는다. 거기에 조그만 의자와 두꺼운 나무 책상을 놓고 기사를 썼다. 어느 날 싸움이 없는 날이 생겼다. 저 사람, 마구 지어내기 시작했다. 그래서 소설가가 되었다. 편집국장한테 엄청 욕을 먹었다. 왜 멀쩡하게 살아 있는 놈 팔 부러졌다고 했냐, 왜 길 건너 모텔에 유령이 나온다고 했냐 등등. 그래서 소설가가 되었다.

소설가가 된 이 기자가 훗날 말했다. 팩트를 챙겨라, 그다음에 팩트를 왜곡하면 된다. 기자로서는 있을 수 없는 덕목이지만 소설가로서는 이만한 덕목이 없다. 팩트가 있으면 그 팩트를 버무려 탁 던지면 스토리가 된다. 팩트 없이 머릿속에서 나오는 스토리는 누가 보더라도 빈틈이 많고 구멍이 많은 글이다. 상상력은 한계가 있는 법이다.

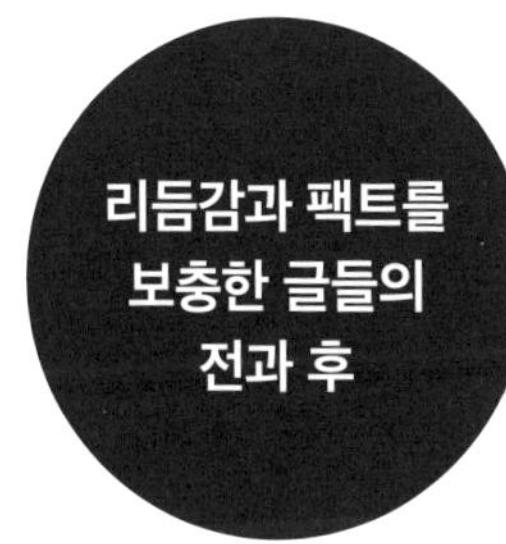

1. 초고와 완고, 분석과 총평 순서로 배열했다. '신뢰할 수 있는 첫 번째 독자에게 보여주기'가 글쓰기 마지막 과정이다. 그 첫 번째 독자가 던지는 평을 참고해 초고 글을 수정함이 마땅하다. 이 책에서는 필자가 그 '신뢰할 수 있는 첫 번째 독자' 역할을 맡았다. 수정 과정을 거쳐 완고가 탄생한다. 당연히 초고 필자가 완고 필자다.
2. 초고에서 색을 넣은 부분은 수정을 했다는 뜻이다.
3. 초고에서 ( )는 띄어쓰기를 하라는 뜻이고 _은 붙여 쓰라는 뜻이다.
4. 초고에서 >>는 문단을 나누라는 뜻이고 <<는 나눠진 문단을 붙여서 한 문단으로 만들라는 뜻이다.
5. 완고에서 밑줄 친 부분이 기-승-전-결에서 '전'에 해당하는 글덩어리다. 이 덩어리를 넣고 읽어보고 빼고도 읽어보라.
6. 독자들도 어느 부분을 어떻게 수정할 수 있을까 생각하며 예시문 초고를 읽어보자.

아내 말을 들었어야 했다

고농림

후배들 두 부부와 해남도 겨울여행은 즐거웠다. 여행을 마치고 해구 공항 면세점에서 문제가 발생했다. 내가 좋아하는 코냑 'REMY MARTIN'이 보통은 700ml인데, 중국답게도 3000ml짜리가 있었다. 내 기호를 아는 아내도 신기한 듯 "와! 엄청 크네! 이것 사면 좋겠다!"라고 지나가는 말을 했다. 순간 시쳇말로 나도 확 꽂혔다. 》 일행들 간에 면세 한도에 대한 억측들이 생겼다. '면세 한도가 600불로 바뀌었다.' '자진 신고를 해도 한도 초과분에 대한 세금만 내면 된다.'등. 그 술은 647불이었다. 아내는 "나중에 자세히 알아보고 다음에 사자"라고 말렸다. 신기함에 필이 꽂힌 나는 망설임 끝에 일을 저지르고 말았다. 웬일인지 판매점에서 작은 캐리어에 담아 주었다. 그건 서비스라고 했다.

입국장에서 면세한도를 초과함을 자진 신고했다. 관세청 직원이 처음엔 구입가의 170% 정도의 세금을 내야 할 거라고 했다. 걱정된다는 눈빛으로 바라보았다. "이렇게 큰 양주도 있네!" 무슨 술이냐고도 물었다. 한참 규정을 확인하더니 코냑은 140%의 세금을 내야 한다고 했다.

위스키가 170%란다. 일반 물품은 600불이 한도지만 주류는 400불과 1000ml가 한도라고 했다. 》 담당자는 전산업무 처리를 어려워했다. 다른 상급자가 와서야 제대로 처리가 되었다. 자주 있는 일이 아닌 듯했다. 면세한도를 초과하는 반입이 드문 일은 아닐 텐데…. '참 이상한 사람을 다 보겠네! 그냥 가면 되었을 텐데 괜히 자진신고해서 비싼 세금을 낼까?'하는 듯했다. 결국 1,005,290원의 납세고지서를 받았다. 관세와 주세, 교육세와 부가세를 합친 금액이다. 세금이 이렇게 많을 것으로 생각하지는 못했다. 나도 그 정도로 갖고 싶지는 않았다.

내가 경영하는 회사는 부품 제조업이다. 국가 기반산업이지만 대표적인 3D업종이다. 2000년도에는 38억여 원의 매출을 달성했다. 결산 후 계산된 법인세가 2천만 원을 넘었다. 세무대행사에서 다른 비용을 넣어서 세금을 줄이라고 했다. 동일 업종의 평균수익률을 많이 초과한다고 했다. 난 그냥 법인세를 냈다. 2002년에 모범 납세자 표창을 받았다.

여행에서 돌아와 아들에게 그 얘기를 했다. "아버지 다우셨네요. 저도 아마 그랬을 겁니다."라고 했다. 돌아 온 다음날 세금을 납부해 버렸다. 이번엔 표창 받아 위로받을 일도 없을 테고 빨리 잊기 위해서…. 》 나도 돈은 좋고 아깝다. 나답게 사는 것이 행복한 삶의 길이지만 이번 선택의 대가는 너무 가혹했다. 아내 말을 들었어야 했다. 그건 전문 매장에 장식용으로나 쓰는 물건이었다. 일이 점점 커진다. 다음엔 장식장을 사야겠다.

아내 말을 들었어야 했다

고농림

과연 중국다웠다. 3,000ml라니! 해남도 겨울여행은 즐거웠다. 동행한 두 후배 부부들과도 즐거웠다. 문제는 출국할 때 공항 면세점에서 터졌다. 술 좋아하는 내가 3,000ml짜리 코냑 레미 마틴에 꽂혀버린 것이다. 3,000ml라니, 700ml짜리 보통 사이즈의 네 배가 넘는다. 내 기호를 아는 아내도 신기한 듯 "와! 엄청 크네! 이것 사면 좋겠다!"라고 지나가는 말을 했다.

일행들 간에 면세 한도에 대한 억측들이 생겼다. '면세 한도가 600불로 바뀌었다.' '자진 신고를 하면 한도 초과분에 대한 세금만 내면 된다' 등. 술값은 647불이었다. 아내는 "자세히 알아보고 다음에 사자"라고 말렸다. 신기함에 필이 꽂힌 나는 일을 저지르고 말았다. 판매점에서는 작은 캐리어에 술병을 담아 주었다. 서비스라고 했다.

입국장에서 면세 한도를 넘게 샀다고 자진 신고했다. "이렇게 큰 양주도 있네!" 관세청 직원은 세금이 구입가의 170% 정도라며 걱정된다는 눈빛으로 바라보았다. 무슨 술이냐고도 물었다. 한참 규정을 확인하더니 코냑은 세금이 140%라고 했다. 위스키가 170%란다. 일반 물품은

600불이 한도지만 주류는 400불에 1,000ml가 한도라고 했다.

담당자는 전산업무 처리를 어려워했고 다른 상급자가 와서야 제대로 처리가 되었다. 자주 있는 일이 아닌 듯했다. 면세 한도를 초과하는 반입이 드문 일은 아닐 텐데…. '참 이상한 사람을 다 보겠네! 그냥 가면 되었을 텐데 괜히 자진신고해서 비싼 세금을 낼까?' 하는 듯했다.

결국 1,005,290원짜리 고지서를 받았다. 관세와 주세, 교육세와 부가세를 합친 금액이다. 이렇게 많으리라고는 생각하지는 못했다. 나도 그 정도까지 갖고 싶지는 않았다.

내가 경영하는 회사는 부품 제조업이다. 국가 기반산업이지만 대표적인 3D업종이다. 2000년도에는 38억여 원의 매출을 달성했다. 결산 후 계산된 법인세가 2천만 원을 넘었다. 세무대행사에서 다른 비용을 넣어서 세금을 줄이라고 했다. 동일 업종 평균수익률을 많이 초과한다고 했다. 난 그냥 냈다. 덕택에 2002년에 모범 납세자 표창을 받았다.

여행에서 돌아와 아들에게 그 얘기를 했다. "아버지다우셨네요. 저도 아마 그랬을 겁니다"라고 했다. 돌아온 다음 날 세금을 납부해 버렸다. 이번엔 표창받아 위로받을 일도 없을 테고 빨리 잊기 위해서.

나도 돈 좋고 아까운 줄 안다. 나답게 사는 것이 행복한 삶의 길이지만 이번 선택의 대가는 너무 가혹했다. 아내 말을 들었어야 했다. 그건 전문 매장에 장식용으로나 쓰는 물건이었다. 전문 매장? 옳거니, 일이 점점 커진다. 다음엔 장식장을 사야겠다.

재미있다. 유머러스하고 기승전결 구성에 들어맞는다.

밑줄 친 '내가 경영하는 회사는 부품 제조업이다.(~) 2002년에 모범 납세자 표창을 받았다.' 부분을 유심히 보라. 이 부분이 '전'이다.

뜬금없이 들어간 문단이 아니다. 앞뒤를 잇는 아주 훌륭한 다리 역할을 하고 있다. 날카로운 독자라면 읽을 수 있다. 그해에 낸 법인세가 2,000만 원인데 그 5%를 술값에 냈다. 이 또한 이 글이 담은 황당한 상황 가운데 하나다.

1. '전'을 구분하는 방법에 대해서는 본문에서 말했다. 전에 해당하는 단락을 빼보는 것이다. 첫째, 그 문단 혹은 의미단위를 완전히 들어내고서 앞뒤를 연결해 읽어봤을 때 무난하게 읽혀야 한다. 둘째, 무난하긴 한데 뭔가가 허전하면 그게 전이다. 허전하지 않다면 그 단락은 불필요한 단락이고 허전하면 '있으면 더 재미있어지는' 전이다.

사후 독자들이 판단할 때도 필요한 구분법이지만, 글을 쓸 때도 이런 '없어도 상관없되 있으면 글이 더 재미있어지는' 내용을 반드시 넣도록 하자. 전은 '주제와 상관있지만 조금은 벗어나 있는 뜬금없는 문단'이다.

2. 제목도 재미있고 내용도 재미있다. 웃기려고 한 건 아닌데 읽다 보니 웃기고, 끝에도 결국은 웃기게 끝났다. 장식장을 사겠다니. 장식장을 사려면 이제 집을 넓혀야겠지? 장식장이 들어갈 수 있도록 넓히고, 전문 매장? 오케이, 가구점을 해야겠다. 뭐 이런 얘기 나올 수도 있겠다.

반전도 있고 재미도 있는 글이다.

3. '시간순' 서술은 제일 평이한 논리 전개다. 그것보다는 최종본 시작이 더 재미있다. '그러니까 과연 중국다웠다, 3,000ml.' 뭐지? 하고 호기심을 유발하고 글을 시작한다. 재미있고 읽기 쉬워지고 독자를 다음 문장으로 시선을 끌 수 있도록 미끼를 던지는 문장으로 시작한다. 그러면 과연 중국다웠다, 라고 하는 이유를 좀 더 구어적으로 설명할 수 있게 된다.

예컨대, 동창들 모아놓고 술 먹으면서 이야기를 한다. '야, 해남도 갔다 왔는데 어쩌고저쩌고' 하다가 해주고 싶은 얘기가 이거라고 치자. 그랬을 때 '야, 이번에 후배들하고 해남도 여행을 갔다 왔거든?' 이렇게 말하는 것보다, '야, 중국은 진짜 중국답더만. 3,000ml야!'라고 말을 시작하면 더 재미가 난다. 이런 부분에서 문장을 어떻게 배치할까 고민하면 더 재미난 글을 만들 수 있다.

4. 진짜 말하고 싶은 이야기 힌트를 던져라.

5. 해남도 부부 겨울여행이 즐거웠다는 얘기가 아니라 3,000ml짜리 술 때문에 벌어진 웃기지도 않는 일들 얘기가 이 글 주제다. 그 술, 그 에피소드에 제일 강조를 두고 싶은 그 단어를 첫 문장에서 슬쩍 미끼로 던질 필요가 있다. '3,000ml짜리 레미마틴을 사는 바람에 나는 세금을 100만 원을 냈다'로 시작하면? 재미는 꽝이다. 그러고 나서 나머지 팩트들을 그 뒤에 풀어주면 첫 문장에서 발생시킨 호기심과 궁금증이 뒤에서 해소가 되면서 독자들이 몰입하게 된다.

6. 초고에 있는 단어들을 많이 생략했다. '그건 서비스라고 했다' → '서비스라고 했다'

'망설임 끝에' '웬일인지' 등. 필요 없다. 글도 짧아지고 호흡도 빨라진다. 이런 상황에서 사람들은 '상식적으로' 망설인다. 상식선에서 다른 사실이 있을 때는 수식어를 쓸 필요가 있다. "바로 사버렸다." 그럼 "어 바로 샀어?" 하고 사람들이 놀라지만 "망설인 끝에 샀어? 나라도 망설였겠다" 이렇게 된다. 이 수식어가 과연 필요한가? 이 주어가 과연 필요한가? 하나씩 고민한다.

7. 빨리 잊기 위해서…. → 왜 말줄임표가 있을까? 말줄임표가 있고 없고가 리듬에 큰 영향을 미친다. 빨리 잊으려면 빨리 끝을 내야 한다. '빨리'와 '말줄임표'는 문맥적으로도 어울리지 않는다.

8. 결론 부분에 '옳거니. 일이 점점 커진다.' 두 문장을 삽입했다. 원본

도 좋은 끝맺음이다. 하지만 독자에게 조금 더 친절했으면 좋겠다는 생각이 들었다. 전문 매장에서 쓰는 물건인데 왜 장식장을 사야 할까. 비약의 정도가 조금 높았다는 생각이 들었다. '전문 매장, 거기 장식장이 있지, 거기다 올려놓는 거겠지, 그러니까 장식장이 나왔겠구나' 이렇게 생각을 하게 만들었다.

그 독서 흐름 그대로, '전문 매장? 옳거니.'를 삽입했다. 필자가 쓸 때 필자 머릿속에 있는 흐름을 그냥 글로 직설적으로 썼다. '옳거니'에서 긴장을 풀어줬다가 빵! 장식장을 사야겠다, 이제. 이렇게 끝을 내는 게 좋겠다.

총평

1. 더 재미나게 만들 수 있는 내용이다. 글을 조금 더 긴장되게 구성할 필요가 있다. 구체적으로는 첫 문장, 들어가는 문장과 맨 끝의 문장들을 어떻게 만들 것인가, 도입부, 끝나는 부분이 조금 더 나아지면 좋겠다.
2. 문단을 더 신경 써서 나누자. 영화나 드라마에 나오는 '장면전환'을 상상해 보자. 한 신에서 다른 신으로 내용이 넘어간다면 그 넘어가는 부분에서 문단을 나눠보라. 독자들이 더 쉽게 읽을 수 있다. '아내 말을 들었어야 했다'부터 '나도 그 정도까지 갖고 싶지는 않았다'까지 한 문단이다. 이를 나눴다. 독자들은 요만큼의 덩어리를 읽고 1초든 2초든 쉼표를 주고 그다음으로 시선을 옮긴다. 흐름이 비슷하게 문단이 나눠져 있어야 사람들이 호흡을 글에 맞춰서 읽을 수 있게 된다. 밑줄 친 부분이 '전'에 해당하는 글덩어리다.

아버지와 방울이

신상철

중학교 졸업을 마치고 설날이 막 지난 2월, 되게 추었다. 우리 식구는 기차 출입문 옆 철판을 내리고 그 위에 자리를 잡았다. 서울 가는( )게 좋았고 기차를 타는( )게 재미 있어 했다. 팔당댐이 보였다. 동생 둘과 나는 보따리 하나씩 들고 엄마를 따라 원주에서 청량리역에 내려 답십리 산동네로 왔다. <<

물을 져먹어야 하고 나는 물통 지게를 지는 것이 너무 싫었다.

키 안 큰다고 엄마에게 투정을 부렸다. 엄마가 물통을 지는 모습을 보면 지게를 뺐다_시피 해 지고 올라갔다. 몸이 작은 엄마는 뒤를 따르면서 말했다. 물 나오는 아래로 이사 가자며 나를 달래었다. <<

예민했던 나는 사람 많은 초저녁 시간에는 피해 열시 넘어 물을 져 날랐다.

<<얼마 뒤 물 나오는 아래로 이사를 했다.

말이 물이 나오는 거지 12시가 넘어야 쫄쫄쫄,,, 나오는 그런 집이다. 엄마는 잠도 못 주무시고 밤새 물을 받았고. 물지게로 물을 져다 먹을 때보다 엄마는 더 피곤해 했다. 대신 나는 물지게를 안 졌다. <<

대전에서 아버지가 돌아 오셨다. 우릴 돌보지 않은 아버지가 싫었다.

객지 생활을 해서 아프시다고 엄마는 말했다.

어느 날 아버지는 양복 주머니에서 뭔가를 꺼내 방바닥에 내려 놓았는데

그렇게 작은 개를 처음 봤다. 색깔만 다르지 털도 쥐털 같은 개였다.

겁이 나 바들바들 떨다가 얼마나 작은지 장롱 밑으로 들어가 버렸다.

피아노 소리가 나는 집 대문 밑에 쥐 같은 개가 아버지를 보고 짖어 가까이 가 손을 내미니 꼬리를 흔들며

손바닥 위에 낼름 앉길래, 주위에 아무도 보는 사람이 없어 양복 주머니에 쑥 집어넣고 집으로 오셨다고 했다.

다음날 아침 우리가 먹는 대로 밥을 주었더니 먹을 생각도 안했다.

아버지가 우유를 사다 먹이면 엄마와 언쟁을 했다.

젖을 뗀 강아지는 밥을 먹여야 한다 했고, 우유를 쳐 먹는 개를 미워했고, 사람도 못 먹는 우유라 했다.

엄마는 개와 신경전을 벌였다.

요놈의 개새끼 먹든 말든 굶어 뒈지거나 말거나 된장국에 밥을 말아 던지듯이 주었다. 하루 이틀째, 먹지도 않던 개가 눈이 반쯤 잠기면서 축, 늘어지길래,,

놀라, 개새끼 죽이겠다 싶어 얼른 우유를 사다 먹이니 홀짝홀짝 먹다

옆으로 픽 쓰러져 자더랍니다.

방울이라 이름을 지어 주었다. ≪

마빡 톡 튀어나온 개는 치와와 종이고 한식구가 되었다.

쪼그만 개는 밥도 조금 먹고 똥오줌을 잘 가려 엄마는 좋아 했다. ≪

찬밥 덩어리는 콧등으로 밀어내고는 먹지 않았다. 덩어리를 손으로 부수러 트려주면 엄마 종아리에 몸을 ≪

부빈 후 먹었다

참, 별놈의 종자 다 본다고 했다.

≪엄마 친구들이 놀러 와도 꼬리 한번 안( )친다. 여동생 친구들이 불러도 본척만척해, 요년! 조런, 쌀쌀한 년!

쥐를 잡으면 앞발로 쥐를 밟고 누가 올 때까지 꼼짝 않고 있다. ( )이쪽방과 저쪽방 천정이 터져 있어 쥐 발자국 소리를 들으며 따라 가 길목을 지키다가 나꿔_챘다. 놓치면 쥐가 도망 간 나무기둥, 대문을 박박 긁다가 바닥을 딩글며 성질을 푼다.

암놈이라 발정기 때면 아버지가 퇴계로에서 교배를 시켜 주는데 한번 교배하는( )데 3만~4만원 이고 2~3일 맡겨야 가능했다. 새끼는 3~4마리밖에 못 나왔고 인기가 좋아서 한 마리에 2만원~3만원 받고 팔았다.

제대를 한 해에 아버지에게 싫은 소리를 했다. ≪

혈압이 높아 쓰러지신 아버지를 업고 병원으로 갔다. ≪

심장 마사지를 멈추고 늦었다고 의사는 말했다.

아버지 장례를 막 치른 후라 모두 지쳐 있었다. ≪

7년을 같이 산 방울이도 5일후에 죽었다.

죽기 전에 낳은 새끼들이 눈이 막 뜰 때였고 새끼들을 돌보지도 못한 체

아버지를 따라 갔다. 아버지가 데려 왔고 길동무 하려고 데려 간 것 같았다.

밥도 안 먹고, 새끼들 젖도 안 먹이고 제 정신이 아닌 것 같았다고 했다.

떨어져 지내 편치 않았던 식구들 마음을 이어준 방울이였다.

동생과 같이 방울이를 야산에 묻어주고 온 늦은 밤.

연탄보일러 옆 개집에서 배고프다고 우는 새끼들을 시끄럽다고 옆에 있는 연탄집게로 때렸다. 꼼지락 거리는 것들을,,

다음날 아침 새끼손가락에 우유를 묻혀 한마리 한마리 먹여 주었다.

손바닥의 새끼가 방울이 새끼 적 같았다.

방울이 새끼는 아버지 친구 분이 두마리 가져가고 엄마친구 한마리 주고 나머지 한 마리는 키우다 방울이 생각난다고 엄마는 다른 사람에게 주었다.

아버지와 방울이

신상철

중학교를 졸업하고 설날이 막 지난 2월, 되게 추웠다. 우리 식구는 기차 출입문 옆 철판을 내리고 그 위에 자리를 잡았다. 서울 가는 게 좋았고 기차를 타는 게 재미있었다. 팔당댐이 보였다. 동생 둘과 나는 보따리 하나씩 들고 엄마를 따라 원주에서 청량리역에 내려 답십리 산동네로 왔다. 물을 져먹어야 했다.

나는 물통 지게를 지는 게 너무 싫었다. 키 안 큰다고 엄마에게 투정을 부렸다. 그러다가도 엄마가 물통을 지는 모습을 보면 지게를 뺏다시피 해 지고 올라갔다. 몸이 작은 엄마는 뒤를 따르면서 "물 나오는 아래로 이사 가자"고 나를 달랬다. 예민했던 나는 사람 많은 초저녁 시간에는 피해 열 시 넘어 물을 져 날랐다. 얼마 뒤 물 나오는 아래로 이사를 했다.

말이 물이 나오는 거지 열두 시가 넘어야 쫄쫄쫄 나오는 집이었다. 엄마는 잠도 못 주무시고 밤새 물을 받았다. 물지게로 물을 져다 먹을 때보다 엄마는 더 피곤해했다. 대신 나는 물지게를 지지 않았다.

대전에서 아버지가 돌아오셨다. 우릴 돌보지 않은 아버지가 싫었다.

객지 생활을 해서 아프시다고 엄마는 말했다. 어느 날 아버지가 양복 주머니에서 뭔가를 꺼내 방바닥에 내려놓았다. 그렇게 작은 개를 처음 봤다. 색깔만 다르지 털도 쥐 털 같은 개였다. 겁이 나 바들바들 떨다가 얼마나 작은지 장롱 밑으로 들어가 버렸다.

피아노 소리가 나는 집 대문 밑에 쥐 같은 개가 짖어 가까이 가 손을 내미니 꼬리를 흔들며 손바닥 위에 냉큼 앉길래, 주위에 아무도 보는 사람이 없어 양복 주머니에 쏙 집어넣고 집으로 오셨다고 했다. 다음 날 아침 우리가 먹는 대로 밥을 주었더니 먹을 생각도 하지 않았다.

아버지가 우유를 사다 먹이면 엄마와 언쟁을 했다. 엄마는 젖을 뗀 강아지는 밥을 먹여야 한다 했고, 사람도 못 먹는 우유를 처먹는 개를 미워했다. 엄마는 개와 신경전을 벌였다. 요놈의 개새끼 먹든 말든 굶어 뒈지거나 말거나. 된장국에 밥을 말아 던지듯이 주었다.

하루 이틀째, 먹지도 않던 개가 눈이 반쯤 잠기면서 축 늘어지길래 놀라, 개새끼 죽이겠다 싶어 얼른 우유를 사다 먹이니 홀짝홀짝 먹다 옆으로 픽 쓰러져 자더라고 했다. 방울이라 이름을 지어 주었다. 마빡 톡 튀어나온 치와와 방울이와 우리는 한 식구가 되었다.

쪼그만 개는 밥도 조금 먹고 똥오줌을 잘 가려 엄마는 좋아했다. 찬밥 덩어리는 콧등으로 밀어내고는 먹지 않았다. 덩어리를 손으로 부서뜨려 주면 엄마 종아리에 몸을 비빈 후 먹었다. 참, 별놈의 종자 다 봤다. 엄마 친구들이 놀러 와도 꼬리 한번 안 쳤다. 여동생 친구들이 불러도 본척만척해, 요년! 조런, 쌀쌀한 년!

방울이는 이쪽 방과 저쪽 방으로 터져 있는 천장으로 쥐 발자국 소리를 들으며 따라가 길목을 지키다가 쥐를 낚아채곤 했다. 쥐를 잡으면 앞발로 쥐를 밟고 누가 올 때까지 꼼짝도 하지 않았다. 놓치면 쥐가 도망간 나무기둥, 대문을 박박 긁다가 바닥을 뒹굴며 성질을 부리곤 했다.

암놈이라 발정기 때면 아버지가 퇴계로에서 교배를 시켜줬다. 한 번 교배하는 데 3~4만 원이고 2~3일 맡겨야 가능했다. 새끼는 3~4마리밖에 못 낳았지만 인기가 좋아서 한 마리에 2~3만 원 받고 팔았다.

제대를 한 해에 아버지에게 싫은 소리를 했다. 혈압이 높아 쓰러지신 아버지를 업고 병원으로 갔다. 의사가 심장 마사지를 멈추고는 늦었다고 말했다. 7년을 같이 산 방울이도 5일 후에 죽었다.

죽기 전에 낳은 새끼들이 눈이 막 뜰 때였다. 방울이는 새끼들을 돌보지도 못한 채 아버지를 따라갔다. 아버지가 데려왔고 길동무하려고 데려간 것 같았다. 방울이는 밥도 안 먹고, 새끼들 젖도 안 먹이고 제정신이 아닌 것 같았다.

동생과 같이 방울이를 야산에 묻어주고 온 늦은 밤, 연탄보일러 옆 개집에서 새끼들이 배고프다고 울었다. 나는 시끄럽다고 옆에 있는 연탄집게로 때렸다. 다음 날 아침 새끼손가락에 우유를 묻혀 한 마리 한 마리 먹여주었다. 손바닥에서 꼬물대는 것이 새끼 적 방울이 같았다. 방울이 새끼는 아버지 친구 분이 두 마리 가져가고 엄마 친구 한 마리 줬다. 나머지 한 마리는 키우다가 방울이 생각난다고 엄마가 다른 사람에게 주었다. 방울이 이놈아, 어디 있는 게냐.

1. 재미있다. 읽다가 낄낄대고 웃다가 엎치락뒤치락하다가 갑자기 먹먹해진다. 호흡도 빠르다. 수식어가 전혀 없다. 내용은 모두 팩트다. 문장도, 문단 속 구성도 잘되어 있다. 그러다가 반전이 벌어진다.

2. 끝까지 방울이를 구박하다가 새끼들을 줘버리는데, 그 구박하는 묘사 속에 아버지가 보고 싶고 방울이가 보고 싶은 필자 마음이 다 보인다. '나는 아버지가 보고 싶어서 이랬고 방울이가 꼭 아버지 같고' 이런 감상이 전혀 없는데도 마음이 보인다. 바로 팩트의 힘이요 문장 구성의 힘이다. 문장들이 단문으로 짧고 수식어 전혀 없이 팩트로 이뤄져 있다. 구성도 끝에 먹먹한 반전으로 독자들을 유도한다.

신문 기사처럼 '아버지가 방울이 갖고 오셨는데 아버지가 돌아가시고 닷새 뒤에 죽었다'로 나가면 실없고 신파적인 얘기를 '불 보듯 뻔하게' 읽게 된다. 여기는 남의 얘기처럼 벌어지는 일에 대해 멀찌감치 떨어져서 이야기를 한다. 그러니 오히려 독자들이 자기 가슴으로 읽게 된다. 처음에는 뭐지 하고 웃다가, 어어어 하다가 닷새 뒤 방울이도 죽었다, 그 뒤에 빵 하면서 먹먹해지는 것이다.

잘못 쓴 글이라면 '새끼들이 방울이처럼 보여서 애지중지했다, 우리가 새끼들이 너무 많아서 몇 마리 누구 주고 누구 주고 했을 때도 눈물이 났다'로 끝날 확률이 99퍼센트다. 그렇게 상식적이고 평이하게 자기 감상을 이야기하며 끝이 난다면 감동이 없다. 그런데 필자는 자기 느낌을 감추고 '팩트'로 독자 가슴을 두드려 팼다. 구성의 힘이며 팩트의 힘이다.

3. 이 글의 덕목은 입말이다. 뒈질 것, 요년 조년, 막 그런 것들. 저런 정도는 상식선으로 받아들일 수 있는 욕설이다. 친구들끼리도 야 이 미친 새끼야 하지 않는가. 더군다나 이 글 전체 맥락에서라면 충분히 이해될 수 있는, 외설이 아닌 예술이다. 만약 이런 입말을 품격을 높이겠다며 똥개가 아니고 '잡종견'이라 부르면 말이 되지 않는다. 그러다 보니 독자들이 더 적나라하게 이 글을 받아들이게 된다.

4. 마지막 문장을 본다.

'한 마리 주고 나머지 한 마리는 키우다가 방울이 생각난다고 다른 사람에게 주었다'로 끝나도 큰 울림과 여운이 남는다. 방울이를(새끼를) 주었다는 행동만으로도 방울이, 아버지, 가족, 그리움 기타 등등 많은 일을 떠오르게 만든다. 그런데 조금 어렵다. 독자가 생각을 해야 하니까. 엄마는 다른 사람에게 주었다, 이 대목에서 문득 글이 끝이 나버렸다. 이게 무슨 뜻이지? 독자는 필자가 말하려는 주제를 알지 못해 한참을 생각한다. 이렇게 끝을 맺어도 좋고, 최종본처럼 '방울이 이놈아, 어디 있는 게냐'라고 한마디 툭 던져서 여운을 주는 방법도 좋다.

즉, 뭔가 한마디를 더 해서 끝을 내는 방법도 있고 원본처럼 뜬금없이 딱 끝을 내서 독자한테 나머지를 맡기는 방법도 있다. 어느 쪽을 택해도 상관없다. 둘 다 감정이나 주장이 아니라 팩트로 끝맺음을 하는 문장이니까.

5. 그렇다면 이 글처럼 진한 감동을 주는 글은 어떻게 쓸 수 있을까. 간단하다. 취재를 많이 하면 된다. 팩트를 많이 챙겨놓으면 된다. 예를 들어 훌륭한 기자는 취재수첩을 모은다. 메모를 다 한 다음, 실제로 기사를 쓸 때는 보지 않는다. 메모를 하면서 다 외우거나 맥락을 다 이해해 버린다. 오히려 자기 메모를 못 알아먹는 경우가 많다. 워낙 빨리 쓰다 보니까.

취재가 잘되면 수첩을 볼 이유가 없다. 저절로 생각이 난다. 소설가가 됐든 시인이 됐든 수필가가 됐든 리포트를 쓰는 학생이 됐든 경험과 기억과 공부로 수집한 모든 팩트들이 자기 것으로 소화된 상태라면 이런 글을 쓸 수 있다.

글 재료, 팩트가 모자라니까 각종 수식어로 글을 채우게 된다. 정말 좋았다, 라고 쓰면 독자들이 묻는다. 얼마나 좋았는데? 뭐가 있었는데 그렇게 좋았어? 취재가 제대로 되어 있지 않으면, 뭐가 좋았는지 기억이 나지 않는다. 느낌밖에 없다.

에버랜드에 있는 롤러코스터가 재미있었다는 글을 쓰려면, 얼마나 높길래 내가 그렇게 황당해했을까 하면서 안내판도 다시 보면서 높이와 재질을 메모해야 한다. '겁나게 빨랐다'가 아니라 여기부터 시속 몇 킬로미터로 몇 도 경사로 뛰어내린다, 라고 쓰면 독자들을 식겁을 하게 된다.

글의 품질은 재료를 어떻게 버무리느냐에 따라 달라진다. 그 재료를 완전히 자기 걸로 만들지 않으면 수식이 들어가게 되고 액세서리가 붙게 된다. 소위 실패한 성형 수술, 성형 괴물이 돼 버린다.

총평

1. 리듬감 넘치는 단문으로 전달된 팩트 덩어리다.
2. 다음 문장/문단에 대한 기대감과 흥미를 증폭시킨다.
3. 기-승-전-결이 적절하게 배치된 구조다. 원본에 무질서하게 문장단위로 배치된 흐름을 기-승-전-결 구조에 맞게 덩어리를 나눴다. 밑줄 친 부분이 '전'에 해당하는 글덩어리다. 이 덩어리가 없어도 글이 말이 되지만, 없이 읽으면 허전하다.
4. 마지막 한 문장에 유의해 읽어보라.

9장

관문:
마지막 문장

○○○

첫 문장으로 글을 시작하고 마지막 문장으로는 글을 닫는다. 글을 닫는다. 마지막 문장은 관문이다. 닫을 관(關)에 문 문(門), 관문이다. 문을 닫는 목적은 울림이다. 글을 다 읽은 독자 가슴속에서 문 닫는 소리가 쿵쿵쿵 하고 울려 퍼질 정도로 글을 닫는다. 닫으려면 제대로 닫아야 한다. 울림이 크게 닫아야 한다.

독자들은 마지막 문장을 읽기 위해 개고생을 한다. 열 권짜리 대하소설이라면 독자들이 퍼부은 수고와 고생은 이루 말할 수가 없다. 필자에게는 최후까지 그 독자들을 만족시킬 의무가 있다. 나 또한 이 마지막 문장을 위해 지금까지 자료를 수집하고, 글을 설계하고, 문장을 고민하고 고쳤다. 필자에게는 그 고생을 보상받을 권리가 있다. 권리는 의무를 이행한 필자만 누릴 수 있다. 그래서 마지막 문장이 중요하다.

글을 쓰는 모든 과정에 고민을 해야 한다. 그중 마지막 문장에서 제일 많이 고민해야 한다. 말 그대로 화룡점정을 하는, 마지막 마무리를 잘해야 한다는 말이다. 독자들이 마음을 턱 놓고 읽다가 마지막 한 문장 보면서 먹먹해지는, 펑 슬퍼지는 그런 문장으로 문을 닫아야 한다. 다시 원숭이 똥구멍을 관찰해 본다.

자, 원숭이 똥구멍이 잘 나가면서 비행기까지 갔다. 내가 궁극적으로 얘기하려던 존재는 백두산인데, 글이 비행기에서 멈춰버렸다. 독자들은 얼마나 허탈한가. 문이 덜 닫힌 것이다.

글 주제가 백두산인데 다 읽다 보니 백두산 얘기가 안 나오거나 백두산이 암시만 되어 있다면 잘 써놓고 실패한 글이다. 가슴이 먹먹한 여운을 주든, 재미난 여운을 주든 잔잔한 여운을 주든, 그 여운은 글 끝에 '여운이 남는다'라고 쓴다고 생기는 감정이 아니다. 문을 쾅 닫아서, 팩트로 쾅 닫아서 독자들한테 여운이 가도록 만들어야 여운이 생긴다. 다 읽다 보면 백두산을 느끼게 하는 글이 아니라, '높은 것은 백두산, 빵! 끝!' 하고 거칠게 밀어붙인 글이 독자에게 여운을 준다.

여운은 문을 닫아버려야 나온다

조금 이상하지 않은가. 여운을 주는데 여운을 주지 말라니. 독자가 모든 것을 다 알고 있다는 착각을 하지 말자. 독자는 친절해야 알아듣는다. 원숭이 똥구멍이 왜 백두산이 되었는지 처음부터 끝까지 다 설명해 줘야 한다는 뜻이다.

독자들은 레디 메이드, 그러니까 다 만들어서 내준 요리를 먹고 싶어 한다. 책이라면 책을 사서 궁금증을 해소하고 정보를 얻는다. 방송 다큐멘터리도 마찬가지다. 호기심을 더 증폭시키려고 책을 읽는 독자는 없다. 독자들은 팩트를 통해 정보를 주는 친절한 글을 원한다. 글 전체에 관한 이야기이기도 하고, 문장과 문단에 관한 이야기이기도 하다. 정보가 꼬리를 물고 이어져야 그다음 문장과 문단, 글덩어리로 눈길을 옮기고 페이지를 넘기게 된다.

여운을 주겠다는 생각으로 어느 부분에서 멈춰버리는 글이 많다. 그런 글들은 '여운이 남는다', '나는 책을 덮고 창밖을 본다', '그녀가 아직 잊히지 않는다'라고 끝난다.

아무리 읽어봐도 그녀가 왜 생각이 나는지 독자들은 알 수가 없다. 그녀 생김새라든지, 성격은 어떠했으며, 어떤 추억이 있었는지는 독자들에게 짐작하라고 강요한다. 재미가 없고 짜증이 난다. 많은 글들이 이 정도는 알겠지, 여기까지 썼으니 나머지는 독자들 몫이야 하고 문을 살짝 열어두고 반응을 살피며 끝이 난다. 그때는 문도 덜 닫히고 닫아도 다시 열린다.

우리들이 글을 쓸 때는 팩트, 사실을 100퍼센트 친절하게 얘기해 줘야 한다. 그래야 여운이 남는다. 여운은 다른 말로 하면 감동이다.

감동을 주려면 감동이 발생하는 근거를 제시해야 한다. 그 근거가 팩트다. 제대로 된 팩트 없이, 팩트를 숨기면서 너네들이 알아서 웃어라, 알아서 긴장해라, 라고 윽박지르면 감동을 줄 수 없다.

독자들은 글이 친절하기를 원한다. 글은 원숭이 똥구멍이 왜 백두산인지를 설득시켜줘야 한다. 원숭이 똥구멍은 백두산이다, 라고만 얘기하면 글 쓰는 의미도 없고 독자들은 납득을 하지도 못한다. 그래서 글을 디자인해서 디자인된 구조 속에서 원숭이 똥구멍과 사과와 바나나와 기차와 비행기와 백두산까지의 관계를 일목요연하게 설명을 해야 한다. 재미나게.

식스센스의 반전

오래전 브루스 윌리스가 주연한 영화 〈식스 센스〉(The Sixth Sense) 기억나는가. 반전이라는 형식으로 문을 쾅 닫아버린 영화다. 알고 봤더니 브루스 윌리스, 그 주인공이 귀신이었다. 마지막 5분부터 영화관에 있던 모든 사람들은 모골이 송연해지고 소름이 돋고 경악한다. 만일 영화가 브루스 윌리스의 정체를 드러내지 않고 끝이 났다면 이 같은 여운은 불가능했다. 문을 강하게 닫을수록 여운은 길고 깊다.

글도 마찬가지다. 마지막 한 페이지가 남았을 때, 한 페이지를 덜덜 떨면서 넘겼더니 헉 놀라거나 하늘이 무너지는 슬픔을 느끼거나 하는 그런 글이 제대로 닫은 글이다. 마지막 문장, 이 마지막 문장으로 그 앞 모든 내용을 결론지어 줘야 한다.

글 문을 제대로 닫는 방법: 마지막 문장 다스리기

화려할 필요는 없다

끝 문장이 좋으면 앞 문장들에 일부 오류가 있어도 독자들은 개의치 않는다. 그 충격에 휩싸여서 앞 문장들(내용이 아니라 각각의 문장들)에 대해서는 눈을 닫고선 아아악, 하고 눈물을 흘리게 된다. 그렇게 만들기 위해서 마지막 문장이 반드시 화려할 이유는 전혀 없다. 주어와 술어로 구성된 단순한 문장일수록 감동은 커진다. 다시 말해서, 힘을 빼라. 마지막 문장이 멋진 문장일 필요는 없다. 이 책 앞쪽에 언급한 '상품과 글' 부분을 다시 보라. 좋은 상품은 단순하다. 좋은 글은 단순하다.

따로 놀아서는 안 된다

좋은 마지막 문장은 지금까지 필자가 말한 모든 팩트를 종합하는 문장이다. 혼자 따로 노는 게 아니라 앞에 나열한 모든 팩트가 뒷받침해 주는 문장이다. 멋진 문장으로 끝을 맺은 글들은 많다. 그런데 그 문장 하나만 떼어놓고 보면 그럴싸하지만 전체 맥락을 총정리하기에는 미흡하거나 엉뚱한 문장인 글이 더 많다.

꼴도 보기 싫은 바른생활 어린이

5장에 '바른생활'이라는 단어가 나온 적이 있다. 초등학교 시절 추억을 떠올려 보면, 우리는 똑똑한 철수를 싫어했다. 선생님 말씀 잘 듣고 바른말 잘하고 친구들 잘잘못을 따박따박 지적해 대는 철수를 싫어했다. 글에서도 마찬가지다.

마지막 문장이 '나는 ~해야겠다'는 다짐으로 끝나면 틀린 글이다. 독자에게 여운을 강요하고 결과적으로 여운을 없애는 글이 돼버린다. 필자와 독자가 그때까지 한 고생을 물거품으로 만드는 글이다.

'나는 ~해야겠다'는 문장은 생산자 위주 문장이다. 독자가 뭐라든 상관 않고 자기가 자기 글을 정리해 버리는 문장이다. 독자들은 에피소드, 팩트를 인용해 도덕률을 설명하는 글을 원한다. 도덕적인 주장은 글에서 힘을 풀어버린다.

'학생 여러분은 바른 생활을 하시고 아침 일찍 ~하시고 ~하시고 ~하십시오.'

초등학교 월요일 조회 때 교장선생님 훈화 말씀을 기억하는 사람이 몇이나 될까. 집에서도 듣고 선생님한테서도 듣고 교장 선생님한테도 듣는 이야기다. 누가 들어도 공감하는 보편적인 진리다. 재미가 없다. 그냥 존다. 그러다가 '학생 여러분은 국가의 동량으로 자라나서 공부도 열심히 하시고 열심히 뛰노시고 해야 할 것입니다. 오늘 조회 마칩니다'라는 말이 나오면 졸던 아이들이 눈을 뜨고 교장 선생님 뒷모습을 보게 된다.

도덕적 얘기를 하고 싶다면 팩트로 얘기를 하자. 요렇게 안 했더니 요렇게 되는 놈들이 있더라, 요렇게 했더니 이렇게 잘되는 놈들이 있더라 등등. 독자들은 당위와 도덕률을 몰라도 저절로 아, 이렇게 하면 작살나는구나, 저렇게 하면 좋구나, 라고 느끼게 된다.

마지막 문장을 지워본다

만약에 '나는 ~해야겠다'류로 끝을 맺었다면 그 문장을 지워보라. 그런 문장은 태반이 사족이다. 없으면 더 나을 때가 많다. 요거를 지워보고 다시 읽어봤을 때 말이 되면 그걸로 끝을 내라. 그러면 독자들이 알아듣는다. 여운과 울림은 독자 몫이다. 저자가 이를 강요하지는 말자. 마지막 한 방을 때리고 나가버리면 끝이다. 시치미 뚝 떼고 끝을 내버리면 독자들은 그때 증폭돼 있던 감동이 터져서 멍하게 앉아 있다가 글을 다시 읽게 된다.

필요 없다면 쓰지 않는다

한 대기업 광고주가 광고를 발주하고 프레젠테이션을 가졌다. 광고대행사에서 가져온 광고 시안에는 단 한 글자도 광고 카피가 없었다. 그런데 명세서에는 광고 카피라이터 수당이 들어가 있었다. 광고주가 물었다. "아무것도 없이 사진만 덜렁 있고 그림만 있는데 왜 카피라이터에게 돈을 달라고 하나." 업자가 대답했다. "카피를 넣지 않는 것이 좋겠다고 한 사람이 카피라이터입니다."

안 써도 될 문장을 쓸 필요가 없다는 말이다. 이 책 서문에서부터 반복해서 강조한 글쓰기 원칙들이 여기에 다 함축돼 있다. 수식어 없애기, 팩트에 충실하기, 짧게 쓰기, 단문으로 쓰기, 물 흐르듯이 쓰기. 마지막 문장도 마찬가지다. 도덕 강의식 문장은 금기다. 필자가 없는 게 더 낫다고 판단하면 쓰지 않아야 한다. '필자(筆者)'란 글을 쓰는 사람이다. 글을 지워야 할 때도 알고 있으면 좋은 필자다. 강의는 일단 여기까지다.

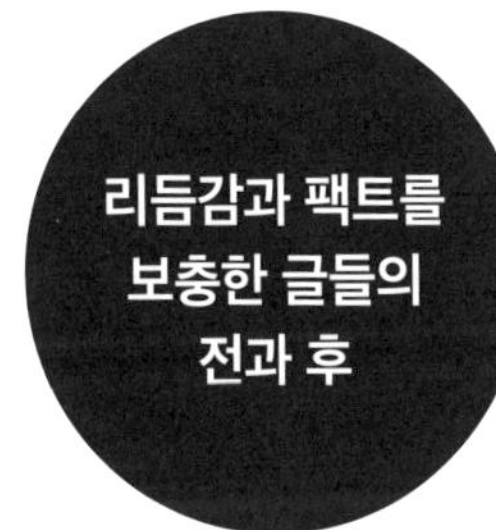

1. 초고와 완고, 분석과 총평 순서로 배열했다. '신뢰할 수 있는 첫 번째 독자에게 보여주기'가 글쓰기 마지막 과정이다. 그 첫 번째 독자가 던지는 평을 참고해 초고를 수정함이 마땅하다. 이 책에서는 필자가 그 '신뢰할 수 있는 첫 번째 독자' 역할을 맡았다. 수정 과정을 거쳐 완고가 탄생한다. 당연히 초고 필자가 완고 필자다.

2. 초고에서 색을 넣은 부분은 수정을 했다는 뜻이다.

3. 초고에서 ( )는 띄어쓰기를 하라는 뜻이고 _은 붙여 쓰라는 뜻이다.

4. 초고에서 >>는 문단을 나누라는 뜻이고 <<는 나눠진 문단을 붙여서 한 문단으로 만들라는 뜻이다.

5. 독자들도 어느 부분을 어떻게 수정할 수 있을까 생각하며 예시문 초고를 읽어보자.

예시문 8

초고

중간지대

조성하

삼대가 운영하는 전당포 얘기다. 라스베가스 가게에 별의별 물건을 들고 찾아온다. 꽤 귀한 골동품부터 고물에 가까운 기계까지 미국인의 생활을 엿볼 수 있어서 즐겨보는 TV 시리즈다. 거래가 재밌다. 파는 사람이 천 불을 부르면 거의 절반 가격으로 대답한다. 다음에 두 가격의 평균값을 말하면 또 다시 그 값의 평균으로 답하고 양쪽이 수긍하면 악수와 함께 거래가 성사된다. 천불이 아니면 안( )팔고 5백 불이 아니면 안( )사겠다는 심사는 아예 없다.

매화에 이어 벚꽃이 만발하는 이때는 화개장터도 손님으로 북적거린다. 주로 외지 사람들이지만 원래는 섬진강으로 나뉘진 하동 사람과 구례 사람이 대략 중간쯤에 만나 물건을 사고파는 장이었다. '있어야 할 건 다 있고 없을 건 없다'는 장터가 지난해 11월( )말에 있었던 화마를 딛고 다시 일어섰다. 꽃놀이 시기에 맞춘 장삿속도 있겠지만 꽃이 피는 시장이란 원래의 이름에 걸맞게 웃음꽃도 활짝 피는 장소가 있다는 것이 정겹다. 혼자 피식 웃는 웃음이 아니라 사람과 사람이 만나 술잔을 기울이며 껄껄거리는 모습을 상상하게 된다. 물건을 거래하는 장소를 넘어 마음을 주고받을 수 있는 장소겠다. 손해( )보기도 하고 이익도 얻는 중간쯤에서 사람이 가슴으로 마주친다.

무시무시한 IS의 행태를 보며 종교 간의 갈등이 인간을 얼마나 험악하게 만들 수 있는 지 경악하게 된나. 대한민국 정치사를 보면서 지역 간의 갈등이 심화되고 이용되었음을 지켜보았다. 고령화 사회가 되면서 세대 간의 갈등이 곳곳에서 표출되고 있다. 이젠 다 컸지만 아이들이 성장하면서 부모와의 마찰이 삶을 얼마나 힘들게 하였는지 경험하였다. 갈등을 해소하면서 희망을 보고 삶의 원동력을 얻게 된다. 그렇지만 인간 욕망이 끝이 없기 때문에 또 다른 갈등이 생길 것은 자명하다. 슬기롭게 삶에 대한 기본 바탕을 깔아놓고 일상에서 발생하는 갈등 요인을 객관적으로 바라볼 필요가 있다.

정치는 협상이다. 갈등이 있다면 양자 간 입장 차이 때문이다. 입장을 들어보고 각자의 생각을 나누는 것이 필요하다. 협상이 사쿠라라고 치부되는 시절은 이미 지났다. 어느 관계이던지 중간이 넓어지면 그 만큼 합의가 쉽다. 협상을 전제로 하지 않는다면 중간지대는 없다. 타도 대상이 아닌 주고받는 관계는 사람을 장터로 모이게 한다. 그곳에 있어야 할 것은 시장으로 향하는 열린 마음이고, 이런 사람들에게 없어야 할 것은 이미 아무것도 없다. 남쪽의 화개장터가 전국 곳곳에, 아니 내 마음 속에 자리 잡는다면 그곳이 천국이다. 소설가 김훈은 이렇게 말했다. "낙원은 여기에 있거나 아니면 없다."

예시문 8
완고

중간지대

조성하

삼대가 운영하는 전당포 얘기다. 라스베이거스 가게에 별의별 물건을 들고 찾아온다. 귀한 골동품부터 고물급 기계까지 미국인의 생활을 엿볼 수 있어서 즐겨보는 TV 시리즈다. 거래가 재밌다. 파는 사람이 천 불을 부르면 주인은 거의 절반 가격으로 대답한다. 다음에 두 가격의 평균값을 말하면 또다시 그 값의 평균으로 답하고 양쪽이 수긍하면 악수와 함께 거래가 성사된다. 천 불이 아니면 안 팔고 5백 불이 아니면 안 사겠다는 심사는 아예 없다.

매화에 이어 벚꽃이 만발하는 이때 화개장터는 손님으로 북적거린다. 원래 화개장터는 섬진강으로 나뉜 하동과 구례 사람이 대략 중간쯤에 만나 물건을 사고파는 장이었다.

'있어야 할 건 다 있고 없을 건 없다'는 그 장터가 지난해 11월 말 화마(火魔)를 딛고 다시 일어섰다. 꽃놀이 시기에 맞춰 개장한 의도는 짐작이 가지만, 이 봄날 '꽃이 피는 시장'이라는 이름에 걸맞게 웃음꽃이 활짝 피는 공간이 부활했다. 혼자 피식 웃는 웃음이 아니라 사람과 사람이 만나 술잔을 기울이며 껄껄거리는 그런 웃음이다. 물건을 거래하는 장소를 넘어 마음을 주고받을 수 있는 장소겠다. 손해를 보기도 하고 이익도 얻는 중간쯤에서 사람이 가슴으로 마주친다.

시대가 복잡해지면서 갈등도 복잡해진다. 종교 간의 갈등이 인간을 얼마나 험악하게 만들 수 있는지 IS의 행태를 보며 알게 되었다. 대한민국 정치사를 보면서 지역 간 갈등이 어떻게 심화되고 이용되었는지 지켜보았다. 고령화 사회가 되면서 세대 간 갈등이 곳곳에서 표출되고 있다. 내 아이들이 성장하면서 부모와의 마찰이 삶을 얼마나 힘들게 하는지 경험하였다.

욕망은 끝이 없다. 갈등 하나가 해소되면 또 다른 갈등이 생길 것은 자명하다. 하지만 슬기롭게 풀 수만 있다면 갈등은 희망의 원천이고 삶의 원동력이 될 수 있다. 그러려면 삶에 대한 보편적인 인식 위에서 갈등 원인을 객관적으로 바라볼 필요가 있다. 그게 잘 안되는 게 문제다.

정치는 협상이다. 갈등은 양자 간 입장 차이 때문이다. 입장을 들어보고 각자의 생각을 나눠야 한다. 협상이 사쿠라라고 치부되는 시절은 지났다. 어느 관계든지 중간지대가 넓어지면 그만큼 합의가 쉽다. 협상을 전제로 하지 않는다면 중간은 없다.

죽여야 사는 관계 대신 주고받는 관계는 사람을 장터로 모이게 한다. 주고받으려면 시장으로 향해 마음이 열려야 한다. 이런 사람들에게 없어야 할 것은 이미 아무것도 없다. 남쪽의 화개장터가 전국 곳곳에, 아니 내 마음속에 자리 잡는다면 그곳이 천국이다. 소설가 김훈이 말했다. "낙원은 여기에 있거나 아니면 없다." 갈등에 관한 한, 낙원과 지옥의 중간지대는 없다.

예시문 8

분석

뜻도 명확하고 전달하는 메시지도 명확하고 예도 적절하다. 화개장터 이름 의미를 살려서 적절하게 예도 든 좋은 칼럼이다.

칼럼은 팩트를 통해 독자에게 메시지를 전달하는 글이다. 메시지를 전달하기 위해서는 가치판단을 최대한 배제해야 한다. 독자가 판단할 수 있도록 팩트로 구성을 하고 자기가 맞다 틀렸다 얘기는 빼도록 하자. 잘 쓴 칼럼들은 다 그렇다. 이 사람 착하다, 이 사람 나쁘다, 라는 얘기를 되도록 숨겨야 객관적인 글이 될 수 있다.

그런 의미에서, 화개장터에는 진짜로 웃음꽃이 활짝 피고 있을까. 필자의 생각이다. 화개장터에 가보면, 구례 사람 하동 사람 서로 똑같이 싸운다. 지역 갈등 문제가 아니라 먹고사는 문제로 다툰다. 독자들에게 웃음꽃이 피는 공간이 부활했다고 할 수가 없는 이야기다. 웃음꽃이 피는지 여부는 알 수 없다, 라고 써야 옳다. '꽃이 피는 시장이라는 이름에 걸맞게 이렇게 꽃 피는 봄날 시장이 다시 열렸다' 정도로 충분하다. 만약 이 글이 신문에 실리면 안에 있던 설득력이 죽 빠져나가게 된다. 자기 주관이 노골적으로 개입돼 있는 글로 비친다.

IS 관련 부분도 마찬가지다. '무시무시한' 행태라고 하지 말고, 행태들을 조목조목 나열해 독자들에게 무시무시함을 느끼게 해줘야 한다.

보통 글을 쓸 때 욕심을 많이 부린다. 의욕이 넘친다. 자기가 생각했을 때 분명히 나쁜 놈이라면 나쁜, 무시무시한이라는 말을 쓰게 된다. 그런 가치 판단은 특히 메시지를 전달하는 글, 칼럼에서는 철저하게 절제하고 팩트만으로 전달하도록 해보라.

초고에 있는 부분들을 보자.

1. '슬기롭게 ~ 바라볼 필요가 있다'라는 부분을 보자. 철학 서적을 읽는 느낌이 들지 않는가. 바른생활적인, 윤리학적인 그런 느낌. '슬기롭게 삶에 대한 기본 바탕을 깔아놓고 일상에서 발생할 갈등을 객관적으로 바라볼 필요가 있다'고 했다. 누구나 다 그래야 한다.

뭐가 슬기로운지, 삶에 대한 기본 바탕이 뭔지, 일상에서 발생할 갈등 요인을 객관적으로 바라보는 방법이 뭔지 독자들은 감을 잡기 어렵다. 교과서를 읽는 느낌이 든다.

칼럼이라면 결국 팩트의 문제다. 팩트에 근거해서 메시지가 들어가야 한다. 누구나 할 수 있는 얘기를 위해서 칼럼을 쓸 이유는 없다.

2. 완고의 마지막 문장을 보자. '남쪽의 화개장터가 전국 곳곳에, 아니 내 마음속에 자리 잡는다면 그곳이 천국이다. 소설가 김훈이 말했다. 낙원은 여기에 있거나 아니면 없다.'

다음은 초고다.

'타도 대상이 아닌 주고받는 관계는 사람을 장터로 모이게 한다. 그곳에 있어야 할 것은 시장으로 향하는 열린 마음이고, 이런 사람들에게 없어야 할 것은 이미 아무것도 없다. 남쪽의 화개장터가 전국 곳곳에, 아니 내 마음속에 자리 잡는다면 그곳이 천국이다. 소설가 김훈은 이렇게 말했다. 낙원은 여기에 있거나 아니면 없다.'

마지막 문장이 좋다. '소설가 김훈은 말했다. 낙원은 여기에 있거나 아니면 없다.' 그런데 이 마지막 문장과 전체 글이 어떤 관계가 있는지 고민스럽다. 낙원은 있거나 없는 건데, 있거나 없거나 모 아니면 도. 그럼 중간지대랑 무슨 관계가 있지? 그래서 최종본에는 마지막 문장이 다르게 나갔다. '갈등에 관한 한, 낙원과 지옥의 중간지대는 없다.' 타도 대상이 아닌 주고받는 관계라면 뭘 주고받는지 물물교환 되는 무엇인가가 있어야 한다. 이에 대해서 팩트가 있었으면 좋겠다. 심리적이거나 도덕적인 것보다도 조금은 물질적인 그런 얘기가 나왔다면 더 설득력이 있지 않았을까.

3. 초고 '무시무시한 IS의 행태를 보며 종교 간의 갈등이 인간을 얼마나 험악하게 만들 수 있는지 경악하게 된다.' 앞에 '시대가 복잡해지면서 갈등도 복잡해진다'라는 문장 하나를 넣어봤다. 다리 문장, 미끼 문장이다. 그 앞 문단과 연결이 되면서 읽기가 쉬워졌다. 앞으로 여러 가지 갈등의 유형을 얘기할 거야, 라고 포고를 하는 문장이다.

이 같은 미끼 문장이 없다면 뒤로 글이 전개될 때 독자들이 힘들어하는 경향이 있다. 전체 리듬을 깨지 않는 한에서 최대한 브릿지, 다리가 되는 문장을 넣어주는 게 좋다.

우리 모두 글을 쓸 때, 원숭이 똥구멍이 백두산까지 가는 길을 어떻게 닦아줄 것인가 고민하자. 팩트에서 팩트로 단숨에 넘어가는 흐름이 바람직하지만, 이게 무리가 있다면 미끼 문장, 다리 문장으로 브릿지를 넣어줌으로써 독서를 편하게 할 수 있음을 명심하자.

총평

1. 칼럼과 가치판단

특히 칼럼은 가치판단을 배제해야 한다. 팩트로 독자를 설득해야 한다. 아래 두 문장에 나오는 '무시무시한' '꽃이 피는 시장이란 원래의 이름에 걸맞게 웃음꽃도 활짝 피는'은 객관적인 근거가 없는 가치판단이다.

- '무시무시한 IS의 행태를 보며'
- '꽃놀이 시기에 맞춘 장삿속도 있겠지만 꽃이 피는 시장이란 원래의 이름에 걸맞게 웃음꽃도 활짝 피는 장소가 있다는 것이 정겹다.'

2. 칼럼과 도덕률

도덕률 혹은 당위는 그 근거가 필요하다. '바른생활' 혹은 '공자 왈'의 해악성. 독자는 공자 왈을 싫어한다.

- '죽여야 사는 관계 대신 주고받는 관계는 사람을 장터로 모이게 한다. 주고받으려면 시장으로 향해 마음이 열려야 한다.' → '줄 것'과 '받을 것'이 존재할 때 주고받는 관계가 생기고 사람들이 교환을 위해 장터

로 모인다. '열린 마음'은 이 줄 것과 받을 것에 대한 서로 간의 양보 혹은 관용이 있을 때 존재한다는 '사실'을 '케이스 혹은 예'로 들어 풀어나가 보자.

3. 느닷없는 전개는 독자를 혼란스럽게 한다. IS로 시작하는 '여러 종류의 갈등' 단락 앞에 조금은 친절한 문장을 삽입해 시선을 유도해 보라. 원숭이 똥구멍이 느닷없이 백두산으로 바뀔 수는 없다.

4. 같은 맥락에서 결론 부분도 조금 더 친절하면 좋다.

- '남쪽의 화개장터가 전국 곳곳에, 아니 내 마음속에 자리 잡는다면 그곳이 천국이다. 소설가 김훈은 이렇게 말했다. 낙원은 여기에 있거나 아니면 없다.' → 두 문장이 잘 연결되지 않는다. "낙원은 여기에 있거나 아니면 없다"는 그 자체로는 훌륭한 문장이고 인용이지만 전체 맥락을 완결시키기에는 설득력이 부족하다. 이에 대한 부가설명 혹은 진짜 결어, 관문을 생각해 보자.

예시문 9

초고

월식

김미애

“오늘은 새벽에 일어나 개기월식을 찍었어요. 선생님이 가르쳐주신 다중촬영을 처음 시도해 봤어요. 조리개 5.6에 셔터속도 1/15에 두고 7장 정도를 찍었어요. 조금씩 지구의 그림자로 들어가는 달의 모습이 요즈음 임종을 앞둔 선생님 같아요. 해가 뜨기도 전에 달이 질 시간도 아닌데, 지구의 그림자 속으로 질주해가는 달의 모습이, 아직 인간으로서 한창나이에 스러져 가는 선생님 같아요. ”

사진 카페에 글을 올리고 있을 때 휴대전화기의 벨 소리가 울렸다.

“선생님 운명하셨답니다.”

하나, 둘, 셋, 문 앞에 놓인 신문은 세 부이었다. 사흘 동안 아무도 오지 않은 것이다.

“저 왔어요.”

“응, 그래.”

반가워하는 목소리로 선생이 대답했다. 선생은 뇌종양을 앓고 있는 오십 대 초반의 사진가이다. 몇 년 전 이혼을 하고 미국에서 귀국하여 사진에만 전념하고 계신다. 일 년 전 왼 다리에 마비가 왔고 병원에서는 뇌종양 진단이 내려졌다. 감마나이프 수술을 시도했지만, 혈관부위에 있던 종양 탓으로 미완의 수술에 그쳤고 1년 남짓의 시한부 인생을 선고받았다.

요즈음 선생의 왼 다리는 더욱 부어올랐고 왼팔마저 어둔한 듯했다. 종양은 선생의 왼쪽 신경들을 압박하고 있다. 선생이 지팡이를 짚은 채 침대 씌우개를 벗기려 애쓰고 있었다. 내가 도와주어 세탁기에 넣었을 때 이미 세탁기 안에는 선생의 바지들이 가득 차 있었다. 나는 세탁기를 가동해 놓고 선생의 식사를 준비하기 시작했다. 선생이 조용히 물었다.

"왜 갑자기 빨래가 많아졌는지 아니?"

"배뇨에 이상이 왔나요?"

나는 짐짓 아무렇지도 않은 표정으로 전문적인 용어를 사용하며 말했다.

"십 초 이상 참기 힘들어. 이제 점점 더 가까이 오고 있어. 올 테면 오라지. 어디까지 가는 지 두 눈 부릅뜨고 볼 거야."

겨울이 되면서 선생은 사 층 옥탑방에서 한 번도 나간 적이 없다. 혼자 힘으로 계단을 내려가는 것은 생각도 할 수 없었고, 혼자 의자에서 앉고 일어나는 것도 잘할 수 없어 넘어지기 일쑤였다. 선생의 몸은 푸른 멍과 하얀 파스로 얼룩지고 있었다.

"한 번 넘어지면 침대까지 기어가야 해. 침대 한 모서리를 부여잡아야만 겨우 일어나지."

오랜 세월 미국 주재 사진기자 생활을 하여 사막으로, 전쟁터로, 세계를 뛰어다니던 선생을 몇 센티미터의 종양이 주저앉혀 버렸다.

"사진가는 사진을 찍어야 하는데, 내 몸의 병보다 사진 찍으러 돌아다닐 수 없다는 것이 더 마음 아프다."

선생은 원망스러운 듯 자신의 왼 다리를 철썩철썩 때렸다.

하얀 눈으로 덮인 옥상의 베란다 위에 눈이 쌓힌 나무의자가 놓여 있었다. 물끄러미 의자를 바라보던 선생이 갑자기 말을 했다.

"사진기 가져와. 삼각대랑."

선생은 의자 위에 얼어 죽은 화분 한 개를 올려놓게 했다.

"꼭 내 꼬락서니 같군. 잘 붙잡고 있어. 넘어지면 사진기 다쳐."

선생이 그의 중형 카메라를 두 손으로 받친 채 윗부분의 파인더를 내려보며 사진을 찍기 시작했다. 그동안 나는 선생이 넘어지지 않도록 단단히 붙들고 있어야만 했다. 한 손으로는 선생의 옆구리를 받치고 다른 손으로는 선생의 가죽 허리띠를 잡았다. 우리는 그러한 기묘하고도 힘든 자세로 한참을 서 있었다. 선생은 한 통을 다 찍은 후에야 가쁜 숨을 몰아쉬며 다시 의자에 앉았다.

요즈음 선생이 고통 속에서도 찍은 사진들은 점점 더 어두워지고 있다. 어둠 속에 동그마니 감긴 흰 이불. 선생이 넘어뜨려 깨진 난초 화분의 뒤틀린 뿌리들. 사 층 옥탑방에서 그의 마지막 예술혼이 처절하게 이어지고 있었다.

"나 오래 못살아. 열심히 해라. 병신인 나도 찍지 않니?"

선생은 약간의 음식을 먹은 후 내가 집에서 현상해 온 필름들을 살폈다. 작은 사진들로 이어진 밀착 인화지들을 보면서 주황색 펜으로 크게 뽑을 사진들을 고르기 시작했다.

"너는 도시 낙서를 찍은 아론 시스킨드를 닮았구나."

선생이 내가 가져온 밀착 인화지를 살피다 말했다. 선생이 가리킨 것은 공사장의 철문에 묻어나는 녹물 사진이었다. 띄엄띄엄 찍힌 녹과 흘러내린 녹물의 흔적은 붉은 칸나처럼 보였다.

나는 사진을 배우면서 보는 법을 익히고 있었다. 비가 온 날 나무들의 질감. 하루 중 가장 부드럽고도 가벼운 광선. 수면에 투영된 유화 같은 나뭇잎들의 흔들림. 날마다 빛을 입고 벗는 산야들. 하루 품을 파는 이들의 찌든 목덜미. 반항하는 소년의 황량한 눈빛. 고즈넉한 숲. 처연한 숲. 안개에 쌓인 몽환적인 숲.

하나. 둘. 신문은 두 부이었다. 역시 그사이 아무도 오지 않았다. 문을 열고 들어갔을 때 선생은 목욕탕 문턱에 걸려 엎어져 있었다. 누운 채 분노와 고통에 찬 목소리로 선생이 외쳤다.

"서둘러라. 한 시간 째다."

선생 옆에는 유리문 한쪽도 깨져 차가운 바람이 불어 들어왔다. 설상가상으로 부엌의 물도 나오지 않았다. 맹추위로 수돗물이 얼어붙은 것이다.

"오늘은 약이 오는 날이니 약이 올 때까지 있어다오."

눈은 날이 어두워질수록 더욱 세차게 내렸다. 선생은 계속 술만 마시고 끊임없이 줄담배를 피웠다. 오늘은 선생도 나도 힘든 날이었다. 폭설로 오지 않으려는 기술자들에게 사정 이야기를 하며 얼어붙은 수도와 깨진 유리문을 해결한 터였다. 우리는 약을 가져다줄 배달부를 기다리고 있다. 이 눈을 뚫고 택배는 올 것인가?

선생은 계속 음악을 틀게 하였다. 장사익, 샹글리 라즈, 라흐마니노프, 라벨. 음악은 폭설에 갇힌 선생과 나를 위로해 주기도 하고 가라앉히기도 하는 주술적인 분위기를 주며 방을 휘저었다. 오늘은 선생의 마음이 너무 참담할 것 같아 말조차 건네기 어려웠다. 내가 해 줄 수 있는 것은 묵묵히 맥주만 따라주고 같이 마셔주는 일이었다. 조금 취기가 올랐을 때 침묵을 깨고 선생이 물었다.

"너 왜 사진을 하니?"

갑작스러운 질문에 당황했다. 잠시 생각한 뒤 말했다.

"저 자신에게 집중할 수 있어서요."

현관 벨 소리가 났다. 하얗게 눈을 뒤집어쓴 청년이 선생의 약 봉투를 내밀었다.

겨울이 끝나갈 무렵 선생은 마지막 전시회 준비를 하기 시작했다. 지인들과 제자들이 와서 선생의 인화 작업을 도왔다. 인화 작업에는 무려 세 사람이 들어가 부축하였다. 온 힘을 기울여 생의 마지막 작업에 임하던 선생은 전시회를 며칠 앞두고 의식을 잃었고 한 달 뒤 생의 끈을 놓아버렸다. 힘겨웠던 겨울나기 끝에 선생은 개기월식처럼 그렇게 사라져 갔다. 봄이 왔지만 나는 목감기를 심하게 앓았다.

예시문 9

완고

월식

김미애

"오늘은 새벽에 일어나 개기월식을 찍었어요. 선생님이 가르쳐주신 다중촬영을 처음 시도해 봤어요. 조리개 5.6에 셔터속도 1/15에 두고 7장 정도를 찍었어요. 조금씩 지구 그림자로 들어가는 달이 임종을 앞둔 선생님 같아요. 해가 뜨기도 전에 달이 질 시간도 아닌데, 지구의 그림자 속으로 질주해 가는 달의 모습이, 아직 인간으로 한창나이에 스러져가는 선생님 같아요."

사진 카페에 글을 올리고 있을 때 휴대전화기의 벨 소리가 울렸다.

"선생님 운명하셨답니다."

하나, 둘, 셋, 문 앞에 놓인 신문은 세 부였다. 사흘 동안 아무도 오지 않은 것이다.

"저 왔어요."

"응, 그래."

선생이 반갑게 대답했다. 선생은 뇌종양을 앓고 있는 오십 대 초반의 사진가다. 몇 년 전 이혼을 하고 미국에서 귀국해 사진에 전념하고 계신다. 일 년 전 왼쪽 다리가 마비됐다. 병원에서는 뇌종양 진단을 내렸다. 감마나이프 수술을 시도했지만, 종양이 혈관 부위에 있던 탓에 수술은 미완에 그쳤다. 대신 1년 남짓의 시한부 인생을 선고받았다. 요즈음 선생의 왼쪽 다리는 더욱 부어올랐다. 왼팔마저 어둔한 듯했다. 종양은 선생의 왼쪽 신경들을 압박하고 있다.

선생은 지팡이를 짚은 채 침대 씌우개를 벗기려 애쓰고 있었다. 내가 세탁기 뚜껑을 열자 이미 세탁기 안은 바지들이 가득 차 있었다. 나는 세탁기를 돌려놓고 식사를 준비하기 시작했다. 선생이 조용히 물었다.

"왜 갑자기 빨래가 많아졌는지 아니?"

"배뇨에 이상이 왔나요?"

나는 짐짓 아무렇지도 않은 표정으로 전문적인 용어를 사용하며 말했다.

"십 초 이상 참기 힘들어. 이제 점점 더 가까이 오고 있어. 올 테면 오라지. 어디까지 가는지 두 눈 부릅뜨고 볼 거야."

겨울이 되면서 선생은 사 층 옥탑방에서 한 번도 나간 적이 없다. 혼자 힘으로 계단을 내려가는 것은 생각도 할 수 없었고, 혼자 의자에서 앉고 일어나는 것도 잘할 수 없어 넘어지기 일쑤였다. 선생의 몸은 푸른 멍과 하얀 파스로 얼룩지고 있었다.

"한번 넘어지면 침대까지 기어가야 해. 침대 모서리를 부여잡아야만 겨우 일어나지."

오랜 세월 미국 주재 사진기자 생활을 하여 사막으로, 전쟁터로, 세계를 뛰어다니던 선생을 몇 센티미터짜리 종양이 주저앉혀 버렸다.

"사진가는 사진을 찍어야 하는데, 내 몸의 병보다 사진 찍으러 돌아다닐 수 없다는 것이 더 마음 아프다."

선생은 원망스러운 듯 왼쪽 다리를 철썩철썩 때렸다.

하얀 눈으로 덮인 옥상의 베란다 위에 눈이 쌓힌 나무의자가 놓여 있었다. 물끄러미 의자를 바라보던 선생이 갑자기 말을 했다.

"사진기 가져와. 삼각대랑."

선생은 의자 위에 얼어 죽은 화분 한 개를 올려놓게 했다.

"꼭 내 꼬락서니 같군. 잘 붙잡고 있어. 넘어지면 사진기 다쳐."

선생은 중형 카메라를 두 손으로 받치고서 윗부분의 파인더를 내려보며 사진을 찍기 시작했다. 그동안 나는 선생이 넘어지지 않도록 단단히 붙들고 있어야 했다. 한 손으로는 선생의 옆구리를 받치고 다른 손으로는 선생의 가죽 허리띠를 잡았다. 우리는 그러한 힘들고 기묘한 자세로 한참을 서 있었다. 선생은 한 통을 다 찍은 후에야 가쁜 숨을 몰아쉬며 다시 의자에 앉았다.

요즈음 선생이 고통 속에서 찍은 사진들은 어두워지고 있다. 어둠 속에 동그마니 감긴 흰 이불, 선생이 넘어뜨려 깨진 난초 화분의 뒤틀린 뿌리들. 사 층 옥탑방에서 마지막 예술혼이 처절하게 이어지고 있었다.

"나 오래 못 살아. 열심히 해라. 병신인 나도 찍지 않니?"

선생은 음식을 조금 먹은 후 내가 현상해 온 필름들을 살폈다. 작은 사진들로 이어진 밀착 인화지들을 보면서 주황색 펜으로 크게 뽑을 사진들을 고르기 시작했다.

"너는 도시 낙서를 찍은 아론 시스킨드를 닮았구나."

선생이 내가 가져온 밀착 인화지를 살피다 말했다. 선생이 가리킨 것은 공사장 철문에 묻어나는 녹물 사진이었다. 띄엄띄엄 찍힌 녹과 흘러내린 녹물의 흔적이 붉은 칸나처럼 보였다.

나는 사진을 배우면서 세상 보는 법을 익히고 있었다. 비가 온 날 나무들의 질감. 하루 중 가장 부드럽고도 가벼운 광선. 수면에 투영된 유화 같은 나뭇잎들의 흔들림. 날마다 빛을 입고 벗는 산야(山野). 하루 품을 파는 이들의 찌든 목덜미. 반항하는 소년의 황량한 눈빛. 고즈넉한 숲. 처연한 숲. 안개에 쌓인 몽환적인 숲.

신문은 두 부였다. 역시 그사이 아무도 오지 않았다. 문을 열고 들어갔을 때 선생은 목욕탕 문턱에 걸려 엎어져 있었다. 누운 채 분노와 고통에 찬 목소리로 선생이 외쳤다.

"서둘러라. 한 시간째다."

선생 옆에는 유리문 한쪽이 깨져 차가운 바람이 불어 들어왔다. 설상가상으로 부엌의 물도 나오지 않았다. 맹추위로 수돗물이 얼어붙은 것이다.

"오늘은 약이 오는 날이니 약이 올 때까지 있어 다오."

눈은 날이 어두워질수록 더욱 세차게 내렸다. 선생은 계속 술만 마시고 끊임없이 줄담배를 피웠다. 선생도 나도 힘든 날이었다. 폭설로 오지 않으려는 기술자들에게 사정 이야기를 하며 얼어붙은 수도와 깨진 유리문을 해결한 터였다. 우리는 약을 가져다줄 배달부를 기다리고 있다. 이 눈을 뚫고 택배는 올 것인가?

선생은 계속 음악을 틀게 했다. 장사익, 상그리 라스, 라흐마니노프, 라벨. 음악은 폭설에 갇힌 선생과 나를 위로해 주기도 하고 가라앉히기도 하는 주술적인 힘으로 방을 휘저었다. 오늘은 선생 마음이 너무 참담할 것 같아 말조차 건네기 어려웠다. 내가 해줄 수 있는 것은 묵묵히 맥주만 따라주고 같이 마셔주는 일이었다. 조금 취기가 올랐을 때 침묵을 깨고 선생이 물었다.

"너 왜 사진을 하니?"

갑작스러운 질문에 당황했다. 잠시 생각한 뒤 말했다.

"저 자신에게 집중할 수 있어서요."

현관 벨 소리가 났다. 하얗게 눈을 뒤집어쓴 청년이 약 봉투를 내밀었다.

겨울이 끝나갈 무렵 선생은 마지막 전시회 준비에 들어갔다. 지인들과 제자들이 와서 인화 작업을 도왔다. 인화 작업에는 세 사람이 부축했다. 온 힘을 기울여 생의 마지막 작업에 임하던 선생은 전시회를 며칠 앞두고 의식을 잃었고 한 달 뒤 생의 끈을 놓았다. 힘겨웠던 겨울나기 끝에 선생은 개기월식처럼 그렇게 사라져갔다. 봄이 왔다. 나는 목감기를 심하게 앓았다.

울림이 있다. 구성이 잘돼 있고 짤막짤막하고 수식어도 없다. 필자는 마지막 문장으로 크게 문을 닫고 나갔다. 선생이 보고 싶다든지 뭐한다든지 그런 거 없이 거기서 끝냈다. 그래서 많은 얘기를 하고 있다. 생의 마지막을 불태웠던 선생님 이야기일 수도 있고 그걸 지켜봤던 자기 이야기일 수도 있겠다.

1. 구성도 좋고 무엇보다 팩트가 좋다. 수식어 없이 모든 게 팩트로 짜여 있다. 구조는 소설이다. 소설이라면 취재가 잘된 소설이고 자기 경험이라면 기술적으로 세련된 자기 경험 얘기다. 경험을 밋밋하게 쓰는 게 아니라 과거와 현재 그리고 그 뒷얘기를 어느 시점에서 봤는지 알 수 없도록 구성이 잘돼 있다. 그래서 재미가 있다.

처음 시작에 신문 세 부 얘기, 나중에 신문 두 부 얘기, 그리고 끝. 수미상관적인 구조도 잘 돼 있다. 수미상관은 아까 읽었던 부분을 다시 떠올리게 하는 장점이 있다. 아 그거였지, 읽다 보니까 또 다시 읽게 되고 그런 친근함을 준다.

2. 이런 구성을 교직(交織)이라고 한다. 섬유를 짤 때 씨줄과 날줄을 촘촘하게 교차하면서 이어가는 기술이 교직이다. 심할 경우에는 방수까지 될 수 있는 천을 짤 수가 있다. 이 글이 바로 팩트와 시제가 절묘하게 교직된 글이다. 아주 묘하게, 이 얘기 했다가 저 얘기 했다가 또 다른 이야기를 했다가 다시 본론으로 회귀한다. 과거 얘기 했다가 지금 얘기 했다가 또 옛날 얘기 했다가 지금 얘기 했다가 또 봄 얘기 했다가. 갑자기 느닷없이 봄으로 넘어간다.

교직이라는 기법은 설계를 제대로 해놓지 않으면 쓰기가 어렵다. 그런데 이 글은 설계가 잘돼 있다. 독자는 뒷글을, 뒤 문장과 뒤 문단을 기대하게 된다. 과장을 하자면, 시선을 못 떼게 만든다. 다음 문장은 뭘까. 다음 내용은 뭘까. 계속 보게 만드는, 디자인이 잘된 글이다. 팩트가 진행되다가 갑자기 저리로 치고 나갔다 다시 들어오고 나갔다 들어오고 해서 독자들을 계속 숨 막히게 만들면서 나중에는 '나는 목감기를 심하게 앓았다' 한 문장으로 여운을 확 줘버리는 글이다.

3. 제대로 닫힌 글이다. 선생님이 그립다든지 그 선생님은 위대한 사람이었다든지, 불꽃처럼 살다 간 사람이었다든지 이런 평가는 일절 없다. 심하게 목감기를 앓았다는 사실로 담백하게 글을 맺었다. '엄마는 방울이 새끼를 남한테 줘버렸다' 하고 똑같은 얘기다.

총평

1. 좋은 제목과 좋은 글이다.
2. 교직: 섬유를 짜듯 씨줄과 날줄을 계획적으로 교차시킨 글이다. 자칫 하면 복잡해지는 글 구조, 하지만 잘 꾸미면 아주 세련된 글을 탄생시킬 수 있는 기법이다.
3. 팩트의 힘: 슬펐다, 좋았다 같은 가치판단이 배제된 건조한 문장과 글이지만 팩트가 주는 울림이 있다. '울림'은 독자더러 울라고 강요하지 않고, 있는 그대로를 보여줄 때 생긴다.
   '힘겨웠던 겨울나기 끝에 선생은 개기월식처럼 그렇게 사라져갔다. 봄이 왔다. 나는 목감기를 심하게 앓았다.' → 일부러 울리는 대신, 독자에게 그 울림을 즐기라는.

예시문 10
초고

치산치쓰

이현주

사월은 아랫녘의 벚꽃 축제 소식으로 시작한다. 진해 군항제로 시작해서 여의도 벚꽃 축제에 이르면 매번 새롭고 놀랍던 봄이 다시 익숙해지기 시작하는 것이다. 그렇게 되풀이 되는 꽃소식에는 언제나 쓰레기 소식도 함께한다. 올해는 '11년째 벚꽃이 핀 자리, 쓰레기만 남았다'라는 여의도 벚꽃 축제 기사도 있었다.

쓰레기와 관련해 몇 가지 개인적인 기억이 있다. 아주 오래( )전 친구들과 변산반도의 채석강에 갔다. 여름이었는데 임시화장실 오물이 넘쳐 모래밭에 작은 물길을 내고 있었다. 해변으로 우회해서 채석강으로 갔다. 바닷물에 침식되어 퇴적한 절벽이 마치 수만 권의 책을 쌓아놓은 듯하다는 채석강이다. 그 바위 책 사이에 깨진 음료수 병이며 뚜껑들이 켜켜이 끼어 있었다. 친구와 나는 잠시 멍하니 서 있다가 가자!하고 그 자리를 떠났다. 그 후로 변산반도를 가지 않았다. ≫재작년엔 안나푸르나 베이스 캠프 트레킹을 위해 네팔 카트만두로 갔다. 8,000m급 히말라야 연봉을 병풍처럼 두르고 있는 해발 1,200m 고지의 카트만두는 무거운 매연에 잠겨( )있었다. 공항에 내려 시내로 들어가니 차도와 인도 구분도 없는 길 가장자리에 쓰레기가 덜 치운 눈처럼 쌓여있었다. 시내 개천에는 과자봉투며 플라스틱 통들이 썩은 퇴적물과 이끼 낀 돌 사이에 걸려있었다, 그 쓰레기는 포카라로 가는 길에 직업이 없어 길가에 멍하니 앉아 있던 젊은 청년들_보다 더 암담하게 기억된다.

동아시아에서는 치산치수를 군주가 해야 할 가장 중요한 책무로 꼽았다. 물관리가 되지 않으면 홍수가 나거나 가뭄에 곡식을 기를 수 없다. 치산치수는 국가가 적절히 관리되고 있는지를 판단하는 중요한 기준이었다. 인구가 적고 생산성이 낮았던 시대에는 식량을 지속적이고 안정적으로 생산하는 일이 중요했을 것이다. 현대에 와서는 대량생산과 대량소비 그리고 도시에 따른 인구 과밀화로 인해 먹는 문제보다 먹고 난 후 또는 소비 후의 문제가 더 심각해졌다. 한 국가가 제대로 관리되고 통제되고 있는지 여부를 쓰레기가 적절히 관리되고 있는지 여부로 판단할 수 있다는 생각이다.

미국의 저널리스트인 로버트 카플란은 그의 글 '무정부시대는 오는가 Coming Anachy (1994년)'에서 자원부족, 범죄, 인구과잉, 종족주의. 질병 등이 전세계의 사회구조를 파괴하고 있다고 했다. 마치 IS의 출현을 예고하듯이 앞으로의 세계는 범죄와 전쟁을 구분할 수 없을 것이라고도 하였다. 그는 이 글에서 아프리카 기니의 풍경을 이렇게 묘사했다.

길거리는 쓰레기로 가득한 진흙탕이었다. 모기와 파리가 어디에나 득실거렸다. 배가 툭 튀어나온 어린이들은 개미떼처럼 많았다. 더러운 해변은 썰물 때가 되면 죽은 쥐와 버린 자동차의 잔해를 드러냈다. 인구 증가율이 지금 속도대로라면 28년 후 기니 인구는 2배가 될 것이다. 벌목은 무분별한 속도로 계속되고 있고, 사람들은 시골을 떠나 코나크리로 몰련든다. 다른 제3세계 지역과 마찬가지로 이곳 사람들은 자연이 견뎌낼 수 있는 한도를 훨씬 넘어 자연을 학대하고 있으며, 이제 자연도 보복에 나서기 시작했다는 느낌이 들었다.

벚꽃 쓰레기를 걱정하는 우리 현실과는 다소 거리가 있다 해도 두렵지 않은 것은 아니다.

예시문 10

완고

치산치쓰

이현주

사월은 아랫녘의 벚꽃 축제 소식으로 시작한다. 진해 군항제로 시작해서 여의도 벚꽃 축제에 이르면 매번 새롭고 놀랍던 봄이 다시 익숙해지기 시작한다. 되풀이되는 꽃소식에는 쓰레기 소식도 함께한다. 올해는 '11년째 벚꽃이 핀 자리, 쓰레기만 남았다'라는 여의도 벚꽃 축제 기사도 있었다. 개인적으로 몇 가지 쓰레기 같은 기억이 있다.

아주 오래전 친구들과 변산반도 채석강에 갔다. 여름이었다. 임시화장실 오물이 넘쳐 모래밭에 작은 물길을 내고 있었다. 해변으로 돌아가야 했다. 바닷물에 침식돼 퇴적한 절벽이 마치 책 수만 권을 쌓아놓은 듯하다는 채석강이다. 그 바위책 사이에 깨진 음료수병이며 뚜껑들이 켜켜이 끼어 있었다. 친구와 나는 잠시 멍하니 서 있다가 떠났다. 그 후로 변산반도를 가지 않았다.

재작년엔 안나푸르나 베이스캠프 트레킹을 위해 네팔 카트만두로 갔다. 8,000m급 히말라야 연봉을 병풍처럼 두르고 있는 해발 1,200m 고지 카트만두는 무거운 매연에 잠겨 있었다. 차도와 인도 구분도 없는 길 가장자리에 쓰레기가 덜 치운 눈처럼 쌓여 있었다. 시내 개천에는 과자

봉투며 플라스틱 통들이 썩은 퇴적물과 이끼 낀 돌 사이에 걸려 있었다. 일자리 없이 포카라로 가는 길가에서 멍하니 앉아 있던 젊은 청년들보다 더 암담했다.

동아시아에서는 치산치수를 군주가 해야 할 가장 중요한 책무로 꼽았다. 치산치수는 국가가 적절히 관리되고 있는지를 판단하는 중요한 기준이었다. 물관리가 되지 않으면 홍수가 나거나 가뭄이 들었다. 인구가 적고 생산성이 낮았던 시대에는 식량을 지속적이고 안정적으로 생산하는 일이 중요했을 것이다. 현대에는 대량생산과 대량소비, 인구 과밀화로 인해 먹는 문제보다 먹고 난 후 또는 소비 후의 문제가 더 심각해졌다. 이제 쓰레기 관리 상태로 한 국가의 관리 수준을 판단하는 세상이 되었다.

미국 저널리스트 로버트 캐플런은 《무정부시대는 오는가》(Coming Anachy, 1994)에서 자원부족, 범죄, 인구과잉, 종족주의와 질병이 세계 사회구조를 파괴하고 있다고 했다. IS의 출현을 예고하듯이 앞으로의 세계는 범죄와 전쟁을 구분할 수 없을 것이라고도 했다. 그는 아프리카 기니의 풍경을 이렇게 묘사했다.

"길거리는 쓰레기로 가득한 진흙탕이었다. 모기와 파리가 어디에나 득실거렸다. 배가 툭 튀어나온 어린이들은 개미 떼처럼 많았다. 더러운 해변은 썰물 때가 되면 죽은 쥐와 버린 자동차의 잔해를 드러냈다. 인구 증가율이 지금 속도대로라면 28년 후 기니 인구는 2배가 될 것이다. 벌목은 무분별한 속도로 계속되고 있고, 사람들은 시골을 떠나 코나크리로 몰려든다. 다른 제3세계 지역과 마찬가지로 이곳 사람들은 자연이 견뎌낼 수 있는 한도를 훨씬 넘어 자연을 학대하고 있다. 이제 자연도 보복에 나서기 시작했다는 느낌이 들었다."

시작은 벚꽃 축제고 채석강이었다. 그 시작에서 자연의 보복을 본다. 두렵다.

읽다 보니 치산치쓰가 무슨 말인지 알겠고 참 제목 잘 붙였다는 생각을 했다. 치산치쓰. 뒤에 치산치수 얘기가 나와 있으니까 그 근거도 명확하다. 앞에도 쓰레기 얘기가 나와 있으니까 쓰레기 얘기구나 할 수 있다.

1. 글 흐름이 자연스럽다. 사소한 에피소드, 벚꽃 축제, 그 옛날 쓰레기 때문에 당황했던 기억, 그러다 조금 넘어서 카트만두 얘기. 그리고 필자 주장의 근거를 더 심화하기 위해 캐플런이라는 이쪽 전문가의 이야기를 인용하면서 쭉 얘기를 했다. 그러다 마지막으로 벚꽃축제나 채석강에서도 보니 한국에서도 자연이 보복하지 않을까 두렵다 이런 얘기를 했다.

초고는 마지막이 이렇다. '벚꽃 쓰레기를 걱정하는 우리 현실과는 다소 거리가 있다 해도 두렵지 않은 것은 아니다.' 문을 쾅 닫는 듯한 느낌을 주려면 이것보다는 '두렵다'라고 짧게 끝내는 것이 어떨까.

2. 또 캐플런이 한 말이 이 글에 과연 필요할까, 적절할까 생각해 보

자. 생활적인 얘기를 쭉 하고 길가에 버려진 카트만두 쓰레기 얘기를 했는데 캐플런이라는 거물의 거창한 예가 나오더니 결론이 한 줄로 쫙 나왔다. 여기서 비유의 대상이 레벨이 맞지 않는다는 생각이 들었다. 뭔가가 빠져 있다는 느낌이 든다. 뭐가?

바로 팩트다. 구체적인 팩트로 근거를 줘야 한다.

'여의도는 어떻게 되고 채석강은 어떻게 되고, 채석강은 그 후 가보지 않았으니 모르겠지만 여의도에서는 벌써 벚꽃이 좀 줄어들었다든지 보복의 조짐이 보인다, 또 카트만두는 자료를 찾아보니까 지금 그 분지에 있는 매연을 줄이기 위해 자동차 대수도 줄이고 안간힘을 쓰고 있다. 에베레스트에서는 지금 쓰레기 때문에 죽을 지경이다, 아직까지도.'

이런 식으로 캐플런과 한국 현실을 연결시켜 주는 팩트가 인용이 됐다면 우리의 현실과 제3세계 문제가 똑같이 두렵다고 자연스럽게 연결이 될 수 있다. 여기에서는 이 캐플런이라는 어찌 보면 기승전결의 전이 되는 부분과 결이 설득력 있게 연결되지 않는다.

3. 형식적으로는 잘 설계된 칼럼이다. 개인적인 얘기, 일관된 주제로 개인적인 얘기를 하고 옛날에 떠올렸던 기억, 시사적인 얘기, 개인적인 쓰레기에 대한 기억이 나열되고 한국과 카트만두 인용이 있고 거시적으로 캐플런이라는 사람이 얘기한 아프리카에서의 팩트와 전망이 두루 다 있다. 이에 근거해 내린 결론도 좋다. 캐플런 얘기와 결론이 조금 더 다양한 팩트로 브릿지되었다면 더 설득력이 있지 않았을까.

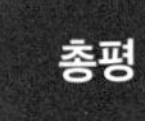

총평

1. 디테일이 명품을 만든다. 맞춤법, 각종 기호, 오탈자에 신경을 쓴다.
2. 관문: 전체를 총괄하고 정리하는 문장이다. 조금만 더 날 선 표현과 직설을 생각해 보자.
3. 미끼 문장을 조금만 고민해 보자. 각 문단 혹은 의미단위는 서로 연관이 있어야 한다. 연관 없는 문단들은 미끼 문장 혹은 다리 문장으로 연결해 준다.

가족이란 무엇일까?

구영수

“아버지 고마워요. 아버지가 없었다면 할 수 없었어요.” “네가 없었다면 아버지는 하지 않았다.” 거동이 불편한 아들을 태운 고무보트를 허리에 묶고 3.9km 바다를 헤엄치고, 아들을 앞에 태운 자전거로 180.2km를 달리고, 아들이 탄 휠체어를 밀면서 42.195km를 뛴다. 아버지는 말한다. “나는 영웅이 아닙니다. 단지 아버지일 뿐입니다.”

쌍둥이 자매가 태어났다. 7개월 만에 태어난 조산아로서 체중이 1킬로그램에 불과하였다. 인큐베이터에 놓여졌다. 언니는 건강하였으나, 동생은 건강이 좋지 못했다. 동생은 희망이 없어 보였다. 동생의 심장이 멎어가고 있었다. 간호사가 언니를 동생이 있는 인큐베이터에 넣었다. 언니가 팔을 뻗어 동생을 끌어안았다. 아무 이유도 없이 동생 심장이 안정을 되찾았다. 자매는 얼마 후 퇴원했다.

공사장에서 추락사고로 다친 젊은이가 응급실로 실려 왔다. 응급조치를 취했으나 살아날 가망성은 없었다. 심장 상태를 알려 주는 심전도 파동은 심장이 힘을 잃어가고 있음을 보여 주고 있었다. 이런 상태에서 10분 이상 살아( )있는 환자는 없다. 부모님과 친척들은 슬피 울며 마지막 작별을 고했다. 예상과 달리 환자는 이틀을 더 버텼다. 한 젊은 여인이 중환자실로 들어왔다. 그 여인이 환자 손을 꼭 잡았다. 바로 그 순간 심전도 화면에서 약하게 지속되던 파동이 한 순간 사라졌다. 정전이 되어 아파트 단지가 거대한 암흑에 빠진 듯 했다. 그 여인은 결혼한 지 3개월에 접어드는 부인이었다. 뱃속에 젊은이의 아기를 가지고 있었다.

단독주택 지하 1층에 살던 세 모녀가 숨진 채 발견되었다. 창문은 테이프로 봉해져 있었고, 방문은 침대로 막혀 있었다. 방안에는 타다 남은 번개탄이 놓여 있었다. 집안은 깨끗했다. 가재도구는 깔끔하게 정리되어 있었다. 책상에는 70만원이 든 봉투가 놓여 있었다. 봉투 위에는 쪽지가 놓여 있었다. "주인아주머니께. 죄송합니다. 마지막 집세와 공과금입니다. 정말 죄송합니다." 숨진 가족들 머리 위로 딸들이 초등학생 때 찍은 가족사진이 놓여 있었다.

강남에 고급 아파트를 소유한 40대 가장이 아내와 13살, 8살 된 두 딸을 목을 졸라 살해하였다. 자신이 죽고 나면 가족들이 멸시받을까봐 함께 죽으려고 했다고 한다.

가족이란 무엇일까? 바람이 무겁다.

가족이란 무엇일까?

구영수

"당신이 없었다면 할 수 없었어요." "네가 없었다면 하지 않았다." 거동이 불편한 청년을 태운 고무보트를 허리에 묶고 3.9km 바다를 헤엄치고, 청년을 앞에 태운 자전거로 180.2km를 달리고, 휠체어를 밀면서 42.195km를 뛰었다. 그가 말했다. "나는 영웅이 아닙니다. 단지 아버지일 뿐입니다."

7개월 만에 태어난 조산아가 있었다. 체중이 1kg에 불과해 인큐베이터에 들어갔다. 건강이 좋지 못했다. 희망이 없어 보였다. 심장이 멎어가고 있었다. 간호사가 옆 인큐베이터에 있던 또 다른 아기를 조산아가 있는 인큐베이터에 넣었다. 아기가 팔을 뻗어 그 아기를 끌어안았다. 심장이 안정을 되찾았다. 이유는 알 수 없었다. 단지 두 아기는 함께 태어난 쌍둥이 자매였을 뿐.

공사장에서 추락한 젊은이가 응급실로 실려 왔다. 응급조치를 취했으나 살아날 가망성은 없었다. 심전도 파동은 심장이 힘을 잃어가고 있음을 보여 주고 있었다. 이런 상태에서 10분 이상 생존하는 환자는 없다. 부모님과 친척들은 울면서 마지막 작별을 고했다. 환자는 이틀을 더 버텼다. 한 젊은 여자가 중환자실로 들어왔다. 여자가 청년 손을 꼭 잡았다. 순간 심전도 화면에서 약하게 지속되던 파동이 사라졌다. 이 또한 이유를 알 수 없다. 다만 여자는 결혼한 지 3개월에 접어드는 부인이었고, 뱃속에 두 사람의 아기가 자라고 있었을 뿐.

단독주택 지하 1층에 살던 세 여자가 숨진 채 발견됐다. 창문은 테이프로 봉해져 있었고, 방문은 침대로 막혀 있었다. 방 안에는 타다 남은 번개탄이 놓여 있었다. 집 안은 깨끗했다. 가재도구는 깔끔하게 정리돼 있었다. 책상 위 봉투에는 70만 원이 들어 있었다. 봉투 위에는 쪽지가 놓여 있었다. "주인아주머니께. 죄송합니다. 마지막 집세와 공과금입니다. 정말 죄송합니다."

왜 함께 죽으려 했는지, 알 수 없다. 숨진 여자들 머리 위에는 어린 꼬마들이 찍은 가족사진이 놓여 있었다.

초인적으로 달린 이유도 가족이다. 심장 박동이 살아난 이유도 가족이다. 죽음을 거부하고 이틀을 버틴 이유도 가족이다. 가난에 동반 자살한 이유도 가족이다. 얼마 전에는 서울 강남에 살던 40대가 아내와 두 딸을 죽인 이유도 가족이었다. 파산한 자기가 자살하면 가족이 멸시받을까 두려웠다고 했다. 모든 게 가족 탓이고 가족 덕이다. 대체 가족이 뭐란 말인가.

예시문 11

분석

팩트가 많고 가족이라는 이름으로 벌어졌거나 벌였거나 하는 예들을 많이 들고 결론도 제목에 충실한 글이다. 도대체 가족이 뭔데? 뭔데 하고 독자들한테 의문을 던지는 그런 글이다.

이렇게 케이스가 많을 때는 조심해야 하는 부분이 있다. 팩트가 많으면 많을수록 그 팩트 사이를 연결해 주는 미끼 문장이 필요하다.

자, 나는 이걸로 가족 얘기를 할 거야, 이걸로 가족 얘기를 할 거야, 이걸로 가족 얘기를 할 거야, 이렇게 얘기를 해야지 이것들이 산만하게 퍼져 있지 않고 독자들을 집중시켜 주는 역할을 한다.

1. 팩트만 나열해 독자에게 메시지를 다 전달해 준다면 성공한 글이다. 정말 좋은 글은 그런 글이다. 드라이하고 건조한 팩트만으로 감동을 줄 수가 있으니까. 하지만 그런 사람들은 모차르트 같은 사람들이다. 우리 같은 살리에리들은 노력을 해서 그 브릿지들을 끼워 맞춰야 한다.

이 글에 나오는 각 에피소드들은 다 가족에 관한 얘기다. 그런데 연결고리가 없다. 읽는 재미가 떨어지는 에피소드들이 독립해서 나열돼 있다. 그렇게 쭉 나열이 되다 보니까 첫 번째 읽는 재미가 떨어지고 그 다음에 세 개, 네 개의 케이스, 다섯 개의 케이스가 연결이 잘 안 되는 것이다. 의도적으로 연결시켜 줄 필요가 있다. 그래서 완고에는 구조가 조금 바뀌었다. 비교해서 읽어보라.

"아버지 고마워요" 대신에 "당신이 없었으면 할 수 없었어요"를 넣었다. '쌍둥이 자매가 태어났다' 라고 문단을 시작하는 대신 조산아가 태어났는데 옆 인큐베이터에 있는 애를 갖다 놨더니 살아나더라, 얘네들은 같은 날 태어난 쌍둥이였다, 하고 구조를 바꿨다. 마찬가지로 '세 모녀가 숨진 채 발견되었다'가 아니라 세 여자가 숨진 채 발견되었다. 알고 봤더니 가족사진이 있더라, 가족이더라, 하고 바꿨다.

이유는 간단하다. '가족 이야기임을 숨기기 위해서.'

읽는 재미를 위해서는 약간 숨겨놓고, 그 팩트들 뒤에 '가족이었을 뿐'이라는 문장을 반복적으로 삽입했다. 다 가족이다. 어떤 가족은 초인적으로 뛰었고, 가족이라서, 어떤 가족은 기적처럼 심장을 살렸고. 어떤 가족은 인사한 뒤에 편안히 세상을 떴고. 이렇게 정리를 해줌으로써 글이 좀 깔끔해지고 전달하려는 바를 전달하게 되지 않을까 하는 생각이 든다. 케이스 끝에다가 가족임을 폭로함으로써 독자들이 아, 그래, 아 그래, 아 그래 하게 되는 것이다.

2. 조금 더 힘이 있으려면, 구체적이었으면 좋겠다. 초인적인 철인경기를 펼친 사람 이름과 아들 이름과 날짜가 구체적으로 나와 있으면 더 설득력이 생긴다. 기억나는가, '그럴듯한 거짓말은 구체적이다.' 상상하고 쓴 케이스가 아니라 실제로 벌어진 일이구나, 라고 사람들이 설득

을 당하게 되는 것이다.

일본에 쓰나미가 닥쳤을 때 일본 NHK방송은 하루에 열 시간씩 생중계를 했다. 이 사람들은 말을 안 했다. 아나운서도 리포터도 아무 평가를 하지 않고 눈앞에 보이는 장면을 묘사만 했다. 눈앞에 벌어지는 팩트가 너무 적나라하니까. 갑자기 원전이 폭발하지 않나 멀쩡하게 있던 둑이, 둑 위로 갑자기 파도가 이렇게 와서 자동차가 떠내려가고 배가 떠내려가고. 그렇게 어마어마한 팩트들이 있다면 말할 필요가 없다. 이런 팩트가 있다고 말하면 충분하다.

그런 팩트를 평생 몇 번이나 경험하거나 몇 번이나 보겠는가. 그렇기 때문에 구조가 필요한 거고, 그 구조를 구성하기가 어려우니까 저런 장치들이 필요한 것이다. 독자들에게 내가 무슨 말을 하고 있는지 설명해주기 위해서 말이다.

팩트만으로 쓰기가 제일 바람직하긴 하지만 어렵다. 그래서 MSG를 쓴다. 라면수프를 쓴다. 조금 맛있으라고. 너무 많이 쓰면 몸에도 나쁘고 먹기도 힘들다. 많이 쓰면 수식어고 딱 알맞게 쓰면 브릿지, 미끼가 된다. 이 팩트와 저 팩트 사이를 물 흐르듯 수로를 만들어주는 역할을 하는 문장을 써준다.

총평

1. 관문, 정리: 팩트를 나열해서 메시지를 전달할 수 있다면 가장 좋다. 하지만 대개는 그렇지 못하니, 정리해 주는 문장이나 문단이 필요하다. 이 글에서는 그 결론 부분이 필요하다. '가족이란 무엇일까? 바람이 무겁다'라는 문장으로는 전하려는 메시지 강도가 약하다. 오히려 '바람이 무겁다'는 문장은 사족이다. 앞에까지는 팩트가 건조하게 나열되다가 감상적인 결론이 나왔다.

2. 독자들에게 궁금증을 유발할 수 있는 장치가 필요하다. 가장 좋은 장치는 '구조' 혹은 '설계'다. 팩트를 이리저리 배치해서도 궁금증 유발이 되지 않으면 추가적인 장치가 필요하다. 글에서 '장치'는 문장이다. 문장을 추가하거나 제거해서 독자 시선을 붙잡아 보라.

다음 읽어볼 글 다섯 편은 초고가 바로 완고라고 보면 된다. 작은 소리를 내며 읽어보자. 그리고 두 번째 읽으며 왜 이 글들을 '분석과 총평이 필요 없는' 글이라고 했는지 분석해 보자. 기준은 단문/리듬/기승전결/관문 네 가지다.

내가 태어난 날 이야기

김윤경

나는 김창주, 노선자 부부의 넷째 딸이다. 1974년 갑인(甲寅)년 4월 9일 자(子)시에 태어났다. 마흔 여섯에 아버지를 낳은 할머니는 아들 손주 안아보는 게 소원이었다.

부모님은 결혼하자마자 딸 둘을 내리 낳았다. 셋째는 틀림없이 아들이라 생각했다. 아들 같이 거무튀튀한 딸이 나왔다. 넷째를 가졌다. 관상쟁이를 찾아갔다. 용산 어느 골목, 낡은 집 문을 열고 들어서는데 누군가 외쳤다. "개새끼를 메고 왔구나!" 아직 배도 부르지 않았는데, 임신한 걸 알고 있었다. 그가 선언했다. "첫째, 뱃속 아이는 딸이다. 둘째, '개의 날'을 받아줄 테니 수술해라. 셋째, 7월에 아이가 들어선다. 갑인(甲寅)년 호랑이 해, 아비 호랑이가 아들 호랑이를 낳는다. 넷째, 집안을 일으킬 귀한 인물이다. 자기 하는 대로 그냥 내버려 두어라." 독실한 기독교 가정이었지만 관상쟁이 말에 순종했다. 7월에 정말 아이가 들어섰다.

살생까지 하며 가진 아이다. 얼마나 노심초사했을까. 아내가 부산 친정에서 산달을 기다리던 즈음이었다. 병원에서 아기가 바뀐 어느 부부의 기구한 사연을 뉴스에서 본다. "똑똑한 호랑이 아들이 나온다 했는데, 바뀌면 절대 안 되지." 집에서 낳기로 한다. 1974년 4월 8일 늦은 밤, 퇴근하고 들어온 남편은 아내의 진통소리를 듣는다.

방에 들어가지 못하고 툇마루에 앉아 기다리길 서너 시간. 고대하던 소리가 들렸다. "응애!" '어, 이 소리는….' 이미 들어본 소리였다. 방문이 열렸다. "김 서방, 또 딸이데이…." 장모는 순간 사위 눈에 고이는 눈물을 발견한다. 병원에서 바뀌지도 않았는데 딸이었다. 비운의 넷째를 직접 받은 큰 이모는 "자정을 알리는 종소리가 댕댕 울리는데, 네 아빠 눈에선 눈물이 뚝뚝 떨어졌다 아이가"라고 증언한다. 예언은 빗나갔다. 아버지는 예비군 훈련 때 정관수술을 해버렸다. 어머니는 늘 "아들 낳으려 한 게 아니고 딸이 좋아 많이 낳았다"고 우겼다.

딸들은 서울과 대전, 부산, 강릉에 흩어져 무난하게들 산다. 막내가 집안을 일으킬 대단한 호랑이인지 증명되진 않았다. 아버지한테 얹혀 살면서도 '효녀 심청' 소릴 듣는 기이한 능력은 가졌다. 어머니는 7년 전 하늘나라로 떠났다. 아버지는 딸에게 출생의 비밀을 이야기해 주지 않았다. 치매 걸린 큰 이모가 유언처럼 들려준 이야기다.

언젠가 관상쟁이를 만난다면 복채를 돌려달라고 협박해야겠다. 피어나지도 못한 생명 하나를 살상한 죄와 김창주, 노선자 부부를 실망시킨 죄와 노인에게 손주 선물 실패케 한 죄를 추궁하겠다. 아니다. 나를 태어나게 해줘서 감사하다고 복채를 따블로 드려야겠다. 효녀 심청 소리 들으며 행복하게 살게 해준 은덕을 갚아야겠다. 아아 모르겠다. 고민 중이다.

케일의 추억

김윤경

"크와아…아아…앙!"

알람이 필요 없었다. 녹즙기 금속 날이 케일 섬유질을 파괴하는 소리는 귀속을 깊이 후벼 팠다. 잠이 깨도 우린 일어나지 않았다. 곧 들이닥칠 케일즙 생각에 몸서리쳤다. 이불 속으로 더 깊이 파고들었다.

엄마는 매일 아침 녹즙을 만들었다. 다디단 아침잠을 녹즙기 굉음에 깨는 건 유쾌한 일이 아니었다. 유방암 수술을 받은 엄마는 이상구 박사를 맹신했다. 현미밥에 채식을 했다. 암 투병에 특히 좋다는 케일은 직접 키웠다. 케일은 생김새도 무서웠다. 자라는 속도도 무서웠다. 엄마는 그 무서운 녹즙기로 정말 무섭게 케일을 갈았다. 남편부터 시작해 네 딸을 차례로 깨워 다 마시는 것을 눈으로 확인해가며 먹였다. 온 집 안을 따라다니며 먹였다. 정작 케일이 필요한 당신은 녹즙기에 남은 찌꺼기를 깨끗이 닦아 모아 맨 마지막에 드셨다.

물 한 방울 들어가지 않은 순도 100% 엄마표 케일즙은 풋내가 강했다. 절로 콧잔등이 찌그러졌다. 입술에 닿는 순간 빈속에서 쓴 물이 올라왔다. 한 번에 쭉 마시는 건 달인의 경지에 이르러야 가능했다. 중간에 멈추면 더 비극이다. 그 맛을 혀로 느낀 후엔 결코 다시 넘길 수 없다. 심호흡 크게 하고 단번에 목구멍으로 넘겨야 한다.

먹이려는 엄마와 먹지 않으려는 가족들 사이에 온갖 불평과 회유, 협박이 오고갔다. 막내인 나에게 올 즈음 엄마는 지칠 대로 지쳐버렸다. 이불 속에서 순서를 기다리며 나는 최면을 걸었다. '케일은 맛있다… 단숨에 다 마실 수 있다…' 엄마가 이불을 걷는 순간, 나는 빛의 속도로 잔을 받아 꿀꺽꿀꺽 마셨다. 엄마는 입가에 남은 케일 자국을 손으로 닦아주시며 "막내가 최고다" 하셨다. 나는 바로 그 순간, 엄마 몸에 이상구 박사가 말한 그 '엔도르핀'이 나온다고 믿었다.

엄마는 정성을 다해 케일을 갈았다. 가족들은 전혀 고마운 줄 몰랐다. 아빠는 난초 놓기도 부족한 베란다를 못생긴 케일이 차지한다고 싫어하셨다. 언니들은 화장실에 몰래 버리는 악행을 저지르기도 했다. 나도 녹즙기가 고장이라도 나는 날엔 인디언 소리를 내며 소파 위를 뛰어다니곤 했다. 언니들은 독립하거나 결혼하면서 케일즙 굴레에서 벗어났다. 계속 부모님과 함께 산 나는 엄마 녹즙을 가장 오래, 많이 마셨다.

지금도 TV홈쇼핑에서 녹즙기를 보면 부엌에서 들리던 굉음이 들리는 듯하다. 엄마가 살아 계셨으면 당장 사드렸을 텐데. 소음도 없고 잘 갈린다고 얼마나 좋아하셨을까? 단잠은 얼마든지 깨도 좋으니 매일 아침 엄마가 케일을 갈아주면 좋겠다. "윤경아!" 하고 부르며 내 방문을 열어주면 좋겠다.

무구(無垢)

윤문수

개를 한 마리 키운다. 영국 양치기개 콜리다. 90년대 영화 〈래쉬〉에 나와 유명해진 개다. 이름은 '무구'다. 순진무구(純眞無垢)하게 살라고 지었다. 수컷이고 올해로 열네 살이다. 처음부터 훈련을 시키지 않았다. 훈련을 받으면 본능을 억제해야 해서 수명이 준다. 맹인안내견은 이런 이유로 수명이 짧다. 말을 잘 듣기보다 건강하고 순진무구하길 바랐다. 똑똑한 개보다 철없는 개가 개다웠다. 겅중겅중 뛰며 혼자 잘 논다. 주인을 닮았다.

10년 전에 서울에서 양평 시골로 이사했다. 어느 이른 봄날 무구랑 뒷산에 갔다. 겨우내 벼르던 일이었다. 가는 길에 마주친 뒷집 할아버지께 산 이름을 여쭤보았다. "조선시대 왕인데 잘 모르겠고 아들 태(胎)를 이 산에 묻었어. 그래서 태봉이야."

길은 이어지다가 끊어지기를 반복했다. 동네 야산이라 등산로도 없었다. 마을 사람들도 산에 오를 일이 없어져서 길도 사라진 것 같았다. 무구는 뛰고 냄새 맡고 오줌 싸기를 반복했다. 산 정상이 나오지 않았다. 다음에 또 오기로 하고 하산했다. 내려가는 길이 더 어려웠다. 길을 헤매기 시작했다. 무구를 앞세웠다. 오줌 냄새로 길을 잡을 줄 알았다. 냄새 맡고 뛰기만 했지 길 찾을 생각은 없어 보였다.

무구가 발을 헛디뎌 개울에 빠졌다. 수북이 쌓여 있던 낙엽과 함께 미끄러졌다. 불러도 꼼짝을 못해 내려가 끌고 올라왔다. 다치진 않았다. 그 와중에 개울에 나도 발이 빠졌다. 계곡을 따라서 내려오니 아는 길이 나타났다. 마을 반대편이었다. 산을 넘은 것이다.

콜택시를 부르려고 하니 지갑이 없었다. 집에 가서 계산하면 되지만 물에 젖은 큰 개를 태워줄 리 없다. 119를 부를까도 생각했지만 그냥 걷기로 했다. 목줄이 없으니 무구는 통제가 불가능했다. 분주히 도로를 횡단했다. 자동차들은 경적을 울려댔다. 인도도 없고 갓길도 없었다. 무구를 끌어안고 걸었다.

자꾸 몸부림치며 빠져나가려 해서 더욱 조였다. 헤드락 자세가 됐다. 자세를 바꾸다 모자가 도로 아래로 떨어졌다. 주울 수 없었다. 헤드락 자세를 유지해야 했다. 꼴이 말이 아니었다. 온몸에 낙엽과 나뭇가지가 묻어 있고 신발은 젖어 있었다.

집에 도착해서 무구를 목줄로 매었다. 거울을 보니 머리카락은 땀에 절었고 얼굴에는 검은 줄들이 있었다. 거지였다. 미친 거지가 미친개 목을 조르며 걸어가는 꼴을 지나가는 차들이 목격한 충격적인 봄날이었다. 이름을 잘 지어야겠다고 다짐한, 잊을 수 없는 봄날이었다.

봄

이수현

나는 캐나다에서 7년을 살았다. 대학교까지 다녔다. 캐나다 토론토의 겨울은 길고 길다. 4월 중순까지 눈이 펑펑 내린다. 4월 말이 돼서야 새싹이 돋아난다. 5월 중순까지도 길가에 치워 놓은 눈은 녹지 않고 푸른 잔디밭에 쌓여 있다.

캐나다에서 4월은 혹독한 달이었다. 영하 20도의 추위는 미치도록 지겨웠다. 한국에 봄이 왔다는 소식을 들을 때면 더 추웠다. 게다가 기말고사 기간이었다. 옷을 세 겹 껴입고 무릎까지 오는 두꺼운 패딩을 입고 내 등보다 큰 가방에 두꺼운 원서를 짊어지고 다녔다. 사진에서라도 벚꽃 구경을 하면서 마음을 달랬다.

새싹이 돋아날 때쯤 시험이 끝난다. 조금만 있으면 캐나다에도 꽃이 핀다. 연두색 잎이 무성할 때쯤 난 다시 한국에 간다. 한국의 봄은 막바지다. 목화꽃, 진달래꽃, 개나리꽃 그리고 벚꽃은 다 졌다. 대학 다닐 동안 나에게 봄은 없었다.

2014년 4월, 추위가 지겹지 않았다. 곧 졸업이었다. 졸업하고 캐나다의 봄을 만끽할 생각에 가슴이 두근거렸다. 5월 말 졸업하면 뉴욕여행을 할 예정이었다. 5월 초 한국에서 방학마다 연구하던 논문 때문에 갑작스럽게 한국을 가야 했다. 도서관에서 해방인 줄 알았는데 난 다시 5월을 실험실에서 보냈다. 괜찮았다. 5월 말 졸업식 하러 캐나다에 가면 봄일 것이다.

졸업식 삼 일 전 몬트리올 공항에 내렸다. 택시 타고 집에 가는 길 꽃나무를 보았다. 캐나다도 드디어 봄이 왔다. 자전거를 타고 몬트리올 시내를 휘적거리고 꽃이 가득한 공원 한가운데 누워서 책을 읽고 도시락을 먹으리라 다짐했다. 행복했다.

짐 가방을 내려놓고 남자친구에게 한걸음에 달려갔다. 근 한 달만의 감격스런 재회였다. 만나자마자 차였다. 졸업식 삼 일 전이었다. 집에 틀어박혀 사흘 동안 펑펑 울었다. 졸업 사진 속 나는 꽃을 들고 꽃나무 밑에서 팅팅 부은 얼굴로 웃고 있었다. 내가 기다리고 기다리던 봄이었다.

2015년 4월, 7년 만에 한국에서 봄을 맞았다. 대학원을 휴학했다. 다른 일을 하기 위해 공부를 시작했다. 수험생이었다. 학원 가는 버스 안에서 선유도 벚꽃을 봤다. 정말 예뻤다. 눈물이 났다. 시험이 몇 달 남지 않았다는 초조함과 놀면 안 된다는 두려움에 멀리서만 보았다. 합격할 것이다. 내년에는 저 길을 천천히 걸으며 나무 아래 하루 종일 있을 거라 다짐했다.

젠장, 재수했다.

2016년 3월 나무 아래 하루 종일 있겠다던 봄이 왔다. 기다리고 기다리던 봄이 왔다. 그런데 왜 나는 봄이 보고 싶은가.

순이 남편 철수의 믿음은 굳세다

김묘숙

철수는 아내 순이를 철석같이 믿는다. 한 번에 수억 개나 나오는 정자 중 단 하나가 난자에 들어가 아이가 되는데 아내의 순결이 전제되지 않으면 확신이 서지 않는다. 수억 중 하나! 어찌 알 수 있겠는가. 남자는 본능적으로 두렵다. 아이에 대해 확신을 가지려면 아내의 순결은 절대적이다. 철수는 아내 순이를 철석같이 믿는다.

동서고금 남편들은 자기가 아내의 첫 남자이기를 간절히 원한다. 그래야 아내가 낳은 아이를 자기 아이로 믿을 수 있고 확신할 수 있다. 여자들은 남자의 순결에 비교적 관대하다. 근원적인 차이가 있다. 가임기간 동안 여자들은 한 달에 난자를 한 개 배출한다. 남자들은 사정할 때마다 수억 개의 정자를 낸다. 허무하게도 그 중 하나밖에 쓸모가 없다. 아이에 대한 여자들의 확신은 남편의 순결과 관계없다. 러시아 소설가 고골의 단편 〈약속〉은 남자의 속성을 극명하게 보여준다.

그녀를 만나기로 한 작가는 약속만 하고 오지 않았다. 세월이 몇 년 흐른 뒤 그 도시를 지나면서 작가는 그 약속이 생각나 그녀를 찾아온다. 작가가 그 집을 방문했을 때 그녀는 죽고 없었다. 자기 아내를 찾아온

작가에게 남편이 묻는다. 언제 만나기로 했었냐고. 그가 대답한다. 4년 전에 약속을 했었다고. 작가가 떠난 뒤 남편이 네 살짜리 아이를 발로 차버린다. '너는 내 새끼가 아니야!'

철수는 순이는 아들 셋을 낳고 알콩달콩 산다. 그러는 철수를 친구들은 질투가 나 죽는다. 순이는 일찌감치 철수 친구들과 잠자리를 나눈 사이다. 술만 들어가면 친구들은 "어이 철수야! 너 마누라와 내가 잤다"라고 말한다. 그런 말하는 친구들을 보고 철수는 웃기만 한다. 추호도 흔들림이 없다. 요지부동이다. 순이를 절대적으로 믿는다. 그럴수록 친구들은 약이 오른다.

순이는 동네 살던 남자들이 자자고 조르면 같이 잤다. 같이 잔 친구가 다섯 손가락을 꼽을 정도다. 순이와 결혼하려는 놈은 없었다. 유일하게 철수가 결혼하자고 했다. 순이는 선선히 허락했다. 순이는 둥실둥실한 몸매에 모자랄 정도로 착하다.

결혼한 이후 순이는 늘 방실방실 웃으며 화를 내지 않는다. 음식도 잘한다. 힘도 세다. 아파 눕는 일도 없다. 씩씩하게 살림을 잘 꾸려간다. 철수는 그런 순이가 한없이 사랑스럽다. 같이 잔 놈들이 뭐라고 말해도 순이에게 "너 그런 일 있었냐"고 캐묻지 않는다.

10년 전 첫날밤을 철수는 생생히 기억한다. 호텔방 하얀 침대시트에 혈흔이 낭자했다. 순이의 생리가 터진 것이다. 우리 각시가 이렇게 선물을 준비하다니! 철수는 아내 순이를 철석같이 믿었다. 앞으로도.

278페이지 마지막 문장을 보라.
'강의는 일단 여기까지다'라고 적혀 있다.
자, 마지막 문장 쓰는 방법까지 설명했다.
이제 이 글쓰기 강의,
끝났다고 생각했겠지?

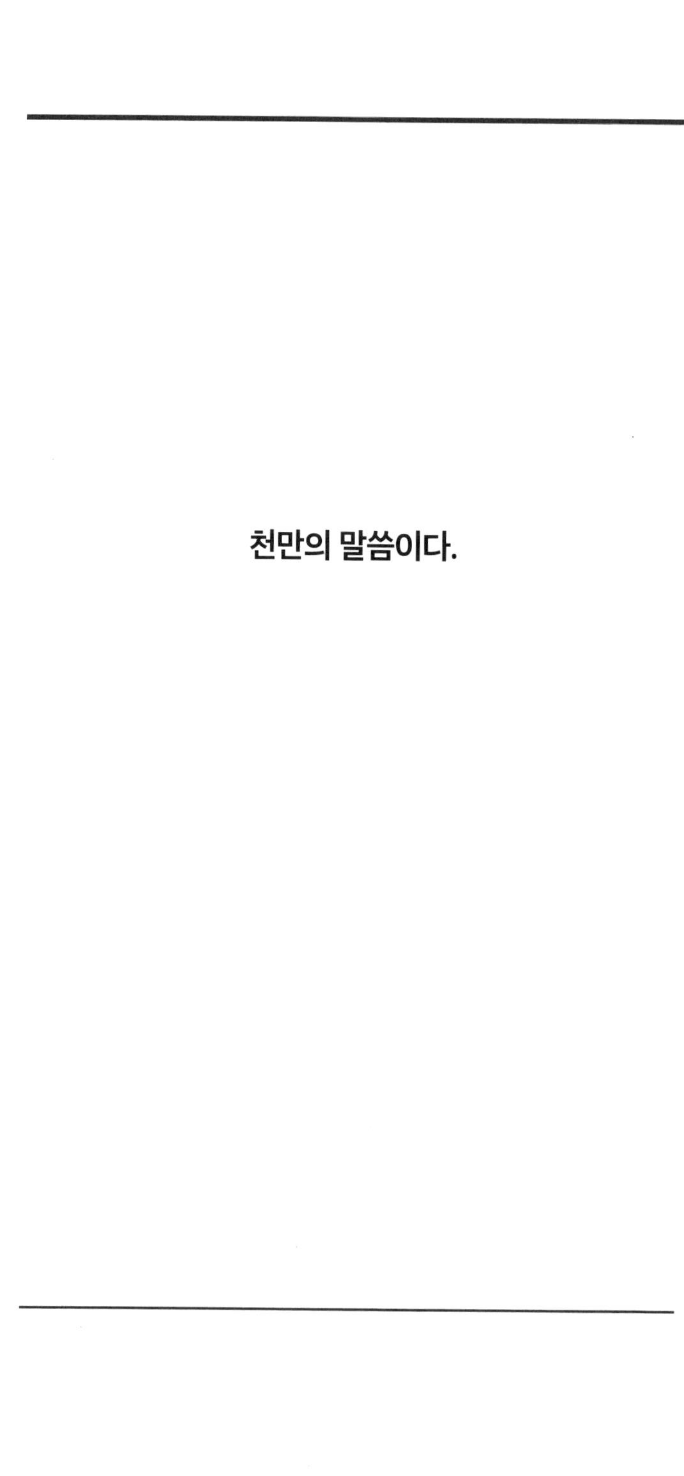
천만의 말씀이다.

10장

너라면 읽겠냐?:
퇴고

○○○

글을 고치는 다섯 가지 기준

당나라 승려 시인 가도(賈島)가 나귀를 타고 가다 시 한 수가 떠올랐다.

鳥宿池邊樹(조숙지변수) 새는 연못가 나무 위에서 잠들고
僧推月下門(승고월하문) 스님은 달 아래 문을 미네

그런데 문을 민다[推, 퇴]고 해야 좋을지 두드린다[敲, 고]고 해야 좋을지 고민하다가 장안 시장 한유(韓愈)가 탄 마차를 가로막고 말았다. 한유 앞으로 질질 끌려간 스님은 연유를 묻는 한유에게 밀

다와 두드리다를 놓고 궁리 중이었다고 대답했다. 관리인 동시에 당송팔대가 가운데 하나로 꼽힌 대문장가인 한유는 한참을 생각한 끝에 답을 내놨다.

"밀지 말고 두드리시게."

완성된 시는 다음과 같다.

題李凝幽居(제이응유거) 이응이 숨어 사는 집

閑居隣竝少(한거린병소) 한가로이 머무는데 이웃도 없으니
草徑入荒園(초경입황원) 풀숲 오솔길은 적막한 정원으로 드는구나
鳥宿池邊樹(조숙지변수) 새는 연못가 나무 위에서 잠들고
僧敲月下門(승고월하문) 스님은 달 아래 문을 두드리네

이후 '퇴고'는 시문(詩文)을 지을 때 자구(字句)를 여러 번 생각하여 고치는 일을 가리키는 단어가 되었다. 당나라 시인과 작품을 평론한 남송 시대 문헌 '당시기사(唐詩紀事)'에 실린 내용이다.

글은 쓰는 게 아니라 고치는 것이다. 글은 써서 고쳐야 끝난다. 글을 고치는 기준은 다음과 같다.

첫째, 재미가 있나? 일단 재미가 있나 없나 보라. 다시 읽으면서 자문자답해 본다. "너라면 읽겠냐?" 스스로 읽겠다고 답이 나오

면 그 글은 재미있다는 뜻이다. 아니면 글을 고쳐야 한다.

남이 봐서 재미가 없는 글을 왜 쓰나. 시뻘건 공산주의 얘기가 됐든 극우주의자들의 백색 학살극 스토리가 됐든 재미가 없으면 사람들은 보지 않는다. 실패한 글이다. 독자를 상정하지 않고, 나는 쓰고 싶은 대로 쓸 거야, 나는 재미있어, 하고 쓰면 헛수고고 시간 낭비다. 기억나는가? 악마를 소환하는 글도 악마를 감동시킬 만큼 재미가 있어야 악마를 부를 수 있다.

두 번째, 다 읽고 질문이 있으면 잘못된 글이다. 여운을 남기고 싶다고 말줄임표로 끝내버리면 안 된다. 사람들은 끝까지 읽고서도 궁금함이 남는다. 궁금해 죽겠는데 필자는 옆에 없고 어디에도 답이 없는 글만 달랑 손에 있다. 독자에 대한 배려가 없는 글이며 틀린 글이다. 기준은 육하원칙이다. 육하원칙 가운데 '왜'가 가장 중요하다. 독자들은 왜가 가장 궁금하고, 필자들은 왜를 가장 자주 까먹는다. 그 글에 주장이 있으면 왜를 잘 쓰지 않게 된다. '내 주장이 옳은데 무슨 왜가 필요한가'라는 자만과 편견이 필자 무의식 속에 숨어 있다.

세 번째, 품격 있는 글은 마감이 잘되어 있어야 한다. 자동차를 완성했는데 엔진도 잘 돌고 창문도 잘 여닫히고 전등도 잘 켜진다. 그런데 전조등도 깨져 있고 일주일이 지나니까 시트가 벗겨지질 않나, 마감이 안 돼 있다. 그러면 고급차가 아니다.

글도 마찬가지다. 형식적이고 사소한 디테일이 잘돼 있어야 한다.

디테일은 별게 아니다. 오탈자(誤脫字)와 문법적인 오류가 없는지 보라는 말이다. 내가 내 이름을 걸고 글을 쓰는데, 거기를 봤더니 어디를 봐도 쉴 만한 구석이 없이 쉼표도 없고 마침표도 없다. 인용을 했는데 작은따옴표와 큰따옴표도 없고 문법적으로도 틀렸다. 주어도 멋대로 있고 동사도, 술어도 멋대로 있다. 아무리 좋은 글이라도 한 방에 무너진다. 옛날에 모 대통령이 어딘가 방명록에 "하겠읍니다"라고 썼다가 큰 망신을 당했다. 1988년 표준어규정에 따라 '읍니다'가 '습니다'로 바뀐 지가 30년이 넘었다.

일기를 쓸 때도 이런 걸 봐야 할 판인데, 남에게 보여주는 글이라면 불량품이 있어서는 안 된다. 모두가 지켜야 할 원칙을 지켜야 한다.

맞춤법은 글 세계를 사는 대중, 즉 언중(言衆)이 지켜야 할 헌법이다. 의도적으로 어긴다면 할 수 없다. 하지만 보편타당한 의미에서 헌법은 지켜야 한다. 아니면 그 세계를 떠나야 한다.

네 번째, 리듬은 맞는가. 반드시 소리를 내서 읽어본다. 소리를 내지 않으면 리듬이 잡히지 않는다. 되도록 글 뉘앙스에 맞춰서, 잔잔한 수필이면 잔잔한 여자 목소리를, 웅장한 풍경이라면 굵은 바리톤 음성을 상상하며 읽어본다.

다섯 번째, 어렵지는 않은가. 어려우면 외면당한다. 불필요한 현학적인 표현은 없는가, 상투적인 표현은 없는가를 살핀다.

분명히 쉬운 말이 있고 참신한 말이 있는데도 남들이 도저히 알아먹을 수 없거나 못 알아먹어도 상관없다는 미필적 고의를 가지고 쓰는 어휘들이 있다. 현학적인 어휘들이다. 글을 생산하는 필자 본인은 만족하겠지만 글 자체는 불량품이다. 상투적인 표현도 마찬가지로 고쳐야 한다. '불 보듯 뻔하다' '호떡집에 불난 것 같다' 같은. 글자 몇 개를 줄이기 위해서라도 그런 표현들은 안 써야 한다. 왜 글이 어려워지는가. 글은 말과 다르다고 생각하기 때문에 어려워진다. 이렇게 생각하면 글은 쉽다. 말을 글자로 기록한 콘텐츠가 글이다. 친구에게 동료에게 이야기를 해준다고 생각하면 불필요한 말을 빼고 쉬운 글을 쓰게 된다. 여기까지가 글쓰기다. 여기까지가 이 책에서 말하려는 글쓰기 원칙이다.

글이 문법에 맞고 단어와 문장이 정확하며, 메시지 전달이 상식적이면 품격이 생긴다. 억지 논리와 억지 표현이 있으면 격이 떨어진다. 자기가 쓰려는 글이 무엇인지 본인이 알고 있어야 한다.

1. 문장은 문장이어야 한다. 누가 보더라도 메모로 끝나는 문장은 문장이 아니다.
2. 단어는 상식적인 언중이 수용할 수 있는 수준으로 격이 있어야 한다.
3. 보편적인 이야기를 하려면 내용은 오히려 구체적이어야 한다. 구체적인 사실이나 심리가 없으면 독자들은 보편적인 내용을 쉽게 수용할 수 없다.
4. 메시지는 주관적이다. 하지만 메시지 전달은 객관적이어야 한다. 어떤 말이든 주장할 수 있지만, 그 주장이 수용되려면 설득력이 있어야 한다. 설득력은 상식에서 시작한다.
5. 상식적인 논리로 글을 쓴다. 틀(frame)을 먼저 만들어라. 튀어 보이겠다고 신조어를 만든다든가 과장된 표현을 쓰지 말라. '논리적인 틀'이 갖춰지면 그런 포장은 필요 없다.
6. 전하려는 메시지를 명확하게 인식하고 글을 쓰면 위 이야기들이 들어맞는다.
7. 결론에 힘을 불어넣어라. 시작이 창대했으면 끝도 창대해야 한다.
8. 맞춤법을 지킨다. 대한민국 헌법이 싫으면 이민 가듯이 글이라는 나라의 헌법, 맞춤법을 지키지 않으면 언중으로서 권리를 주장할 수가 없다. 반드시 지킨다.

이도 저도 귀찮으면
네 가지만 지킨다.

설계를 해서 써라.
팩트를 써라.
짧게 써라.
리듬을 맞춰라.

이제 글을 써보며
한 번만 더 읽고
책은 버리면 된다.
끝.

기자의 글쓰기

초판 1쇄 발행 2023년 8월 20일
초판 6쇄 발행 2024년 9월 5일

지은이 | 박종인

발행인 | 유영준
편집팀 | 한주희, 권민지, 임찬규
마케팅 | 이운섭
디자인 | 김윤남
인쇄 | 두성P&L
발행처 | 와이즈맵
출판신고 | 제2017-000130호(2017년 1월 11일)

주소 | 서울 강남구 봉은사로16길 14, 나우빌딩 4층 쉐어원오피스 (우편번호 06124)
전화 | (02)554-2948
팩스 | (02)554-2949
홈페이지 | www.wisemap.co.kr

ISBN 979-11-89328-67-2 (03800)